新　潮　文　庫

男　子　の　本　懐

城山三郎著

新　潮　社　版

3093

男子の本懐

序章

内閣が倒れた。

かねて経済運営の手づまり、汚職の続発、重要法案の流産などでゆさぶられてはいたが、内閣総辞職の直接の原因となったのは、一軍人の謀略であった。

当時、満洲《まんしゆう》一円を支配していた張作霖《ちようさくりん》が、しだいに日本側に背を向けはじめたのに対し、業《ごう》を煮やした関東軍の一大佐が、ひそかに工兵隊を指揮し、北京《ペキン》から戻る張の専用列車を爆破して、張作霖を抹殺《まつさつ》した。

真相の発表はいち早くおさえられ、事件そのものも、「満洲事件」「満洲某重大事件」などというぼかした呼称で呼ばれたが、外国の報道機関は、日本軍部の犯行である旨《むね》、流していた。

国会での野党の追及に対し、首相は、

「種々の疑惑の解けるように、種々の方法を講じて調査して居るのであります」

とか、

「慎重に考慮して、これを調査して居るという以外、別にいう必要はない」

などとくり返したが、天皇の詰問《きつもん》に対しては、元老筋からの注意もあったため、最初は、

「帝国陸軍の者の中に、嫌疑があるようでございます」

と述べ、天皇の御意向に応《こた》え、軍紀を厳正にし、厳重な処分を行う、と奉答した。

だが、軍部などの圧力が強まるにつれ、首相は、頬かむりで通した方が国家の体面と軍の士気を守ることになるという主張におされ、中途から調査をうやむやにし、中国人による犯行説を匂《にお》わせた。そして、当の大佐に対しては、事件発生を予防し得なかった警備上の手落ちを問うという軽微な行政処分でかたづけた。

この処理報告を聞かれた天皇は、

「最初に申したこととちがうではないか」

と激怒して席を立たれ、

「総理の言うことは、二度と聞きたくない」

と侍従長にいわれた。

天皇の信任を失っては、もはや内閣は成り立たない。与党内には、「こうした経緯

で総辞職するのは、悪例を残すことになる」との反対論もあったが、首相は恐懼《きょうく》して、閣内の辞表をとりまとめた。

長州閥の後継者田中義一《たなかぎいち》陸軍大将を首班とする政友会内閣は、こうして、在任二年二カ月で倒れた。

しかし、このとき政友会は、なお議席二三七を占め、野党の民政党一七三を圧倒していた。

このため、政友会の一部には、すでに陸軍からも浮き上がっていた党首田中を見すて、先に脱党していた一派や貴族院筋と組んで、ふたたび政権を受けようとする動きが起こった。

一方ではまた、政党にとらわれず、山本権兵衛《やまもとごんべえ》海軍大将らを担《かつ》ぎ出そうとする薩摩《さつま》派の蠢動《しゅんどう》があり、宇垣一成《うがきかずしげ》陸軍大将や国粋主義者の平沼騏一郎《ひらぬまきいちろう》を首班とする超然内閣をつくろうとする貴族院の動きもあった。

もちろん、憲政の常道からすれば、たとえ数に於《お》いて劣勢とはいえ、野党第一党の民政党へ政権が移るべきであった。

後継首班奏請の任に当たる元老西園寺公望《さいおんじきんもち》は、あわただしい動きや、さまざまにとび交う思惑には目もくれず、この常道を踏んで、民政党総裁浜口雄幸《はまぐちおさち》を次期総理に推すことにした。浜口は、その容貌《ようぼう》からして「ライオン」というあだ名のある土佐出身の剛直な男である。

人がよくて、それまでかつがれるだけかつがれてきた形の田中は、田舎言葉がぬけず、「おらが」を連発するくせがあり、「おらが総理」と呼ばれていたが、いよいよ首相官邸明け渡しの破目になって、側近につぶやいた。

「ここの官邸を、みんながカフェー・オラガーというそうじゃが、今度はカフェー・ライオンと看板が変わるんじゃろうのう。しかし、おらもまだまだ働くつもりじゃから、いまにまた盛り返して、カフェー・オラガーを開店する考えじゃよ」

新総理になる浜口雄幸の邸《やしき》は、小石川久世山《くぜやま》に在る。借家だが、いずれ買い取る約束である。庭には、雑然とした木立がひろがっている。

桜、松、欅《けやき》、竹、八つ手など、浜口はむやみと木を植え、石灯籠《いしどうろう》こそあるが、さっぱりわけのわからぬ庭となった。庭というより、武蔵野の一部を切りとった小さな雑木林という感じで、その木立の中を、浜口はときどきライオンのように往《ゆ》きつ戻りつする。

あるいは、居間の端に坐《すわ》って、この庭をじっと見つめる。遠くを見る目つきで、何かを考えるように、夕闇《ゆうやみ》が下り木々の姿が見えなくなっても、眺めていたりした。

もっとも、この数日は、庭歩きも端坐《たんざ》する時間もなかった。新聞記者が押しかける。次から次へと客が来る。猟官の客が多かった。大臣になりたくて、一日に三度もやって来た元大臣もあった。

その度に、秘書や家人が、足どりも軽く動き回る。喜びがにおい立つあわただしさでもあった。

もっとも、あわただしさのわけがわからず、当惑しているこの家の住人が一人、いや一匹居た。猫の「正太郎」である。毛並みはよくない。というより、野良猫《のらねこ》出身である。浜口の末娘が、かわいそうだからと、拾ってきた。

「正太郎」とは、いかにも浜口らしい命名であった。「正直」とか「正義」とか、浜口は「正しい」という言葉が好きである。政権をにぎったあとは、「強く正しく明るい政治」というのを、党のスローガンに打ち出そうと、ひそかに考えている。小学生がつくった標語みたいだが、浜口には、それ以上正確に自分の理想を訴える文句はない気がした。

浜口は、「正太郎」を可愛《かわい》がった。

「正太郎」は、家の中で、いつも浜口について回った。浜口が坐ると、その脇息《きようそく》の上が「正太郎」の定位置となり、脇息のひとつが役に立たなくなる。浜口の妻夏子は、食事のとき「正太郎」に餌《えさ》をやることを禁じていたが、浜口だけはときどき新聞紙に、こっそり食物を分けてくれた。

その親密なライオンと猫の関係が、この数日くずれている。

浜口は、一向、「正太郎」の相手になってくれない。忙しく動くひとびとの間で、「正太郎」は、うろうろする。

夜がふけてからわずかに、邸には静寂が戻る。

浜口は、ひとり居間に正坐する。いつも正坐であり、あぐらをかくということをしない。「正太郎」もはじめてほっとして、脇息に上がる。だが、浜口は、いつものようにあそんではくれない。腕組みしたり、書類に目を通したりして、物思いにふける。家人は、だれも寄らない。

重い静けさの中で、浜口はふっと、好きな『唐詩選』の中の詩のひとつを思い浮かべる。「従軍北征」という詩である。

天山雪後《てんざんせつご》海風《かいふう》寒《さむし》
横笛《おうてき》偏《ひとえに》吹《ふく》行路《こうろ》難《なん》

磧裏《せきり》征人《せいじん》三十万《さんじゅうまん》
一時《いちじ》回レ首《こうべをめぐらして》月中看《げっちゅうにみる》

「人生の行路難をよくうたっている」

と、浜口は子供たちに話したことがある。その詩が、新しい感懐を伴って胸に迫ってくる。

天山雪後海風寒

……

浜口にとって、総理としてはじまる人生は、華やかでも光栄でもなくて、大きな行路難を抱えこむことでしかない気がする。行く手に大きな問題が立ちはだかっているからである。

どの内閣にも、それぞれ難問はあろう。だが、これから率いる内閣は、経常の問題に加え、軍縮があり、さらに金解禁に進んで取り組むつもりである。

金本位制への復帰――それは、十二年間、八代の内閣が手をつけようとしてつけかねた大事業である。経済の行きづまりを根本的に打開するには、この方策しかなく、このため国の内外から望まれてはいるものの、本質的には、極端な不況政策である。運用が難しいばかりでなく、不人気と身の危険さえ予想される仕事でもあった。

やがて、その予感が適中する。

浜口は、骨太の体で、逆立つ白髪に、角ばった大きな顔。つり上がった太い眉《まゆ》、ぎょろりとした目、大きな獅子鼻《ししばな》、盛り上がった白い鼻ひげ、一文字にひいた大きな口と、容貌は魁偉《かいい》であった。

その上、口数が少なく、気難しそうで、ほとんど笑顔を見せたことがない。

エピソードがある。

ある宴会の途中、外は雷雨となり、やがてすぐ近くへ雷が落ちた。すさまじい稲光と轟音《ごうおん》に、芸者の一人が、

「こわい！」

と思わず、身近の浜口に抱きついた。だが、次の瞬間、浜口の顔を見て、

「こちらの方が、もっとこわい！」

と、気を失ったという。

しかしながら、この数日は、そのこわい顔にも、珍しく微笑がにじんだ。一党を率いてきた総裁として、政権を預かるほどの本望はない。

現に民政党本部では、政権掌握ときまったとき、碁石やマージャン牌《パイ》が興奮してば

らまかれ、「万歳！」の叫びや、抱き合っておどり狂う者、「これだから政治はやめられない」と叫ぶ者などで、大はしゃぎとなった。

浜口は、行きつけの東京駅地下の床屋に出かけ、白い髪とひげの手入れをした。帰ると、また記者たちに囲まれる。

快い質問を浴び、浜口は笑う。

ただ、その笑いは、浜口の容貌風采《ふうさい》とはおよそ不似合いな、少女のような笑い方である。

照れかくしに団扇《うちわ》を持ち、それも風を送るのではなく、むやみにくるくる回しながら、小声で笑う。記者たちには、その笑い声が、

「オホ、フォ、フォ、ホ」

という風にきこえた。とても、ライオンの笑いではない。やはり、お嬢さんの笑い方である。

そういえば、浜口の名前の雄幸を、世間では「ゆうこう」と読む。字も音も勇壮で、いかにも浜口に似つかわしいのだが、実は、この名前、正確には「おさぢ」と呼ぶべきであった。

男子の出生ばかり続いた彼の家では、娘を欲しがり、生まれてくる子に「お幸」と

いう名を用意した。

ところが、生まれたのは、またまた男の子。やむなく「雄幸」と書きかえた。土佐の発音では「おさち」でなく、「おさぢ」と濁る。

この末男に対し、両親はそれでも娘を見るような目で接したためであろうか、雄幸は物静かで、気のやさしい子供であった。むしろ、臆病《おくびよう》でさえあった。

そうした名残が、少女のような笑い方ににじんでいた。

昭和四年七月二日午後一時、浜口は参内して、天皇より組閣の大命を拝した。

出かけるまぎわ、家の子郎党たちが万歳を唱えようとするのを、浜口はあわてて制止した。

「いかん、いかん。大命をお受けしたあとにしてくれ」

だが、そうした浜口らしい言い分も、この場合、通用しなかった。

緊張した顔つきのまま、浜口は歓声の声で送り出され、かたい表情でまた万歳に迎えられ邸に戻った。

組閣がはじまった。大臣候補者が、次々に呼びこまれる。

この数日の間に、すでに腹案ができ、ある程度の折衝もすんでいた。このため、新聞辞令が、かなり正確な大臣リストを伝えていた。

ただし、新内閣で最も重要なポストとなる大蔵大臣だけが、空白であった。各紙とも、一応あれこれ複数の名前を書き立てるが、いずれも、自信のある書きぶりではなかった。

民政党は、緊縮経済を基調とした政党だけに、財政問題に明るく、財政通を抱えこんでいる。町田忠治《ちゆうじ》、若槻《わかつき》礼次郎、片岡直温《なおはる》、江木翼《えぎたすく》等々、大臣経験者をふくめた大物の蔵相候補だけでも、五指にあまる、といわれていた。

だが、一向に、はっきりしたひとつの名前が浮かばない。候補が多すぎて、鞘当《さや》てしているようにも見えた。最重要なポストだけに、拙速を避け、慎重に慎重を期している。とりあえずは、浜口首相が蔵相兼任という形で発足する、との観測が流れた。

浜口は、ひそかに微笑した。それは、策を弄《ろう》することのきらいな浜口にしては、珍しい策略であった。

首相の蔵相兼任説の煙幕を流しながら、浜口には、実は意中のひとがあった。

ただし、その男の名を早くから出せば、つぶされる心配があった。その男のことは、二、三の最高幹部に打ち明けただけ。あとは、ぎりぎりまで秘しておいて、党内を強行突破する作戦である。

組閣について、党内からはさまざまな注文が出されていた。

〈何よりも、党人を採用せよ。大臣の椅子《いす》は、ひとつ残らず党員に配分せよ。われわれは野党としての悲哀をなめながら、倒閣に努めてきた。そうした苦労に報いるべきで、党活動に功労があり、知名度の高い者はもちろん、若手党員も抜擢《ばってき》すべきである〉

〈党活動をしていない官僚や官僚出身者は、つとめて避け、官僚臭のない明るい政党内閣をつくるべきである〉

〈貴族院議員の入閣も、望ましくない。とくに前内閣はただ一人の貴族院議員も閣僚に加えず、その点での世間の評判がよかっただけに、浜口内閣に対しても、世間は同様な期待をしている〉

浜口は、こうした声に耳を傾けながら組閣を進めてきたが、もちろん要望のすべてをのむわけには行かない。まず外務大臣には、ロンドン軍縮会議を控えている折柄、協調外交の推進者である元外相幣原喜重郎《しではらきじゆうろう》を。「幣原外交」はかねてから民政党の表看板のひとつになっており、幣原は党籍こそないが、内輪のひと同然に考えられていた。

要望に反《そむ》く入閣は、二人。一人は、貴族院から渡辺千冬《ちふゆ》子爵。もともと政友会寄りの体質を持つ貴族院の中で、少数ながら民政党を支持してくれるグループをつなぎとめておくために必要であった。

いま一人が大問題であった。

その男は、まず民政党員ではない。それに、官僚同然の出身である。さらに、貴族院議員でもあった。二重三重に党内の要望に反《そむ》くわけである。しかも与えるのが蔵相という枢要《すうよう》なポストだけに、漏れれば、はげしい反対が予想された。

だが、浜口は断乎《だんこ》として、この男を蔵相に据える肚《はら》である。どんな反対があろうと、この男は譲らぬ。義理とか行きがかりとか、その他もろもろの思惑によるのではない。この男の専門的能力を買うからである。この男なくしては、金解禁を実行し得ないと信ずるからである。

仕事を進めるために、この男が必要であった。国家権力の頂点で、仕事のために男と男が結ばれる。浜口は、そのロマンに賭《か》けて、強行突破をはかった。

組閣本部には、大臣候補が喜色を隠さず続々と現れた。新聞辞令どおりの顔ぶれである。

突然、記者団がどよめいた。下馬評にはないその男が現れたからだ。リストでは空白になっていた最重要なポストを埋めるしかない男が。

その男——井上準之助を迎えた記者団は、二通りの反応を見せた。「やっぱり」という組と、「意外だ」「おどろいた」と、ささやく組である。

浜口が党の公約である金解禁に取り組むことはまちがいない。とすると、純理論的には、財政金融のベテランが蔵相になるべきで、経済界にも顔のきく井上の起用は当然、というのが、前者の考え方である。

だが、このように理解するのは少数派で、多くの記者たちは、ほとんど後者の感想を持った。

井上の蔵相起用について、東京朝日新聞は、「意外の感」と書き、時事新報は、「辻《つじ》褄《つま》の合はぬ話」、読売新聞は「財政通の多きを誇る民政党としては皮肉でもある」と評し、報知新聞に至っては、「一の恥辱である」とまで書いた。

党内にいくらでも候補が居るのに、という理由からだけではない。

井上は、貴族院の勅選議員であり、日銀出身者である。民政党員でないばかりでなく、高橋是清《これきよ》などと親しかったことからして、むしろ反対党である政友会系とも見られていた。さらに、金解禁について、井上は消極的な立場にある、と見るひとも多かった。

現に一月半ほど前、解禁のうわさが出て、証券界が半恐慌《きようこう》状態に陥ったとき、井上は財界を代表して、三土《みつち》蔵相の真意をただしに出かけている。その結果、三土から、

「解禁は、できるだけ無理のない状態の下において、これを実行しようとするもので、このための諸般の準備を考究しているところである。従って、昨今のような財界の状態の下では、軽々にこれを実行することはできない」

という言質《げんち》をとり、井上が記者団に発表した。

井上自身は、もともと解禁論者である。

ただ、実際家らしく、手放しの解禁論ではなく、十分な準備と条件整備を行ってから解禁をという考え方であり、不用意でぬきうちの即時解禁をやられては困る、という考え方であった。

「それでは、肺病患者にマラソンをさせるようなものだ」

という批判をしたこともある。（思いきった言い方をするのも、井上の特徴であった）

黒か白かで争う政争の時代に、どういう条件のときどうあるべきかといった専門家的、技術官僚《テクノクラート》的発想は、理解されにくかった。

井上を単純に金解禁反対論者の仲間と見て、解禁を公約する内閣への入閣を君子豹変《くんしひようへん》ととり、大臣病のせいと非難する向きもあった。

だが、いまさら大臣の椅子に目のくらむ井上ではなかった。すでに蔵相の経験があり、田中内閣のときは外相に招かれたが、断っている。

井上には、もちろん、金解禁を自分なら他の男以上にやってのけるという自信があり、やってみたい気持ちもあった。ただし、自分から売りこむことはなかったし、安達謙蔵《あだちけんぞう》らを通じて下交渉があったときも、すぐとびつきはしなかった。

井上が最後に入閣を決めたのは、浜口に会い、その覚悟に打たれたためであった。

浜口と井上は、旧知の間柄であった。

その日、浜口は、ろくに挨拶《あいさつ》もぬきに、井上の蔵相就任を求めた。

「大蔵大臣は、とりあえずあなたが兼任なさるときいていましたが」

井上がいうと、浜口はにがい顔で笑って、

「こんな難しい、いや、大事な仕事を、兼任できるわけがない」

そういってから、いつものこわい顔になり、

「とくに、今度は……」

井上がその先を受けた。

「金解禁をなさる」

浜口はうなずいて、

「そのため、財界の整理や、行政もふくめてもろもろの緊縮を強行しなければなりません」

今度は、井上がうなずいたが、次に浜口はごく自然に、井上の心をつかむ言葉を口にした。

「だから、大蔵大臣は、尋常一様な財政家を以《もっ》てしては、だめなのです」

自信家の井上だが、その井上も、思わずはにかんだ。

それは、井上に対し、考えられる限り最高の信頼を寄せる言葉であった。浜口は、その一語で、うわさに上ったすべての候補者を消し、ひたむきに井上だけを求めている、と告白していた。

井上は、うれしかったが、率直に念を押した。

「金解禁は、だれがやっても、果たしてうまく行くかどうか」

「承知している。ただ、われわれとしては最善を尽くしたい。そのためにも、きみが欲しい」

即答できないでいる井上に、珍しく浜口はたたみかけた。

「もっとも、この仕事は命がけだ。すでに、自分は一身を国に捧《ささ》げる覚悟を定めた。きみも、君国のため、覚悟を同じくしてくれないか」

ただでさえ大きな目をみはって、井上を凝視する。

もともと嘘《うそ》や誇張のない男であったが、思いつめた様子が、面上に出ていた。本気で死ぬつもりなのだ、と井上は感じ、ふっと頭の下がる気がした。それに、ここで断れば、自分が命を惜しんだように思われる。

仕事もよし。よし、この男に殉じよう。他の答えはなかった。

「わかった。引き受ける」

浜口は、逆立つような白髪の頭を下げた。

「たのむ」

わずか数分間で、二人の男は、重い運命をわかち合うことになった。

それは、入閣交渉というより、厳粛な盟約の取り交わしに似ていた。

盟約の重さを知るのは、二人だけであった。死を決して組んだ以上、どんな反対も問題にならない。

井上入閣について、最後の段階で、閣僚予定者の間からも、反対が出た。最も強硬な反対者は、小泉又次郎。日比谷焼き打ちや山王台《さんのうだい》で暴れ回った普選運動の闘士である。請負業者の家に生まれ、小学校助教から政党入りし、「又さん」の愛称のある民衆政治家。四十円の家賃を滞納して借家を追い立てられたというエピソードを書かれたりしたところであった。

小泉自身は、はじめ入閣するとは思っていなかった。

「野人に名誉は要らん。おれは大臣などにはならん。今度の内閣は、よほどうまくやってくれんと困る。だから、おれは大久保彦左衛門になって、悪いことでもあったら、すぐねじこんでやる。もう年寄りだから、いくら憎まれても、いいからな」

などと、記者たちにたんかを切っていたが、その小泉に大臣のポストが出された。

だが、同時に、井上も渡辺も入閣すると知って、小泉は浜口にねじこんだ。

「約束違反ではないか。遺憾千万だ。自分は入閣を辞退する」

とまでいいはったが、延々一時間、浜口に誠意をこめて説かれて、折れた。そして、又さんもまた大臣を受けた。頭をかきながら、前言を取り消し、

「どうも仕様がなくて、大臣にされてしまった。野人の歴史をけがして残念だが、山王台のように、どなってばかりも居られねえからな」

この又さん大臣、参内するにしても、御車寄せの位置がわからないからと、内務大臣安達謙蔵の邸《やしき》まで行き、そこから安達の車に同乗して宮中へ入ったが、だれも大臣と思わず、安達の従者として扱われる有様であった。

浜口雄幸は、この日、三度、参内した。

午後一時に大命降下を受けに。帰って組閣に入り、午後六時には、閣員名簿の捧呈に。午後九時、浜口は三回目の宮中入りをし、全閣僚を率いて、親任式に臨んだ。

このため、天皇は、昼食と夕食をいずれもおくらせて、浜口に会われたが、夜間その時刻になっての親任式もまた、異例のことであった。そこに、天皇の新しい内閣への期待が感じられ、浜口は恐懼《きょうく》した。

暴れ気味の軍部と、軍縮の問題。経済の行きづまりと金解禁。天皇は、「時局はまさに重大」といわれたが、そのとおりであった。

それにしても、首相を拝命してから、新内閣の発足まで、わずか八時間。史上空前のスピードであった。

いかにも、ライオン宰相らしい果敢な実行力を感じさせた。

首相秘書官の中島弥団次《なかじまやだんじ》は、荒削りで豪傑肌。少し調子にのる男でもあった。

「こんな早い組閣は、おそらく世界一だろう」

と院外団にいわれ、

「そうだろう」

と大きくうなずいてから、ふざけて、つい一言、

「じゃが、つぶれるのも、早いかも知れんぞ」

このため、「縁起でもない」と、散々、油をしぼられた。

浜口首相は、数え六十歳。明治生まれではじめての宰相である。

浜口は、内閣の寿命など、考えてもみない。念頭に在るのは、内閣の仕事だけである。秘書の中島にも、その思いがうつっていた。(浜口内閣十三人の閣僚中、最年長の町田農相が、文久三年生まれの六十七歳。次いで、安達内相六十六歳。財部《たからべ》海相六十三歳、宇垣陸相六十二歳と続く。一方、最年少は、松田拓相の五十五歳。浜口六十歳、井上六十一歳は、年齢的にも、ちょうどこの内閣の中心に当たった)

スピードにまぎれ、浜口は井上をパートナーとして抱えこむことに成功した。

浜口は、ほっと一息ついた。

二階で家族とともに記者団のカメラの放列に臨んだが、撮影途中で、ふいに重い口

を開いた。

「おいおい、あまりマグネシウムをたかんようにしてくれ。借家だから、天井を焦《こ》がしては、家主に相すまない」

浜口はまじめに心配していっているのだが、冗談に受けとられ、笑いを誘うばかりであった。

人々が引き揚げ、夜半近くなって、ようやく浜口の邸は、いつもの静かさをとり戻した。

浴衣《ゆかた》姿になった浜口を中心に、妻の夏子や子供たちが、奥の八畳間に集まった。その日一日姿を見せなかった猫の「正太郎」も、一足先に部屋に来ていた。

静かな家族である。

妻の夏子は、女学校教師のようにかたい感じの女だったし、とくにはしゃいだり大声を出す子供も居ない。

それでも、またとない栄光の一日だっただけに、どの顔にもまだ昂奮《こうふん》が残り、また、長い一日の緊張がとけて、湯にでも入っているような顔になっていた。

月のない夜であった。

闇《やみ》に沈んだ木立から、涼しい風が吹いてくる。

浜口は、手にした団扇をくるくる回しながら、家族の話を聞くともなしに聞いていた。いつでも正座し、姿勢がいい。

話がとぎれたとき、浜口は、ひとつ咳払《せきばら》いすると、その背をさらにまっすぐにして、切り出した。

「自分は大命を受けた以上、決死の覚悟で事に当たるつもりでいる。思う存分にやりぬいて、総理としての責任を果たす覚悟だ」

団扇の動きが止まる。その気配に、「正太郎」が顔を上げた。

浜口は続ける。

「すでに決死だから、途中、何事か起こって中道で斃《たお》れるようなことがあっても、もとより男子として本懐である。ただし、これは自分だけの覚悟でなく、みなもそのつもりで居て欲しい。自分に万一のことがあっても決してうろたえることのないよう、くれぐれもたのんでおく」

夏子、そして、雄彦《かつひこ》、巌根《いわね》、孝子、悌子《ていこ》、静子、富士子と、年長順に子供たちに目をやる。

どの目も強く光る中で、浜口は表情をゆるめ、つけ加えた。

「自分は、これまで大病などで、三度ばかり死にかけたが、幸い命ながらえて、ここまできた。だから、命を投げ出すことなど、何でもないと思っている」

強がりでも誇張でもなく、浜口は本気でそう思っていた。妻子もその心用意をしておいてくれるよう、ねがうばかりであった。


ほぼ同時刻、三河台《みかわだい》に在る井上の大きな邸では、やはり庭に面した居間で、井上とその妻千代子が向かい合っていた。

仕事などで夜ふけまで起きているようなとき、井上はいつも千代子に、「先にやすむように」といっていたが、この夜だけはちがった。

親任式から戻った井上は、千代子に耳打ちした。

「客が帰ったら、話したいことがある。今夜は寝ないで、待っていてくれ」

財界などに顔の広い井上には、その日、おびただしい祝い客があって、最後の客が帰ったのは、これも夜半近かった。

そのあと、井上は、書類箱や金庫を調べていたが、やがて、いくつかの書類を机上にそろえてから、千代子に話しかけた。

「今度の大蔵大臣役は、ちょっと命が危ないかも知れん」

井上は、簡単にいった。浜口とちがい、覚悟や理想を述べたりはしなかった。

「自分にもしものことがあったとき、後に残ったおまえが、まごつくようでは、みっともない」

と、スタイリストらしく体面を気にし、そのあとは、実際家にふさわしく、早々に対策に移った。

「今夜は、家の財産について、全部おまえに話し、書類も渡しておく。家のことは、これから先、すべておまえに任せた。おまえの思うようにやってくれ」

それだけいったあと、土地・家屋・預金など財産目録を書き出しながら、関係書類を次々と千代子に手渡して行った。

翌日、各大臣は、それぞれ事務引き継ぎを行った。

又さん大臣こと小泉又次郎は、友人から借りたモーニング姿で、逓信省《ていしんしょう》大臣室へ。前大臣の久原房之助《くはらふさのすけ》と並び、大臣の椅子《いす》に坐《すわ》って記念撮影をしたが、

「どうもこの椅子は気持ちがわるい」

と、終わると、すぐ別の椅子へ移った。記者団に質問されて、

「基本方針だって？　もう少し待ってくれよ。昨日は夢中で、今朝やっと、ハハァお

れも大臣になったぞ、人気がいいだけにうまくやらんとたいへんだぞ、と思うばかりでね。生まれてはじめて大臣だの閣下だのと呼ばれるのだから、まさに隔靴掻痒《かっかそうよう》の感だねえ」

と、笑顔をくずすばかりであった。ほんとうは、「隔靴掻痒」でなく、「隔世の感」とでもいうべきところであった。

一方、首相官邸では、浜口が田中義一から引き継ぎを受けた。

終わったあとの雑談で、浜口は、田中の光沢《つや》のいい顔や元気な語り口に気づき、首相という劇職の中での健康管理の工夫について訊《たず》ねた。

田中は答えた。

「なんでもないことだ。週末に静養すればいい。きみも鎌倉に別荘があるようだが、おらが毎土曜の午後から月曜の午前まで腰越《こしごえ》に出かけていたように、週末の鎌倉行きを励行したまえ」

まことになんでもないことであり、むしろ、うれしいすすめのはずなのに、浜口はにこりともしなかった。

浜口は、考えこむようにしていった。

「自分は無精者だから、週末休養など励行できるかどうか」

「無精なら、よけい休みたいのじゃないか」

「いや、休むために出かけるのが、まず、面倒くさい」

「なるほど、それはたいした無精者だ。どうしようもない」

「まことに、どうしようもない」

新旧二人の首相は、顔を見合わせて苦笑した。

次女の孝子が病弱なため、浜口はかねて鎌倉に別荘を借り、妻の夏子などもよく利用していたが、浜口自身はあまり出かけなかった。

毎週末、その鎌倉行きを励行しなければならぬと思うと、浜口はむしろ当惑する。休むこと、あそぶことが、もともとにが手な浜口でもある。ごくたまに俳句をつくるぐらいで、浜口には趣味らしい趣味はなかった。

碁は好きだったが、碁仲間とのつき合いだけが深くなり、あるいは碁を利用して接近するひとのあるのに気づいて、打つのをやめてしまった。

「政治家は、万遍なく、みなさまとおつき合いしなければならぬ」

と、自分にいいきかせながら。

四十歳のとき、親しい同僚に謡曲をすすめられた。

このとき、浜口は少し心が動き、「六十になってからはじめる」といったのだが、いま六十にして宰相になった浜口には、とてもそれだけの時間の余裕はなかった。浜口は『随感録』と題し、折々に自分の気持ちを書きとめていたが、趣味道楽を持つに至らなかった理由を、自ら分析して、三つあげている。

「第一に余は生来極めて平凡な人間である。唯《ただ》幸にして余は余自身の誠に平凡な人間であることをよく承知して居《を》つた。平凡な人間が平凡なことをして居つたのでは此《こ》の世に於《おい》て平凡以下の事しか為《な》し得ぬこと極めて明瞭《めいれう》である。……学生生活・官吏生活・政治家生活の全面を通して自ら其《そ》の本分と信ずるところに向つて——自分から言ふと可笑《をか》しいかも知れぬが——全力を傾注した積りである。余としては殆ど余事を顧みるだけの心の余裕がなかつたのである」

第二に、「余の生立の環境は余をして黙坐瞑想《めいさう》に傾かしめた。此の習慣は余をして閑暇ある毎《ごと》に之《これ》を利用して趣味道楽の方面に向はしめずして、黙坐瞑想の方面に向はしめた」

第三に、「余の無精——物臭《ものぐさ》太郎——なる性癖が之をして然《しか》らしめた」

「余は今日に於ても此の性癖を以て甚だ慊《あきた》りぬことと心得て居る」

といいながら、浜口はしかし、たたみかけるように続ける。

「余をして忌憚《きたん》なく言はしめよ。其の種類にも依《よ》ることは勿論《もちろん》であるけれども、余り趣味道楽が多すぎるといふと、あたら秀才をして凡人たらしめ、凡人をして鈍物たらしむる場合が少くないのである。最後に言はしめよ。現代の青年は余りに多く趣味道楽に耽《ふけ》つて居るのではあるまいか。之が果して其の人を成功に導く所以《ゆゑん》であるか、之が果して民風を作興する所以であるか」

さらに浜口は、まだ気持ちをたかぶらせたように書く。

「余が一つも趣味道楽を持たぬ所から人は言ふ、政治は浜口に唯一《ゆいいつ》の趣味道楽であると。余謂《おも》へらく、政治が趣味道楽であつてたまるものか、凡《およ》そ政治程真剣なものはない、命懸《が》けでやるべきものである。苟《いやしく》も政治は趣味道楽であると言ふ思想が一片たりとも政治家や国民の頭脳に存在する以上は、それが戯談《じやうだん》でない限り一国の政治の腐敗するのは寧《むし》ろ当然である」

と。

組閣直後から、新内閣の閣僚で最も精力的に活動しているのが、井上であった。

組閣後二日目の夜、井上は日銀の土方《ひじかた》総裁邸をひそかに訪ね、深井副総裁も呼んで、金解禁断行の方針を伝え、そのための準備についての話し合いをはじめた。（この三者会談は、記者団をまくため、次の回からは、深井副総裁邸へ井上と土方が夜こっそ

り足を運び、くり返し開かれることになった）

三日目、井上は、「すでに実施年の昭和四年度予算を総点検し、これからでも緊縮できるもの、あるいは繰り延べできるものについては、大幅に節減を行い、実行予算として編成替えしたい」と、閣議で提案した。

早々にそこまでやるのかと、井上の顔を見直す閣僚もあれば、首をかしげる大臣もある。そして、又さん大臣小泉又次郎が、いかにもかつての普選運動家らしい疑問を提示した。

「予算は国会の議決を経て成立したものであり、十分に尊重さるべきものである。内閣が勝手にそれを変更するのは、憲法違反にならないのか」

これに対して、

「予算は、最高使用限度額を決めたものであり、その範囲内でどれだけ実施するかは、政府の裁量に任される。従って、憲法違反とはならない」

というのが、井上の強引な反論であった。なお疑義が残りそうな論理であったが、すかさず浜口が口を開き、井上と同趣旨のことをくり返し、

「政府は、こうした形ででも、一日も早く緊縮の実を示したい」

と、強い口調でいった。

閣議は、これを了承した。
井上が発議し、浜口が支援するという形が、この日から動き出した。
七月九日の閣議では、内閣の施政方針を十大政綱にまとめ、夕刻、発表した。
一、政治の公明
二、国民精神作興
三、綱紀の粛正
四、対支外交刷新
五、軍縮促進
六、財政の整理緊縮
七、非募債と減債
八、金解禁断行
九、社会政策確立
十、教育の更新
「一」「二」「三」は、抽象論というか、精神論であって、別に目新しいものではない。

「四」は、田中内閣などの対支強硬策に対し、柔軟な平和外交を強調したもので、

「徒《いたず》らに局部的の利害に跼蹐《きょくせき》するは大局を保全する所以に非《あら》ず。軽々しく兵を動かすは固《もと》より国威を発揚する所以に非ず。政府の求むる所は共存共栄にあり」

と、暗にそれまでの軍部の動きを批判し、

「今日帝国の列国間における地位に顧み進んで国際連盟の活動に協力し、以《もっ》て世界の平和と人類の福祉とに貢献するは我国の崇高なる使命に属す。政府は国際連盟を重視し、その目的の遂行に鋭意努力せむことを期す」

と結んでおり、「五」と合わせて、軍縮―国際協調に徹する、という路線を強く打ち出している。

十大政綱の眼目となるのは、「八」の金解禁断行に在った。

「金輸出の解禁は、国家財政および民間経済の建直しをなす上において、絶対必要なる基本的要件たり。しかもこれが実現は甚《はなは》だしく遅延を容《ゆる》さず。上述財政経済に関する諸項は、ただに財政経済を矯救する上において、必要なるのみならず金解禁を断行する上において、必要欠くべからざるの要件たり。政府はかくの如《ごと》く諸般の準備を整へ、近き将来において、金解禁を断行せむことを期す」

とあるように、「六」も「七」も、金解禁のための準備とさえいうことができる。

「九」にもまた、金解禁によってもたらされる不景気や社会不安に備えようというねらいがあった。

さらに、金解禁は、すでにほとんどが金本位制に復帰している世界経済に、わが国も仲間入りすることであり、経済面での国際協調の実現になる。

また、金解禁に先立って、英、米などから信用供与を得るという必要があり、そのためにも、「五」の軍縮促進が要請された。

「十大政綱」は、金解禁にはじまり、金解禁に終わる、といっても、過言ではなかった。

なぜ、それほどに金解禁にこだわるのか。

金解禁とは、金の輸出禁止措置を解除し、金の国外流出を許す、ということである。

もともと世界各国とも、金本位制をとり、金の自由な動きを認めていたが、第一次大戦の勃発《ぼっぱつ》により、経済がかつてない混乱に陥った際、先行きの不安に備え、各国はとりあえず金を自国内に温存しようとして、輸出禁止を行った。

日本も、一九一七年（大正六年）九月、寺内内閣のとき、大蔵省令によって、金輸出を禁止した。非常事態に際しての非常手段であった。

金本位制度の下では、各国とも、紙幣は兌換券《だかんけん》であり、中央銀行でいつでも表示の金額に代えることができるし、その金貨の金含有量によって各国間の交換比率(為替レート)が法定化される。

ある国で輸出超過が続けば、決済代金として、外国から金が流れこむ。その結果、その国の金の保有量がふえ、これに比例して自動的に通貨が増発される。

このため、今度は、国内物価が騰貴《とうき》するようになり、輸出は前ほど伸びなくなり、逆に外国品の輸入がふえて、輸出入のバランスが回復する。

逆に、入超続きで、国際収支が赤字のときは、その支払いのため、金が海外へ出て行く。この金保有量の減少に応じて、中央銀行は通貨の発行を減らすことになるので、デフレが起き、物価が下がる。このため、商品に国際競争力が出て、輸出が伸び、一方、外国品が割高になるため、輸入が減る。国際収支は自動的に改善に向かうわけである。

各国が金本位制度をとれば、各国経済が世界経済と有機的に結ばれ、国内物価と国際物価が連動して、自動的に国際経済のバランスもとれる。

金本位制は火の利用と並ぶ人類の英知だ、とたたえる声もあるほどであった。

非常事態が去れば、非常手段をやめるのが当然である。

パリ講和会議のはじまった一九一九年、アメリカは早々にこの非常手段を廃止し、金本位制に戻った。翌年には、スウェーデン、イギリス、オランダと、金解禁する国が続いた。

一九二二年（大正十一年）ゼノアで開かれた国際会議では、各国とも解禁を急ぎ、金本位に復帰するよう決議が出された。

各国は、この決議に従って、続々と解禁。一九二八年（昭和三年）のフランスの解禁によって、めぼしい国はほとんど金本位制へと戻った。残っているのは、日本とスペインだけという始末。

このため、この一九二九年（昭和四年）春、パリで開かれたヤング委員会（賠償問題専門委員会）で、新たな国際金融機構を設立するプランが論議されたが、日本は「通貨不安定国」として、このプランへの参加を拒まれそうになった。

事実、金本位制という安定装置を持たぬ日本経済は、「通貨不安定」にゆさぶられていた。為替相場は、国内外の思惑などによって、乱高下を続ける。このため、為替差益を狙《ねら》う投機筋が暗躍。その一方で、地道に生産や貿易に従事する者は痛手を受け、あるいは先行き不安で立ち往生といった状態。為替差損のため倒産するところもあれば、差損をおそれて活動を縮小する企業もある。経済は低迷を続けるばかりであった。

このため、金解禁に活路を求める声が、金融界・産業界にひろがっていた。日露戦争の戦費などとして借りた二億三千万円の英貨公債が、昭和五年いっぱいで期限が来る。償還能力のない日本としては、借り替えをたのむ他《ほか》ないが、「通貨不安定国」では、それも交渉できない心配があった。

さらに、金解禁には、いまひとつ、秘めた狙いがあった。軍部の膨張を抑制することである。

この当時は軍縮の時代だが、しかし、一皮剝《は》げば、その下には、張作霖暗殺事件に見るように、軍部の拡張主義が息づいている。仮に、その軍部がおどり出し、軍事費を増大させようとしても、金本位制である限りは、通貨をむやみ勝手に増発することはできない。資金《かね》の面から、自動的にブレーキがかかってしまう。

井上は、親しい日銀の後輩に漏らした。

「いまの陸軍は、心配でならん。できれば、摩擦なしにメカニズムで軍部をチェックできるようにしておきたい」

と。

国の内外からそれほど求められているというのに、歴代内閣は、なぜ金解禁に取り組まなかったのか。

ひとつには、準備の問題がある。

解禁そのものは、大蔵省令一本でできるが、為替相場が低落したままの状態で解禁すれば、法定相場との間に大きな差が出るため、たとえば、手持ちのある輸入業者は大打撃を受けるし、輸出業者は外貨建て値の急騰で輸出ができなくなる。一方、為替差益を狙っての投機も横行する。

このため、解禁に先立って、為替相場をできるだけ回復させ、法定レートに近づけておかねばならず、財政を中心に強力な緊縮政策を行って、国内物価を引き下げておく必要がある。

また、一時的に金の流出が予想されるので、金準備をふやし、外国からの信用供与もとりつけておかねばならない。

これら諸条件の整備と、解禁のタイミング決定は、浜口のいうように、尋常一様な財政家の手に負える仕事ではなかった。

次に首尾よく金解禁が実現されたとしても、入超続きの日本では、金の流出が続き、通貨は収縮せざるを得ない。当然のことだが、不景気がさらに進行することになる。

大戦景気に狃《な》らされ、膨張したままの企業や家計が耐乏生活を強いられるわけで、水ぶくれした体質が改善され、国際競争力がつくまでは、ある程度の時間がかかる。すでに長い経済の低迷があり、金解禁を望む多くのひとびとは、即効薬を期待している。だが、金解禁は即効薬ではなく、苦しみながら、にがい薬をのみ続けることである。焦立《いらだ》ちのあまり局面の転換だけを求めていたひとびとをはじめとして、民衆の多くが辛抱しきれなくなる。健康体になるために、なおしばらくの不景気が必要だ、という理屈も通らなくなり、やがて為政者をうらむようになる。

政治家の売り物となるのは、常に好景気である。あと先を考えず、景気だけをばらまくのがいい。民衆の多くは、国を憂《うれ》えるよりも、目先の不景気をもたらしたひとを憎む。古来、「デフレ政策を行って、命を全うした政治家は居ない」といわれるほどである。容易ならぬ覚悟が必要であった。

それに、軍部および右翼筋からの反発も予想された。

緊縮財政では、まず焦点となるのが、陸海軍費の節約である。すでに陸軍においては師団の削減が行われており、かなりの不満が出ている。

海軍についても、先のワシントン会議での主力艦の削減に続いて、今回はロンドン会議で、補助艦艇の削減をとりきめる。こうした世界的な軍縮の流れは、英米優位の支配体制を許すものだとして、一部には強い反対がある。

だが、軍縮は推進しなければならない。それは、金解禁への重要な前提でもある。そして、金本位制への復帰によって軍部の膨張を許さぬ構造をつくり上げよう——浜口たちのそうした構想を、軍や右翼関係者が見逃すとは思えない。彼等が単独で、あるいは、不景気をうらむ民衆にまぎれて襲いかかってくることも、当然、予想されなければならなかった。

金解禁断行は、文字通り、進んで「行路難を背負う」ことであった。「君国のため命を捧げよう」という男二人のひそかな盟約は、決して絵空事ではなかった。


十大政綱が発表された日の夜、記者団はまた井上におどろかされた。井上自身が民政党に入党することを、明らかにしたからである。

井上の蔵相就任にどよめいたばかりというのに、またしても意表をつく発表である。大臣の椅子《いす》欲しさに入党するなら、まだわかる。すでに大臣になったあと、なぜ、いまさら入党しなければならぬのか。現に、外相の幣原は、民政党の身内同然でありながら、いぜんとして党籍をとっていない。

井上が財政の専門家として迎えられた以上、とくに党員となる必要はなかった。それに、井上はかねて政友会系に近いと見られてもいただけに、記者たちはとまどった。

「いったい、どうしたんです。思ってもみなかったな」

という記者たちの声に、井上は笑って、井上らしい答え方をした。

「そうだろうな。おれ自身も思ってもみなかったもの」

「はぐらかさないで下さいよ」

「いや、ほんとに、そうなんだ」

記者団にさらに質問されて、井上は答えた。

「とにかく、今回は一身をあげて総理に委《ゆだ》ねたんだから、入党しろといわれれば、そうするだけさ」

まさにその通りの気持ちなのだが、記者たちは素直に受けとってはくれない。首をかしげて、念を押す。

「ただそれだけですか」

「それだけさ」

「そんなものですかねえ」

井上が浜口におもねている、ととった記者も居て、

「われわれは、井上さんを買いかぶっていたのかな」

記者たちは笑った。

井上は、打ち消しもしなければ、弁明もしなかった。命まで差し出した以上、党籍のことなど、ほんとうにどうでもよい。

「非党員を入閣させたという党内からの突き上げを、きみの入党によってやわらげることができれば、内閣や党の運営がやりやすくなるのだが」

という浜口の説得に、井上は二つ返事でうなずいた。

まわりの思惑や、自分の将来のことなど、井上はすでにすて切った気持ちであった。

井上は、最後に、半ばあきらめた口調でいった。

「考えてもみなかった入党までしたというところを、買ってくれよ」

本音なのだが、やはり記者たちには通じなかった。


首相官邸は、前内閣のとき新築されたもので、中庭に面してオフィスの部分と奥の部分が⅂型《かぎがた》に配置され、当時としては豪華な建物であった。それだけに浜口の好みに合わないし、諸経費もかさみそうなので、浜口はこの官邸で暮らすことをいやがった。

だが、警備の都合上、官邸に住んで欲しいといわれ、しぶしぶ引っ越したが、首相をやめたらその日の中に出られるようにと、持ちこむ荷物は必要最小限にとどめた。日本間だけでも、十室以上あった。このため、炊事関係を別にしても、女中を五人は使わねばならない。すべて官費で支弁すればすむことだが、浜口にはそれができない。かねてから、車ひとつ使うにしても、公用と私用の区別をやかましくいってきている。官邸の諸経費も、電灯代に至るまで、オフィス関係と私生活の部分とをきびしく区分けして計算し、後者は自費で払うことにした。

官邸での生活は、忙しかった。

朝は、新聞を読みながら、食事をとる。それも隅から隅まで読んだ。新聞を精読することが政治家の義務だ、と考えていた。

たまに新聞休刊日があると、浜口はほっとした顔でいった。

「ああ、今日は新聞を読まなくていい。ありがたいことだ」

朝から来客が待っている。洋服に着替えて会ったあと、緊張した表情の夏子たちに送られ、奥を出る。組閣の夜、夫に覚悟を聞かされてから、夏子は毎日毎日、出陣の武士を見送る思いである。

長い廊下には、深紅の絨氈《じゆうたん》がのびている。その上を浜口はゆっくり歩いて、表玄関の階上に在る総理執務室に入る。庭に面した窓を背にし、大きな長方形の机に向かう。

この年の夏は異常気象で、暑さもひとしおであったが、冷房はもちろん扇風機も置かず、涼をとるのは、大きな団扇《うちわ》だけ。

その上、執務中は、他に人が居ようと居まいと、上着を脱ぐこともない。昼食もオフィスでとり、浜口が奥へ戻るのは、外出のため着替えに来るときだけである。たまたまそうしたとき、夏子の友人たちがあそびに来ていたことがあったが、その友人たちは、あわてていっせいに帰ってしまった。そうなるような空気であった。

夜になって、浜口は奥へ戻る。

夕刊を読み、風呂《ふろ》に入り、茶ノ間で夕食をとる。質素な献立である。魚の切り身などより、ウルメイワシや、ニロギという小魚などが、好きであった。

晩酌には、五勺《しゃく》の酒。夏子がさがしてきた可愛《かわい》らしいお銚子《ちょうし》に入れて出す。その五勺の酒で、浜口は真っ赤になる。

夏子が雑誌で読んだ記事などについて話すと、浜口は、「うん、うん」と、うなずく。無口な浜口の相手をつとめて久しいのだが、夏子も、もともと多弁ではない。

それに、浜口から、「女は口がかたいのが何よりだ。女のおしゃべりはいちばんいけない」などと常日頃いわれているので、話題には、よけい気をつかう。

そして、ときには、襖《ふすま》ひとつ向こうに居る娘たちに声をかけ、お茶を運ばせたり、浜口があんまをたのむこともある。新聞の切り抜きも、娘たちの仕事であった。

九時近く、浜口は自分の居間に引き揚げる。

そこには、秘書官の届けた書類箱が置かれて居り、浜口はその鍵《かぎ》を開けて、書類を一件一件丹念に読み、決裁して行く。

夜は客を断っているが、それでも書記官長などが急用で訪ねてきたりして、結局、浜口は十二時近くまで起きている。

どちらかといえば、不眠症気味。寝つきはよくないし、途中でめざめると、眠れなくなる。家人は音を立てぬよう気をつかい、官邸の夜はふけて行く。


一夜、この官邸で、与党幹部を招いて、組閣の祝宴が開かれた。

「緊縮方針を実践して、御覧の通りの粗餐《そさん》ですが、御了承ねがいます」

と浜口は挨拶《あいさつ》したが、掛け値なしに、簡単な洋食であった。

酒好きの財部海軍大臣が、盃《さかずき》を口に運んで、顔をしかめた。

「おや、これは理研の酒じゃないか」

浜口はうなずく。酒まで合成酒であった。

「そうか。緊縮だから、灘《なだ》の生一本とは行かないんだな」

財部は、自分にいい聞かせるようにつぶやいてから、ふと食卓に視線をやり、

「それにしても、葡萄酒《ぶどうしゅ》はあるじゃないか」

「葡萄酒ぐらいはあるさ」

と、浜口。

とても内閣の祝宴とは思えぬやりとりであった。


七月七日、組閣後、最初の日曜日、浜口は鎌倉の別荘へ向かった。田中義一前首相にすすめられた週末静養を、第一週から励行しようというものである。

朝九時少しすぎ、新橋駅へ。

駅頭の警備は、憲兵一人、警部二人、巡査二人と、私服刑事若干名。

前首相時代は、多勢の巡査が立ち並び、私服も百人を越すとまでいわれたのにくらべ、おどろくほどの縮小ぶりであった。

それに、首相がプラットホームへ出るとき、これまでは一般乗客を遮断《しゃだん》したのだが、今度は、それもやらない。いずれも、浜口の強い希望によるものであった。（だが、これが、一年あまり後、浜口が襲われる隙《すき》をつくることになった）

浜口はいった。

「おれは、ひとにうらまれるような悪いことはしていない」

と。浜口の信念であり、実感でもあった。

強面《こわもて》こそするものの、浜口は他人に理不尽な仕打ちをしたおぼえはない。このころまでは内閣が代わると、各県知事から部長、警察署長クラスに至るまで更迭《こうてつ》が行われたものだが、浜口はその更迭をできるだけ控えるよう指示していた。

もっとも、いずれ金解禁を実施すれば、すでに覚悟したように、不景気の苦しさからうらみを買うことにはなるであろう。だが、まだいまのところは……という思いもあった。

浜口は、またいった。

「なんぼ警戒しても、どうせやられるときはやられるよ」

浜口は、鎌倉での車の用意は要らぬといっていたが、駅に着いて裏口に出ると、警察が気をきかして、青塗りの車とオートバイを待機させていた。

だが、浜口は、ステッキをふりながら、そのまま黙々と雨もよいの空の下を歩き出した。秘書や記者たちが、あわてて後を追う。

芭蕉《ばしょう》通りの小道を入った別荘まで約十分。ありふれた二階建てで、約二百坪の庭には、なすやトマトなどの野菜がつくられ、芝生《しばふ》は十坪ほどしかない。

和服に着替えた浜口が、記者団と一問一答を交わすころには、雨が降り出していた。

「今日は、これからどうされますか」

浜口はたちどころに答えた。

「寝ます。昼寝をします」

「散歩はされませんか」

「天気がよければします」

「どこを歩かれますか」

「海岸を歩きます。山を歩きます。それから、谷も歩きます。ただし、今日は雨だから、寝ます」

まじめな顔で、小学生のような返事をする。記者たちは、おかしさをこらえながら、

「総理は、謡《うたい》などはやらないのですか」

「やりません。碁も将棋もやりません。何もしません」

記者の一人が、くすっと笑う。

「本は読まれますか」

「そうですね。最近では、『死線を越えて』や『英雄待望論』を読みました。それに

新しいものでは、『マルクス全集』も読みました」

記者の一人が、あらためて別荘を見ながら、話題を変えた。

「この別荘は、見晴らしがよくないようですな」

浜口は首を横に振り、

「いや、二階からなら海が見えます」

「夜はどうされますか」

「寝ます」

記者たちは、たまりかねて笑い出した。浜口もつりこまれ、「フォ」「フォ」と笑った。

この別荘を訪ねた浜口の知人（細井肇）が書いている。

「私の家よりヒドイ。坪おそらくは当時七、八十円とも思われるアラ普請《ぶしん》。しかも二階屋でこそあれ、四、五十坪の小屋である。応接室（？待合室？二坪ほどの長方形の室）に通されて、近所でひさぐらしい駄菓子にお茶を出された時、ちょいと驚いたが、二階へ通されて、なお驚いた。段梯子《だんばしご》を上って、トッつきの六畳だか八畳だかに、浜口は仰臥《ぎようが》している。質素そのものだ」*

もちろん、浜口は昼寝ばかりしていたわけではない。好きな『唐詩選』や『碧巌録《へきがんろく》』を読み、『随感録』を書き、山や海を見つめながら、物思いにふけった。宗教家になりたかった浜口にふさわしい時間が、流れた。

同じ日曜日、井上はゴルフへ。

来客を撃退するため、起きるとすぐゴルフの服装であるニッカ・ボッカ姿になった。「忙しければ忙しいほどゴルフをすべきだ」という考え方である。

関東にゴルフそのものを導入したのも、実は井上であった。

アメリカ在勤の経験から、日本にも健康な紳士のスポーツを、というので、井上はゴルフ場づくりからはじめた。関東最古のゴルフ場である駒沢《こまざわ》ゴルフ・リンクスは、ほとんどの地代を井上が負担して、発足したし、程ケ谷《ほどや》カントリー倶楽部《クラブ》も、井上が中心の発起人となり、森村市左衛門らの資金的協力を得てできた。

そのくせ、井上のゴルフは、うまくはなかった。うまくはないが、好きであった。

新内閣の第二週、蔵相井上は、あわただしい日々を送り迎えする。

大蔵省では、実行予算の編成、つまり、予算削減の作業を急がせた。昭和四年度成立予算十七億七千万の中、削減目標は八千五百万円。割り当てずみの本年度予算を、すでに三分の一の期限をすぎてから削ろうというのだから、無理な要求である。各省とも、猛烈に抵抗した。

主計官たちにも、余計な仕事であり、やりづらい仕事であるが、大臣が不退転の決意を示しているので、気魄《きはく》で乗り切る他はない。

井上は局長相手に指図するのではなく、担当の主計官や課長クラスを次々と大臣室へ呼びつけて話を聞き、意見を出し、叱咤《しった》した。

主計官たちは、もう一度、予算をつくるつもりで、各省で実行予算の中から、新規事業で未着手のもの、なお節約や繰り延べ可能なものを、鵜《う》の目鷹《たか》の目で探し出した。目標額八千五百万の中、最大なのは、陸海軍費で合わせて二千二百万の削減。次に、内務省費二千万円。

事務レベルでのはげしい攻防だけでなく、大臣折衝も火をふいた。

無理を承知で、井上は押して行く。その背後には、浜口が控えている。政党内閣の命運を賭《か》けるつもりであり、閣僚たちにもそれがわかるだけに、事務当局をかばい切れない。

十二日の閣議には、この予算削減の議題に関連して、手近な経費節約についての申し合わせが行われた。

まず、料亭政治の廃止。待合や料亭での会合をとりやめ、洋食洋風ですます。これは、経費だけでなく、時間の節約にもなる。次に、官吏の海外出張を当分の間、見合わせる――。

そこまできまったあと、小泉逓相《ていしょう》が、「又さん」らしい提案をした。

「大臣になってみると、どうも役所の自動車の使い方がはげしく、目にあまる。何とか節約はできないものかね」

これには、どの閣僚も賛成であった。

局長クラスの中には、妻子の買い物に使ったり、箱根あたりへドライブに出かける例も、珍しくない。課長で送り迎えに使ったり、料亭に乗りつけ、何時間も待たせている例もある……等々、さかんに批判の声が出た。

井上には、ありがたい提案であった。すかさず次の十六日の閣議に、具体案を出し、閣議決定事項にしてしまった。

各省で十台から二十台の車を持っている（十二省で百六十台）が、これを、

一、各省あたり五台以下とする。
二、私用は一切禁止する。
三、専属自動車制を廃止。大臣・次官といえども専用車は持たない。（逆に、公用に応じて、属官でも利用できる）
四、登退庁の送迎は一切廃止する。
節約額は知れている。ただの人気とりに見られるのではないか、との声もあったが、役人が節約の見本を示すのはいいことであり、官吏のゆるんだ気分をひきしめることにもなる。それに、節約は素人《しろうと》わかりのするところからはじめるのがいいということで、各大臣とも乗り気で、直ちに実行に移された。

「この暑いさかりに、急に腰弁下げて、てくてく歩かされて……。井上さん自身はいいよ。自家用車のパッカードがあるもの」

などと、井上はまず高級官僚にうらまれた。

だが、これは、ほんの序の口であった。

自動車節約を決めた十六日には、閣議のあと引き続き一時間半にわたって、閣僚たちはカンヅメにされ、金解禁の講義を受けさせられた。講師は、前内閣のとき欧米へ金解禁事情の調査に出されていた津島寿一《じゆいち》財務官。

金解禁について、閣僚がまず十分にその意義を理解しておく必要があるという、浜口・井上の指し金《がね》によるものであった。

井上は、このころ、色紙の揮毫《きごう》をたのまれると、しきりに「遠図」という文字を書いた。「遠大な意図」という意味である。

金解禁にはじまる経済の立て直しは、まさに遠図という他はない。その遠図は、政府首脳の肚《はら》の中にだけ在ればよいというのではなく、国をあげて理解し協力してもらわなければ達成できない。

井上たちは、このため、あらゆる機会をとらえ、街頭に出てでも、国民に訴えて回るつもりになった。

七月九日、東京朝日新聞の朝刊十一面は、トップに「目ざめよ、国民！」と題し、「新大臣の節約説法」なるものをかかげた。紙面を通じての井上の主婦層への呼びかけである。

「先年の景気は外国から来たので我国自らが作ったものではない」

とことわって、好況がもはや幻想でしかないいま、派手な暮らしをやめ、健全な消

費生活に戻るべきであり、

「すべての家庭の台所が節約《しま》ってくれば勢い物価は下る、物価が下りさえすれば、前と同じ収入で前と同じ生活ができる。『そうなると市場が不景気になるではないか』という説をとなえるものがあるが、市場は今日既に非常に不景気なのだ。だから物価が下れば市場の不安を一掃して今日のようなどっちつかずの不景気が一変してはっきりと先が見えてくると信ずる」

などと、五段にわたって、節約の功徳《くどく》を説いた。

ついで十二日には、井上は閣議が終わると、兜町《かぶとちょう》へかけつけ、東株ビル六階ホールを埋めた株屋さんたちを相手に切り出した。

「政府自らが財政の緊縮を計る一方には、ぜひとも国民に広く了解を得なければならない。それで、わたしはいかなる場所も嫌《いと》わず、進んで出かけて行ってお話をする考えでいる。今日はその皮切りです。何しろ、はじめはなかなかうまく話せないものですから、そのお積りでお聞きをねがいたい」

と前置きし、ここでは、金解禁を不安視する証券界に、即時断行ではなく、節約を重ねて為替相場を上昇させた上で解禁すれば、打撃が分散される、金解禁だけがその先、自らの手で好景気をつくり出すきっかけになる、と強調した。

井上は、つとめてわかりやすく話そうとした。

「不景気とよくいうが、先の分らぬ不景気は最も怖《おそ》るべきものであって、わたしがいま申し上げるが如《ごと》く、かくの如くすれば不景気が打開されるということをあなた方が御理解下さるならば、先の見えない不景気よりも大いに歓迎したいのである。甚《はなは》だ俗な例であるが、われわれがずっと大きな道路を行くとする。その時に多少の坂がある、道路がついているが、坂がある。その坂を上らんとすれば、この炎天に汗が出る、息が切れる。しかしながら、その坂を超えることが一番近道であって、一番まちがいのない道と思うのである。これまでの日本の経済界は、坂に面するというと、すぐに先《ま》ず麓《ふもと》を左の方に回ろうと行ってみて、どうもいけない、道がない。今度は右の方に行って、ふらふらと何年も過ごしたのが、過去の経験である。それであるから、今日は大きな道があって、多少の坂はあるけれども、それを登って行けば一番近道で、頂上に行けば、非常に広い眺望のよい経済界の将来に非常なる希《のぞ》みのある発展が遂げられるであろう、とわたしは考えている」

井上自身、その大きな坂道の頂上に立つ日のことを思い浮かべ、口調には熱がこもった。

翌十三日、井上蔵相は今度は東京銀行集会所に出かけ、銀行家たちに演説。そのあと長時間にわたり、質疑に応じた。

十七日には、また兜町に出、東京株式取引所の議員評議員連合会で演説。

さらに十九日には、『財政緊縮と金解禁』なるパンフレットを、各方面に配布した。

この間も、大蔵省側の削減査定に対し、各省から復活要求が出され、大臣折衝が何度もくり返された。

井上は、一貫して強腰であった。

その結果、ほとんど大蔵省側の意向で押し切った形となり、削減額は当初の目標額を越す九千五十万円という線で決定した。（特別会計までふくめると、一億四千万円の削減）

うまく行っても五、六千万円台の節減にとどまるであろうというのが、大方の予想であっただけに、世間もおどろき、あらためてこの内閣の意気ごみを認識する形となった。

その勢いにのって、井上の大蔵省では、さらに緊縮色の濃い昭和五年度予算の作成にとりかかった。

実行予算の成立を見たところで、浜口はようやく腰を上げ、伊勢《いせ》神宮への参拝のため、西下した。

伊勢のあと、京都へ回る。

新総理を迎え、ふつうなら盛大な宴会が開かれるところであったが、浜口の希望で、会費五十銭の歓迎会だけ。しかも、その席上、浜口も緊縮への協力を求める長い演説を行い、歓迎会というより、金解禁説明会になってしまった。

前後して、各大臣も伊勢などへ出た。いずれも、緊縮ムード。

鉄道大臣江木翼は、経済通として井上を補佐する立場にも在ったため、とくに言動に気をつかい、汽車は一等でなく二等。食事も食堂車を利用せず、三十五銭の駅弁をとってすませた。鉄道大臣の旅行といえば、一等車を占用し、食事のときも食堂車に他の客を入れない大名旅行がふつうとされていただけに、これまた評判になった。

予算作成の進み具合をにらむため、井上蔵相は、しばらく東京を離れられなかった。

井上の昼食もまた、仕出屋《しだしや》から簡単な弁当をとり、官邸奥のせまい部屋で、ひとりですませることが多かった。

井上が伊勢神宮へ向かったのは、浜口より二十日ほどおそく、八月も十二日のことであった。

夜九時、宇治山田駅へ着いた井上は、その夜、早稲田大学校友会主催の経済講演会が開かれているという話を、小耳《こみみ》にはさんだ。

「よし、おれも話をさせてもらおう」

井上は宿へは向かわず、車でまっすぐその講演会場へとかけつけた。そして、講師の話が終わるのを待って登壇、緊縮について力のこもった講演をした。

この思いもかけぬ飛び入りの講師に、会場は、はげしい拍手に包まれた。

伊勢から関西へ入った井上は、十四日午後、大阪商工会議所で一時間の講演。夜は、中之島公会堂で、「国民経済の建直しと金解禁」と題し、毎日新聞社主催の講演会。雨ではあったが、五千という聴衆で、会場は超満員であった。

講演の草稿は、口述筆記にさらに加筆したもので、井上としては練りに練った文章であった。

井上が熱弁をふるった一時間十分の間に、何度も大きな拍手が湧《わ》き、終わったときには、聴衆は総立ちとなり、「万歳！　万歳！」の叫びとなった。

さすがの井上も、感激して、しばらく演壇に立ちつくした。

翌十五日も、井上は、朝は、「台所から見た金解禁」と題し、全関西婦人連合会で講演。正午には、大阪経済界、午後は堺《さかい》商工会議所で、それぞれ講演。

十六日は、朝、神戸第一高等女学校、正午には神戸官民合同歓迎会で。そのあと京都へ来て、夜は京都市公会堂で講演会。緊縮と金解禁の意義を説き続けた。

翌日、帰り道にも、名古屋で途中下車し、愛知県会議事堂で講演と、まるで憑《つ》かれた使徒か伝道者のようであった。

東京に戻ると、翌年度の予算編成作業。

井上は、浜口の意を受け、徹底した整理緊縮方針で臨むつもりである。

税収の落ちこみから歳入減が予想されるが、それでいて、「非募債」を打ち出し、一般会計の公債は一切発行せず、特別会計の公債も半減とする。

当然、歳出も大幅に圧縮。各種補助金は打ち切り。鉄道建設計画は縮小。道路河川港湾の改修修築計画も、ほとんど中止またはくり延べ……。

「いかに緊縮とはいえ、あまりにも不人気なことばかり。解散は近いというのに、これで勝てるのか」

与党内部からも強い反撥《はんぱつ》の声が上がってきた。

折柄開かれた地方長官会議でも、浜口や井上は、緊縮を強調した。

会議で知事たちに出される食事は、箱弁当ばかり。たまに三円の定食という緊縮ぶり。

このため、

「見渡せば酒も肴《さかな》もなかりけり　裏だなめきし秋の夕暮」

という徳川時代の狂歌を持ち出して、こぼすひともあった。

東京では、猛暑が続いていた。

摂氏三十度を越す日が、連続して二十日以上になる。

井戸が涸《か》れ、氷と西瓜《すいか》がとぶように売れ、一方、疫痢《えきり》と脳炎のため、幼児の死亡がふえた。

深川や洲崎《すさき》などでは、暑さに耐えかね、夜は道路や橋の上で寝る労務者の数が多くなった。

この暑さの中で、浜口は、ラジオの全国放送を通して、国民に緊縮を呼びかけた。

重々しい口調ながらも、心のこもった首相の訴えを聞いて、感動したという手紙や電報が殺到した。中には、「国債償却に当てて」などと、小為替を送ってきたひともあり、首相側近は取り扱いに困り、とりあえず国庫雑収の一部、とくに献金として処理することになった。

「私達は、もうとてもやって行けない、もうだめだと絶望して居りました。ところが、ラジオで首相の演説を聞いて、思い返しました。まだ余地がある、まだ余地がある、と」

といったある失業者夫婦からの手紙など、浜口には印象的であった。

浜口はくり返し読んで、その文句をほとんど暗記し、ひとに語って聞かせた。そうすることで自らを励ましてもいた。

浜口は、さらに、同じ趣旨の訴えをビラに刷って、全国一千三百万の全世帯に配布することにした。

「我国は今や経済上実に容易ならざる難局に立って居るのであります……」

かたい文章であったが、浜口は一戸一戸の前に立って訴えかける思いで書いた。このため、暑い盛りに、モーニング姿で机に向かった。

「……緊縮節約は固《もと》より最終の目的ではありませぬ。これによって国家財政の基礎を鞏固《きょうこ》にし、国民経済の根底を培養して、他日大に発展するの素地を造らんがためであります。明日伸びんがために、今日は縮むのであります。これに伴う目前の小苦痛は、前途の光明のために暫《しば》くこれを忍ぶの勇気がなければなりませぬ。願わくば、政府と協力一致して、難局打開のために努力せられむことを切望致します」

ビラの末尾には、毛筆による署名を入れる。

凸版用のその字を書くため、モーニング姿の浜口は、白いひげの盛り上がった口もとをとがらせ、気に入りの字ができるまで、何枚も何枚も書き続けた。


九月に入ると、関東地方は一転して雨続きとなった。

台風をはさんで低気圧が停滞し、毎日毎日が雨。

日傭《ひやとい》労務者たちは、職にあぶれ、蚊帳《かや》やふとんまで売り、三度の食事が二度となり、一度となり、それも粥《かゆ》になるという有り様。雨の中を、道路に落ちている物を拾いに出たり、残飯をもらい歩いたり、埋め立て地のごみすて場から鉄屑《てつくず》を探したり、というみじめさであった。

当時、失業統計は完備されておらず、職業紹介所の窓口で見る限り、求職者数に対する求人数、つまり、就職率は二割七分という低さ。この年の大学専門学校卒業生就職率もまた、法経文系では、前年の四六・三パーセントから三八・一パーセントへと落ちこみ、失業者はふえるばかりであった。

こうした世相を前に、浜口たちは、

「明日伸びんがために、今日は縮む」

と、なお耐乏を説いたわけである。

（もちろん、政府は失業問題に目をつむっていたわけではない。次年度予算に予算化こそしていないが、事態いかんによっては、失業対策のため責任支出の形で支弁できるよう、財源を留保してあることを、井上蔵相は強調し、一方、安達内相の下では、失業対策事業化などの立法化を進めるとともに、職業紹介所の機能強化などの応急対策にとり組んでいた）

東京に長雨が続いていたころ、井上は九州で講演を重ねていた。

八月三十一日朝、門司《もじ》に着くと、まず講演。午後おそく福岡入りして、放送をすませたあと、地元新聞主催の講演会など、一時間前後の講演を計三回。翌日は久留米《くるめ》に移り、四千人を相手に県主催の講演会、というように、行く先々で講演。どこも盛況で、用意していた講堂では収容しきれなくなり、地面に筵《むしろ》を敷いて坐《すわ》ってもらう会場もあった。そして、井上は興にのると、二時間にわたって、熱弁をふるった。

やがて、井上は咽喉《のど》を痛め、声もかすれてきた。その上、腸の具合がわるく、懐炉で腹をあたため、粥をすすりながらの旅となった。

井上は、大分県日田《ひた》郡大鶴村の生まれである。このため、大分県下に入ると、人気はますます白熱化し、日田では井上を後援する井上会が発足した。

「政党政派を超越して井上準之助氏の人格を崇敬し、向後益々《ますます》寿康を保ち、邦家の為《ため》に経綸《けいりん》を行はれん事を祈り以《もっ》て同郷の情誼《じやうぎ》を尽す」のを目的とした会である。

発会式の挨拶《あいさつ》で、井上は入閣当時のいきさつについてふれ、

「自分が政党外から蔵相になり、続いて民政党に入党したことについて、世間ではいろいろと申している。だが、本当のところは、首相から交渉のあったとき、よく意見が一致したし、その上、自分がこれまで直接間接に我国の財政に関係してきた因縁もあり、この際、粉骨砕身、死を賭《と》して御国のために尽そうと決心したからで、此《こ》の点、万々誤解のないよう、とくに皆様の御諒承《ごりょうしょう》を願う次第である」

と述べた。郷党のひとびとに真意を伝えておきたいと思ったのだが、歓迎ムードで熱くなっている聴衆に、その話の意味するところがどこまで伝わったか疑問であった。

井上は、故郷の大鶴村に入ったときも、生家の前を素通りして、まず講演会場へ。

講演の旅は、さらに、中津、宇佐、杵築《きつき》、大分、別府へと続いた。そして、別府を発《た》つその日の朝も、別府公会堂で講演。

正味六日半で、一時間から二時間にわたる講演を、合計二十六回も重ねたことにな

り、

「こんなはげしい講演ははじめてだ」

と、井上自身あきれる旅となった。

静の浜口、動の井上。一言足りぬ浜口、一言多い井上のコンビが、こうして、金解禁めがけ、死を賭して動き出した。

前途に待ち伏せているのは、未曾有《みぞう》の不況だけではない。軍縮に反撥する陸海軍。憲政会内閣以来、仇敵《きゅうてき》の間柄に在る枢密院《すうみついん》。衆議院では圧倒的多数を擁する野党政友会。その政友会系の色濃い貴族院……。

波高き船出であった。浜口ならずとも「天山雪後海風寒」と口ずさみたくなるような行路難が予想された。

第一章

浜口雄幸《おさち》が、自己分析して、無趣味の理由を三つあげ、その二番目に、

「余の生立の環境は余をして黙坐瞑想《もくざめいそう》に傾かしめた」

と記していたことは、先に紹介した。

では、ひとをして「黙坐瞑想」せしめる環境とは、いったい、いかなるところであろうか。

浜口は、明治三年（一八七〇年）四月一日、高知県長岡郡五台山《ごだいさん》村唐谷《からたに》の水口家に生まれた。

水口家は、代々、土佐藩のお山方、つまり山林見回りの小役人であり、雄幸の父胤平《たねひら》もまた、藩政時代はお山方。維新後も、山林官と名前は変わったが、同じ役目を続けていた。十年一日の如《ごと》く、機械的で地味な仕事であった。

その水口家の建物は、雄幸の生まれた当時にくらべちょっと手を加えただけで、いまも残っている。

高知市南東にある五台山——名刹《めいさつ》があり、眺めもよくて、いつも観光客でにぎわっている場所だが、それから先は、水田が続き、にわかにひなびた風景になる。

水田がひろがり、川があり、水田があって、低い丘陵地帯に至る。松や雑木が茂った山麓《さんろく》には、農家が数戸点在しているが、水口家は、そこからまた、小さな谷を奥へ分け入ったところに、一戸だけ離れて立っていた。

土佐といえば、まぶしい太陽、明るい海、強い汐《しお》の匂《にお》いなどを連想しそうだが、遠くに海こそきらめいて見えるものの、その一画は山陰路にでも迷いこんだように、かげが濃く、さびしい風景であった。まわりは山、前は小さな谷で、他に家も人の姿も見えない。木々には、蜘蛛《くも》の大きな巣がかかり、細い道を鋭く蛇が横切る。風が出ると、木々の葉がひとを脅かすようにざわめくばかりで、いまでも、とても一人では住めない感じの山中の一軒家であった。


しかも、この環境の中で、浜口は幼いときから孤独のことが多かった。

集落から離れているため、友だちが来ない。家の中に、男の兄弟が居るものの、すぐ上の兄の義正とは、八つちがい。長兄の義清となると、実に十六も歳《とし》が開いた。

この長兄はおとなしく勉強好きで、五台山竹林寺の勧学院に弟子入りしたりして、あまり家には居なかった。一方、次兄は、幼名を「金馬」といったが、きかぬ気で気象もはげしく、「金時」というあだ名をつけられた。村の腕白大将となって、これもあまり家には居ない。

父親は、善良で平々凡々たる男であったが、職業柄もあって、山歩きが好き。四十をすぎてできた子のあそび相手をしてくれるわけでもない。

母親の繁子は、郷士の娘で、勝ち気な女であった。七年ぶりに身ごもり、娘の出生を期待していただけに、落胆した。

それでも小さいときは、「おさぢ」「おさぢ」と娘でも見るような触れ方をしたが、がっしりした体の少年となり、獅子鼻《ししばな》で眉《まゆ》が上がり、どんぐり眼に角ばった顔つきになってくると、とても娘代わりには思えなくなる。家のきりもりや、畑仕事を見たりするのに追われ、浜口には構わなくなった。

こうして山間《やまあい》の一軒家で、雄幸は幼いながらに、ひとりぼっちで日々をすごし、やがて字が読めるようになってからは、本の虫となってしまった。

幸い、近くに高知県下では最初の小学校のひとつができた。古い倉庫の建物を持ってきたもので、孕尋常小学校。全校で二学級だけ。正規の教員が居るわけでなく、竹林寺で勉強した長兄の義清が教えたりした。

浜口少年は、その小学校から家へ戻ってからも、ほとんど、あそびには出ないで、本ばかり読んでいた。

当然、成績はよかったし、大人《おとな》びた子供になった。そして、気が小さく、ひどく臆《おく》病《びょう》な子でもあった。夕涼みしている先に、蛍《ほたる》がとんでくる。兄にいわれても、その蛍がこわくて、つかまえることもできない。

とりわけ、雷をこわがった。もともと口数の少ない子であったが、稲光りが走ると、もう口もきけず、立つこともできず、泣くことさえできない。机に伏せ、両手で頭を蔽《おお》い、ふるえているばかりであった。やがて小学校も高学年になると、少しは友だちとあそぶようになった。「しゃこどり」といって猟のまねをする土佐独特のあそびがいちばん好きであったが、女郎蜘蛛の嚙《か》み合わせや、蟹《かに》とり、魚釣り。

体つきが頑丈なため、相撲も好きになり、子供仲間では、一方の横綱となった。がっぷり組んだ四つ相撲が得意である。

悪戯《いたずら》したり、女の子をいじめたりすることは、なかった。争いもほとんどしなかったが、一度だけ前歯が欠けるほど、はげしいけんかをした。

浜口が総理となった日、すでに七十半ばを越していた長兄の義清は、語っている。

「雄幸は幼いときから真面目《まじめ》一方で学問一途《いちず》の男であった。それにわしとは年も十歳余り違うので兄弟喧嘩《げんか》もした覚えがない、無口で無頓着《むとんじやく》でどんなに頭髪が伸びようが、どんな着物を着ようが、そんなことは一向平気であった。趣味といっては何一つなく極めて平凡な子で、それがこんなに出世をしようとは思わなかった。ただわしからいうのもおかしいが学問が好きで、またよく出来た」

中学に入ってからも、浜口には、この言葉どおりの日々が続いて行く。

高知中学までは、往復四里の道程である。浜口も、母の繁子も、「まちがっても遅刻してはならぬ。早めに、早めに」という考え方で、毎朝六時前には、家を出た。塩辛く煮た豆がお菜《さい》の弁当を持って。

遠距離通学にもかかわらず、学校へ着くのは、一番乗りに近い。校門がまだ開かず、その前に佇《たたず》んで本を読むことも、珍しくなかった。放課時間になると、また読書。

このため、三年生を終わるときには、十二課目中、六課目が百点という学校創立以来の成績を上げ、飛び級して、五年生へと進むことになった。(もっとも、体育だけはにが手で、跳び箱が越せず、その上に尻《しり》をついてしまう。「浜口の尻餅《しりもち》」が通り相場となった)

後年、大蔵大臣となった浜口は、母校に来て講演し、後輩たちに率直に語りかけた。

「自分のことは、自分で申すべきものではありませんが、私はただ一つだけ自分のことを皆さんに申し上げます。学生としての私はまじめであったと思います。また、相当な勉強家であったと信じます。それ以上のことについては今日自ら考うるに、極めて平凡な人間であった。今日も平凡な人間であります。ただ、自分の力のあらん限り努力奮闘するというだけの信念は持っております」

まじめに黙々と勉強するだけの男に、人気は湧《わ》かない。優等生ではあっても、学校では目立たぬ存在であった。

浜口にはまた、つとめて目立つまいという気持ちもあった。

当時、高知中学では、志操優等の生徒に白線、学業優秀な生徒には赤線を、それぞれ帽子に入れさせた。浜口の古びて黄色がかった帽子には、白線赤線ともに入っていたが、浜口はいつもその帽子を懐《ふところ》に入れて歩き、校門へ入るときだけかぶった。

髪が伸び放題になった大きな頭に、その帽子が小さすぎたせいもあったが、それ以上に浜口は、誇らしげに見られるのが、いやであった。

こうした浜口に、母の繁子は、口ぐせのように、一つのことをいい続けた。

「男らしい人間になっておくれ」

挨拶《あいさつ》代わりに、拳骨《げんこつ》で頭をなぐったり、クラス対クラスで決闘をしたり、隣の師範学校生をおどかしたりといった風に、中学の気風は荒々しかった。

そうした風潮にまるで超然としている浜口に、腕白な生徒たちが目をつけた。

ある日、こっそりと浜口の弁当の中味をすててしまい、代わりに砂をつめて置いた。

昼食時間となり、クラスの生徒たちが息をつめて見守る中で、浜口は弁当箱の蓋《ふた》をとった。

現れたのは、麦飯や煮豆の代わりに、黒っぽい砂ばかり。

だが、浜口は、声ひとつ立てなかった。静かにまた蓋をすると立ち上がり、ゆっくり教室から出て行った。

このあと浜口は、二度と悪戯されることはなかった。

折から土佐には、新しい政治の風が吹きはじめた。

土佐出身の自由民権運動のリーダー板垣退助は、帰郷したとき、高知中学へも来て講演したし、板垣に共鳴するひとびとの政治運動が活発であった。中江兆民の泰平学校など、いくつもの政治結社も動き出した。

こうした空気に刺戟《しげき》され、中学生の間でも、政治討論や講演会が持たれるようになった。

浜口も、この種の会には顔を出し、いつもとちがい、堂々と政論を述べ立てることもあった。やがて少数ながら、友人もできた。

ただし、その友人たちとのつき合い方が、一風変わっていた。

浜口は、友人の家へあそびに来ても、訊《たず》ねられれば答えるだけで、ほとんど自分からは口をきかない。部屋の隅に坐《すわ》って、何か考えこんでいたり、ときには、寝ころんで、黙って天井を見つめている。そして、そのまま、二時間三時間と過ごしてから、ふいに思いついたように立ち上がって、帰って行く。

いったい何のためにあそびに来たのかと、最初のうちは、友人たちもとまどった。

だが、そうした振る舞いが二度三度とくり返され、その度に、浜口がまじめな顔をしてやって来て、また、ごくまじめな顔つきで帰って行くのを見て、そうした過ごし方が浜口には意味があるのだと察し、そっとしておいてやるようになった。

当時、高知中学に教え子全員の寸評をした漢学教師が居たが、その教師による浜口評は、「雲くさい」という一語であった。

「雲くさい」——。奇妙な言い方だが、浜口にぴったりだと、生徒たちはうなずき合った。

中学五年、水口姓だった浜口に、ふいに養子縁組の話が持ちこまれた。

相手の浜口家は、高知市より東南へ約五十キロ離れた安芸《あき》郡田野町の郷士で素封家。当主の義立《よしなり》は、剣客としても名が高かった。だが、男の子二人が夭折《ようせつ》して、家には夏子という娘ひとりだけ。きびしく育て上げ、女子としては最高の教育を身につけさせるため、高知の女子師範に行かせてあった。

家をあげての悲願は、よい婿《むこ》養子を迎えることである。田野町かいわいから物色しはじめ、高知へ出て、友人知己にたのんで歩いたが、それだけでは満足しきれなくなり、義立は高知中学にのりこんだ。

人材の源まで洗い上げようというわけで、卒業生から在校生に至るリストを繰り、成績・操行・身上などを、片っ端から調べ上げた。といっても、そのころのことである。人数は多くない。五年生で八人、四年生で十八人。

白羽の矢は、当然のことだが、水口雄幸の上に落ちた。抜群の学業成績、志操優等、そして三男坊……。

義立は、校門に待ち構えて、首実検もした。

大きな頭に、ざんばら髪、小さく古い帽子。なるほど容貌《ようぼう》は問題だが、男は顔ではない。義立は、雄幸に惚《ほ》れこんだ。

あちこち手づるをさがして、水口家へ縁談を持ちかけ、ついには、自分でも直接、水口家へ出かけ、膝《ひざ》づめで懇望した。

胤平は当惑した。長男の義清とも相談して、

「雄幸はまだ勉学中の身だから、その種のお話は御勘弁ねがいたい」と、断った。

だが、そうした口上に引きさがるような義立ではない。

「一切勉学の妨げはしない。ただ約束だけでもして欲しい」と迫った。

水口家に顔のきくひとをさがし出しては、仲介に動いてもらった。

剣客らしい気合のこもった攻めに、雄幸の父も兄も、圧倒された。やむなく、

「それでは本人の気持ちしだいで」

と答えてしまった。雲くさい三男坊のことである。養子縁組のことなどに関心があるとは思えない。どこ吹く風と、とり合わないだろう、と踏んだのだが、雄幸の返事は、ある意味では、さらに雲くさかった。

雄幸は、表情も変えずにいった。

「どうでもいいよ」

父と兄は、顔を見合わせた。

「それでは、養子に行ってもいいのか」

と、念を押した。

雄幸は、遠くを見る目つきで答える。

「行ってもいいし、行かなくてもいい」

〈どうせ、たいした問題ではない〉と、いわんばかりであった。

卒業式がすむと、十九歳の雄幸は、仲人《なこうど》に伴われて、浜口家へ入った。十六歳の夏子とは、それが初対面であった。

家に入ってくる魁偉《かいい》な男を見た夏子は、

「まあ、あのひとかよ！」

と、思わず声を上げた。

だが、もちろん、もう取り消すことはできなかった。四十四年にわたる二人の生活は、こうしてはじまった。

夏子もまだ在学中のため、養子縁組の盃《さかずき》を交わしただけで、雄幸は海路大阪へ渡り、第三高等学校へ入学した。

下宿を一度変わり、さらに三高の移転に伴って京都へ移ったが、浜口の暮らしぶりは、高知時代とほとんど変わらなかった。

溝渕進馬という高知中学以来の友人と相撲をとったりする他《ほか》は、黙々として読書にふけるばかり。

夏や冬の休暇に、数日、田野へ帰ったとしても、黙って本を読んだり、ひとりで川辺や海岸を散歩したりして、だれとも口をきかない。

夏子や養家の人々は、最初はとまどった。

養子縁組が気に入らず、ふてくされているのかと思うほどであったが、事前の調べで浜口のひととなりを聞いていたので、そっと見守ることにした。

だが、町の人々には、浜口の雲くささがのみこめなかった。

浜口が歩いて行くと、子守女たちが聞こえよがしにいう声が耳に入った。

「朝から晩まで、むっつりして」

「まるで嚙みつきそうな顔じゃこと」

浜口は、大口を開けてどなった。

「そら、嚙みつくぞォ！」

子守女たちは、悲鳴を上げて逃げ散った。

隣近所の人や、浜口家へ出入りの人たちが、気難しそうな若主人を慰めるため、近くの奈半利《なはり》川の流れの一部をせきとめ、魚とりをやってくれた。

だが、かんじんの浜口が、川原へは来たものの、漁に加わらないばかりか、まるで他人事のように無関心で、携えてきた本を見たり、寝ころんで空を仰いだりして、一言も口をきかない。

たまりかねて、一人が叫んだ。

「若旦那《だんな》、どうして、そんなに黙ってばかりいるんですか」

人々の視線の集まる中で、浜口はゆっくり答えた。

「ものは、言うべきときに言うんじゃ」

雲くさい話を続けよう。

田野に帰郷している間に、浜口は、一度か二度、唐谷の実家へ帰る。四十余キロの道のりを、馬の背にゆられて行く。

馬を曳《ひ》く下男も、また無口で通っている男であったが、その下男までが、あきれ顔で報告した。

長い道中、浜口は無言のまま。例外として、口をきいたのは、たった二言。

ひとつは、

「昼飯にするか」

そして、

「さあ、出かけるか」

後の大学時代もふくめ、田野・唐谷間は十数回往復したが、「昼飯にするか」と「出かけるか」以外の言葉を、下男はついに耳にすることがなかった。

もっとも、浜口の寡黙《かもく》は、沈思黙考のためばかりではなかった。孤独に育ったためでもあろう、一種の気難しさによる面もあった。

三高の親しい学生仲間で、四日間かけて、大和路を草鞋《わらじ》ばきで徒歩旅行したことがある。

木津の宿に着いたとき、土地の名物の餅を食うかどうかで、意見が分かれた。大力で大食の浜口は、もちろん食おうという側であったが、むっとして黙りこんでしまった。

このため、反対派が意見を撤回し、餅を買ってくると、とたんに浜口の機嫌が直り、笑顔になるということがあった。

数え二十歳のとき、浜口は実父胤平を亡《な》くし、二十一歳の年、夏子と結婚式をあげた。いずれも、三高在学中である。

三高では、法科に籍を置き、幣原喜重郎《しではらきじゅうろう》と首席を争い合った。そして、二人とも、東京帝国大学法科へと進んだ。

東京で最初の一年は、寄宿舎生活。次の年からは、夏子が上京し、ささやかな一戸を構えた。

だが、浜口は相変わらず髪も長くのばして手入れせず、服装にも無頓着。黙々と登校してノートをとり、また黙々と下校する。運動もしなければ、趣味も持たない。クラブやサークル活動にも、一切顔出ししない。わずかに、鎌倉円覚寺へ参禅しただけ。無口の程度は、いよいよはげしくなった。

当時、東大の学生たちの間では、天下国家を論ずる風がさかんで、しきりに擬国会などの政治討論が行われていたが、浜口は傍聴はしても、発言に加わることはなかった。

それでいて、政治家志望のひそかな思いに変わりはなかった。

政治家に弁舌は必要だが、それは先々《さきざき》訓練すれば間に合う。いまは、とにかく地道に勉強を積むことである。とくに、これからの政治家は、なにより財政経済に明るくなくてはならぬと、その方面の勉強を、黙々と積み上げて行った。

明治二十八年七月、浜口は東大を卒業した。卒業成績は、小野塚喜平次（後の帝大総長）に次いで二位。

日清戦争の戦勝ムードもあって、「学士さま」は、ひっぱりだこであった。その中で、浜口は、卒業式当日も、それに次ぐ日々も、ふだんと変わりなく、アダム・スミスの『国富論』を読み続けた。

政治家になるためには、まず官界へと、高等文官試験を受ける。

その試験の最中に、不幸が浜口を襲った。

二歳になった長女の和子を、その夏、郷里の人々に見せるため、土佐へ連れ帰ったが、和子は日射病にかかり、帰京後も、高熱と下痢のため衰弱し、高文試験最終日を前に、危篤《きとく》状態に陥った。

浜口は、夜も寝ないで、つきっきりで看護し、試験をすてるつもりであったが、夏子が強く反対した。

「この病状では、あなたが介抱して下さるからといって、よくなるものではありません。それより、一日のことで、あなたの将来を台無しにしないで下さい」

夏子は、けんめいにたのんで、浜口を送り出した。

最終日、憲法の口頭試問で、浜口は試験官の一木喜徳郎《いちききとくろう》と、憲法解釈について意見が合わなかった。

雲くさい男は、爆発したようにしゃべり出し、試験官に食ってかかった。正しいと信ずる意見を述べて落とされるなら、それでもよいと、昂《たか》ぶっていた。

幸い、高文試験に合格。東大同期の勝田主計《しょうだかずえ》（後の大蔵大臣）とともに、大蔵省へ入った。判任官属官で、月給は四十円。まずは順調なスタートのはずであったが、浜口の顔はいかめしく暗かった。

浜口は、娘の死に加えて、高文試験直前に養父も亡くしていた。

そのせいもあって、雲くさい男が社会人一年生となってまずおぼえたのは、晩酌の酔いであった。

第二章

井上準之助は、浜口より一年早く、明治二年（一八六九年）三月二十五日、大分県日田《ひた》郡大鶴村に生まれている。

筑後川《ちくごがわ》の支流大肥《おおい》川沿いにひらけた山間の村である。

川は、かなり水量があり、川沿いに、日田から飯塚へ通じる街道が走る。その両側に、田畑がひろがり、眺望は意外なほど広々として明るい村である。

街道に面した井上家は、代々庄屋で、造り酒屋でもあった。家そのものの造りも大きいが、敷地内にいくつもの棟や倉庫があり、使用人の数も多い。

その家に準之助は、第七子、五人目の男の子として生まれている。家の中も外もにぎやかであり、「黙坐瞑想《もくざめいそう》に傾かしめた」浜口の環境とは、およそ対照的であった。

四人の兄に対抗する必要もあってであろう、井上は機敏で、よく動く子でもあった。

家から小火《ぼや》が出たとき、混乱の中で、いつの間にか、幼い井上が銭箱を小川ひとつ向こうへ運び出し、その上に坐《すわ》っていて、ひとびとをおどろかせた。

冬は、毎朝、大きな火鉢に火が入る。そのとき、井上はすばしこく、いちばんいい場所を占め、手をひろげて、わざと兄たちにあたらせないようにしたりした。

生い立ちも、浜口が「静」であったのに対し、井上は、はじめから波乱が多く、「動」に満ちていた。

まず、七歳のとき、年長の従兄《いとこ》に当たる井上簡一の家に養子に出された。

簡一は、広瀬淡窓《たんそう》のつくった咸宜園《かんぎえん》で学問を修めたひとで、私塾を営んでいた。酒好きで、気が短く、あけっぴろげな男であった。

この養父の許《もと》から、井上はいじけることなく小学校に通い、級長になったが、同時に餓鬼大将にもなった。勉強は要領よくすませ、よくあそんだ、とりわけ魚釣りや、罠《わな》で鳥をとることが得意で、子供仲間からは一目置かれた。戦争ごっこでは、いつも「日本軍の大将」役であった。

はしゃぎすぎて、池に落ちたり、友人にけがさせたり、負けん気で、屈託がなかった。

あるとき、椋《むく》の大木に上って、ぼんやりしているところを、通りがかりの老人に声をかけられた。

「高い木の上で考えてござっしゃるが、郡長にでもなるのかえ」

井上は、とたんにやり返した。

「おれは郡長ぐらいにはならぬ。なれば大臣になるさ*」

少年らしい客気《かつき》がいわせたことであって、本気で大臣志望であったのではないが、憎まれ口をきくというか、一言多いところがあった。

十一歳のとき、養父簡一が急逝《きゅうせい》したため、家督を相続。そのあと、今度は、養母が家を出てしまった。

十二歳で、豆田町の教英中学に入学。次兄が豆田町へ養子に行っていたので、その家の一室を借りて、自炊生活をはじめた。ノミやシラミに悩まされ、睡《ねむ》くなると、井戸端へ出て水をかぶって勉強した。

だが、すぐまた、別のショックが訪れる。

中学二年の夏、水泳好きが昂《こう》じ、豆田川の冷たい流れに浸りすぎたため、急性リウマチにかかり、さらに心臓を患《わずら》った。

原因が自分に在ると考えた井上は、実家には報《しら》せず、ひとりで医者を訪ね、薬をとり寄せたりしていたが、一向によくならない。

学業の中絶を医者にすすめられ、十五歳のとき、ついに中学を退学してしまった。

先のことは、あまり考えなかった。回復したときは、百姓になって暮らせばいい、とも思った。

久留米《くるめ》に評判の名医があると聞いて、思いきって、その医院の近くに転居し、治療に通った。あとは、機織《はたお》りを手伝ったり、近くの禅寺へ参禅したり。すべて、少年の井上ひとりが考え、ひとりで悩んだ上でのことであった。

そして、一年半かかって、ようやく元気をとり戻した。

井上は、こうして、青白い病み上がりの身で、九年ぶりに、大鶴村に戻った。

だが、実家では、決してあたたかくは迎えられなかった。

井上自身が報せなかったとはいえ、井上の病気は、次兄などを通し早くから実家に伝わっていたのだが、井上の母親ひな子は、ただの一度も井上を見舞おうとせず、また、見舞いの手紙ひとつよこさなかった。子供とはいえ、養子に出した子であり、病気の原因も、その子自身に在る。勝手にしなさい——と、突き放した恰好《かっこう》であった。きびしいというか、酷薄なほどの割り切り方をする母親であった。

それに、ひとつには、当時、母親ひな子は家の切り盛りをするため、手が放せなかったせいもある。

養子である父親の清は、村政や他人の世話をするのにかまけて、家業を留守にしてきた。このため、家がすっかり左前になり、勝ち気なひな子が主人代わりとなって、長男の初太郎らと力を合わせ、建て直しに当たっている最中であった。

実家に戻った井上も、さし当たっては、一個の労働力でしかなかった。早速、家事や家業を手伝わされる。

風呂《ふろ》の焚《た》き方が下手だ、と叱《しか》られる。水車小屋で酒造米の精白をやらされたが、読書に気をとられ、精白しすぎて、ひどく怒られた。さらに、うたた寝している隙《すき》に、米泥棒に酒造米を盗まれてしまった。

せっかく戻ったわが家ではあるが、おもしろくない日々が続く。井上は、そうした生活にがまんできなくなった。

家業は、長男の他に四男の豊一郎も手伝っており、家に腰を落ち着けても、井上の出る幕はない。倉番でもして一生を終わることになりかねない。

性に合わない、と思った。郷里を出よう。それも、博多や大阪などへでなく、いっそひと思いに、東京へ出よう。

井上は、母親に申し出た。黙ったまま何を考えているかわからぬ雲くさい浜口などとはちがって、井上はすぐ口に出し、はっきり自己主張する。

「東京へ出て何になる」

と訊《き》かれ、

ない。

「大臣にでもなるさ」

と、いってのけた。そういう威勢のいいセリフでも吐かなければ、ふんぎりがつかない。

母親は許してくれた。それくらいの覇気《はき》があれば、何とかなるであろう。それに、もともと手もとに置くべき子供ではない。

ふとんを馬の背に積み、四里の山道を下男が送り出してくれた。

さし当たって、何かあてがあるわけではない。無鉄砲に近い上京であった。

養子、養父の死、家督相続、養母の家出、発病、中学中退、転地、出戻り……と、波乱続きというか、波瀾《はらん》万丈の少年期であった。その上、東京への出奔。ゆさぶられ続けたついでに、とび出してしまえ、という感じもあった。

「動」がいい。自分から攻めて出るのが、性に合う。

門司《もじ》からは、日本郵船の貨客船に便乗した。三人目の兄良三郎がその会社につとめていて、便宜をはかってくれた。

良三郎もまた、郷里の家で倉番などして一生を終わることをきらい、東京へ出て、苦学しながら、商船学校を出た男であった。

東京に着いた井上は、まず日本橋小網《こあみ》町の問屋街を訪ねた。丁稚《でっち》から番頭へ、そして店を持とうと夢見たのだが、これという就職口がなかった。

次に、横浜へ行き、外国商館を回ったが、ここにも、口はなかった。それに、これからは、商人になるにも学問が要る、ということがわかった。

正修校などで勉強して一高の入学試験を受けてみたが、不合格であった。それまで漢学中心の教育を受けてきたため、英語や数学が弱かった。

次に、二高の補欠募集を受けた。

「郷里からいちばん遠いところがいい」

という井上らしい考え方からであった。

合格して、仙台での生活がはじまった。井上十九歳、明治二十年のことである。

井上のひととなりについて、後輩の結城《ゆうき》豊太郎（興銀総裁）は、

「全体として纏《まとま》って居れば、局部々々の不出来な事は多く問わなかったこと

物事の処理――始末をつくることのうまかったこと

非常に熱があったけれども亦頗《またすこぶ》る平淡で常に平静を失わなかったこと」

などをあげ、それに関連して次のように記している。

「井上さんの性格なり行為を見る時、自分には、仙台二高時代と云《い》う在仙五年間が井上さんをああいう風に造上げたのではないかと思われてならぬ。井上さんはあそこを第二の故郷以上に憧《あこ》がれ、常々同級生殊《こと》に高山樗牛《ちよぎゆう》を懐《なつか》しみ、後々まで二高生に話しかくることを此上《このうえ》なく楽んで居《お》られたが、先年同校に開校二十五周年記念式があって参られたことがある。自分も二高出というのでお伴をしたことであるが、あの時井上さんの母校に対する懐しそうな様子といったら尋常なものではなかった。日本銀行総裁時代に、俺は総裁を辞めたら高等学校の校長になって見たいと時々言うて居られたが、それは青年を好むところからの言葉で何処《どこ》の学校などと特定意識あってのものではなかったようだけれども、若《も》し二高の校長になる機会があったら、欣然《きんぜん》就任せられたことであろう」*

と。

当時、大分の山奥と仙台とでは、外国に離れ住むほどの遠さがあり、新鮮さがあった。予科本科と合わせて五年。ひとつの町に落ち着いて五年もすごすというのも、井上には、はじめての経験であった。

しかも、その町が、多感な青春を送るにふさわしい土地柄であった。

市街地とそれを取り巻く山野を見渡す青葉山。井上は、毎日のように、深呼吸をくり返しながら、その眺めを満喫した。

市街のほどほどのにぎわいと、静かなたたずまい。そして、市の中心部にあるとは思えぬような広瀬川の清流と深い渓谷。井上は、その川原に下り、大声をはり上げて演説の練習をしたりした。

器械体操は下手で、ただぶら下がっているだけであったが、スポーツには興味を持った。

スケートをおぼえ、テニスや野球もたのしんだ。モダンなものが好きで、トランプもおもしろがった。

服装はきちんとし、当時、学生に流行していた弊衣破帽姿にはなじまなかった。雨降りの日などは、東二番丁の下宿屋から、学生たちが見たこともないゲートルばきで登校したりした。

片平丁に寄宿舎ができると、井上はしばらく寮生活も経験。そのあと、北六番丁の素人《しろうと》下宿にも住んだ。

二高では、一学年十人という小編成。友人に恵まれ、深いつき合いができたが、井上がとくに親しくなったのは、高山樗牛である。

井上準之助と高山樗牛は、首席を争い合ったし、寮では、同じ部屋で寝起きした。

樗牛が夜ふけまでかなり派手に勉強するタイプであるのに対し、井上は目立たぬように勉強し、夜は十時ごろには寝てしまった。

ただし、英語については、おくれをとり戻そうと猛勉強し、最も得意な科目とした。英語会には、樗牛と二人でよく出席したし、シェイクスピア劇では、主役を二人で分け合った。

二人は、よく気が合った。

雪中行軍に出かけ、途中、雪合戦をやったときのことである。井上たちの組が人数が少ないため、ぶつけられ放題になった。

このため、井上と樗牛の二人は、雪の中へとび出して行き、敵の陣中へおどりこんだ。

結果は、逆にねじ伏せられ、目がつぶれそうなほど、なぐられることにはなったが。

ただ、樗牛が熱くなり断乎《だんこ》として突進するのに対し、井上は強気で攻めはしても、あとをとりなし、話をつける力があった。樗牛が燃えれば、井上が冷やす。

別の行事のとき、医学部の生徒と宿舎の問題でもめたことがあった。

こうしたときは、血の気が多く弁《べん》の立つ幇牛がスポークスマンを買って出る。強気で相手と談判しながら、

「だいたい、貴公らはコモンセンスがないぞ*」

といったところ、ドイツ語には明るいが英語に弱い相手は、これを「昏盲《こんもう》精神」と聞きとって、大さわぎとなった。

このとき、仲に入ったのが、井上である。

いよいよ昂然とする幇牛をおさえ、両者の食いちがいを明らかにし、話をまとめた。

井上は、もめごとをまとめるのが、うまかった。問題の所在を明らかにし、冷静にかたをつけて行く。流転《るてん》の中で、幼いながら自分で問題を解決させられてきたせいでもあった。

面倒見もよかった。兄からの学資にたより細々と生活していたのに、同級生が困っているると、その学資を分けようとした。

勉強ぶりこそ目立たなかったが、同級生の間で、井上の評判は高く、

「あいつは、きっとえらいやつになる」

と、幇牛も折り紙をつけた。

二高を卒業し、互いに離れ離れになる日、井上は級友たちにいった。

「ぼくも仙台に居る間、身体《からだ》だけは十分気をつけたつもりであるが、これからも、より以上に健康には注意しなければならぬと思っている。勉強は或《あ》る程度でよろしい。勉強よりも健康が大事だから、みんなも誓って一つ身体を丈夫にしようじゃないか*」

平凡だが、大病を経験した井上には、痛切な自戒の言葉であった。

健康を軸に、合理的な生活設計を——という生き方が、井上の人生を貫いて行く。

浜口より一年おくれて、井上は東大法科に入学した。

浜口が寡黙《かもく》で、つき合いを好まなかったせいもあり、東大在学中、二人が言葉を交わしたことはない。

井上は、健康でのびやかな学生生活を送った。毎日、冷水摩擦を心がける。そして、散歩。ステッキを振って歩く。授業が終われば、きまって散歩、かなり遠くまで足をのばし、冬も茶色の襟巻《えりまき》をして出かけた。テニスもしたし、日曜などには向島へ出て、櫓《ろ》を漕《こ》いだ。

服装は、かすりの着物にかすりの羽織ということが多く、毛筆で和紙にノートをとったりした。

相変わらず、とくに目立つ勉強家ではなかった。寄宿舎では、就寝前に一時間か一時間半、勉強する程度。同期生より二年ないし三年年長というせいもあって、同室の仲間たちとむきになって議論するということもなかった。むしろ、傍《そば》で聞いていて、筋道を立てて議論を整理したり、話を煮つめたりするのが得意であった。

卒業前の一年ほどは、麴町《こうじまち》区富士見町にある兄の良三郎の家に寄宿した。そこでは、原書などもとり寄せ、本格的な法律の勉強をはじめた。

弁護士志望の気持ちが、かたまった。他人に使われず、好きなように仕事ができる。井上は、弁舌にも、ひとの話をまとめることにも自信がある。自分にいちばんふさわしい職業だと思った。

さし当たっては、世話になった兄の役に立ちたいという気もあり、商法とくにイギリスの海商法を中心に、判例研究などをふくめ、かなり突っこんだ勉強をした。

このため、商法の口頭試験では抜群の成績をおさめ、そのおかげで、卒業成績は二位におさまった。

卒業を前に、井上は何年ぶりかで郷里へ帰った。東大を優秀な成績で出ようというのである。母たちにも、よろこんでもらえるであろう。

笑顔で家に入ると、母のひな子は、かつて大病のあと戻ったときと同様、よそよそしかった。そして、頭から井上をたしなめた。

「大学を出るのが、何がうれしいのか。毎日学校へ通えば、卒業するのが当たり前じゃ」

理屈としては、そのとおりである。井上の顔から、笑いが消えた。

弁護士になりたいという希望も、母親はとり上げてくれなかった。

井上の頭の中に在るのは、東西万巻の書物を背にした近代的な法曹家の姿である。そのためには、できれば、イギリスへも行って勉強したい。将来、仮に政治家になるにしても、外国によくあるように、弁護士出身というコースをとればよい——。

そうした夢を、どれほど熱をこめて話しても、通じない。山里で、母親たちの考える弁護士とは、三百代言的な姿でしかなかった。

それに、弁護士になるには、まだ時間と金がかかる。井上が帰郷したのも、その費用を実家から出してもらおうと思ったためである。

だが、どれほど説いても、母親の態度は変わらなかった。

そのうち気が変わるかと、滞在を二週間からさらに三週間へと延ばしたが、とりつくしまもなかった。

井上は、落胆して東京に戻った。

恩師や旧友には、官吏になるようすすめられたが、井上は、いまさらその気になれなかった。二つも三つも年少の同級生たちといっしょに、目を輝かせて役所の門をくぐる気になれない。それに、役所はどこも七面倒で窮屈な職場のように思える。また、井上が勉強したのは、公法でなく、商法が中心である。その知識を生かせる職業がいい。

そうしたところへ、兄の良三郎が見かねたように話を持ってきた。

同じ大分出身の山本達雄が、日本銀行の理事をしている。かねて面識もあるところから、良三郎が弟の就職をたのんでみたところ、二つ返事で採用してくれる、という。若手を外国へ出すことも考えているとか。ひとつ行ってみる気はないか。

井上は、うなずいた。とくに希望したわけではないが、勉強もできるようだし、わるい職場ではなさそうだ。

こうして、井上は、半ば自分を投げるような形で、日本銀行へ就職した。

最初は、大阪支店勤務。

全員が和服のところへ、井上は背広姿で颯爽《さっそう》と出勤した。

支店長鶴原定吉も、同郷の先輩であった。

井上の仕事は、貸付割引係。係長と、他に係員一人。帳面づけと算盤《そろばん》をおぼえることからはじめねばならなかった。

初任給は二十五円。小さな家を借りて住む。

たまたま、兄の良三郎も、前後して神戸勤務になっていたため、母のひな子が九州から出てきて、良三郎と井上の家に交互に住んだ。

〈家業がようやく盛り返した。骨休めを兼ねて、しばらく上方《かみがた》の生活を経験してみたい〉というのであった。井上のたのみには耳をかさなかったくせに、自分の都合で同居しに来る。割りきったところのある母親である。

日銀大阪支店で、井上はひとり背広を着て目立っただけでなく、英語がうまいことでも、目をひいた。外人の客が来ると、井上の独壇場になった。

そうした井上は、一年あまりで本店に呼び戻され、ついで、銀行業務研究のため、イギリスとベルギーへの二年間にわたる出張を命じられた。同行は、函館支店から呼び戻された土方久徴《ひじかたひさあきら》。東大では一年先輩、つまり浜口と同期である。

一度は留学を夢見たイギリス。たとえ弁護士になるためではないといえ、そのイギリスへ行けるとあって、井上の心ははずんだ。

母親のひな子が、このときはじめて井上のよろこびに同調し、二百円というまとまった金を渡してくれた。餞別《せんべつ》であり、縁薄い末っ子への財産分けでもあった。

十月末、横浜を出帆して、イギリスへ。

一年に千二百円という高給こそ支弁することにしたものの、日銀としては、はじめての海外研修であり、先方の受け入れ態勢については、何の確認もとれていなかった。

到着した井上たちは、中央銀行であるイングランド銀行を訪ね研修を申し込んだが、相手にされない。

加藤高明が公使をしている日本公使館からも交渉してもらったが、「先例がないから」と、はねつけられた。

いまさら帰国はできず、市中銀行業務でも勉強する他はない。

日本へ最初に銀行業務を教えにきたシャンドが関係するパースバンク（後にイギリス五大銀行のひとつウェストミンスター・バンクに合併された）へたのみこんで、見習いに入れてもらった。

井上は、ノートを克明にとって、よく勉強した。

土方は支店に詰めて、細かな業務そのものを勉強したのに対し、井上は本店詰めだったせいもあって、技術的なことよりも、銀行の仕組みや運営に興味を持った。どんな人間が、どういう風に銀行を動かしているか。行員を働かせているものは、何なのか。

暇なときは、本屋へ行き、金融関係だけでなく、経済・政治・歴史・文学など、さまざまな本を買いこんだ。

親友の樗牛のためにも、"Anglo-Saxon Superiority" "Hundred Best Pictures" など、次々と買って送ってやった。

井上と土方が、ロンドンで二度目の正月を迎えるころ、日本銀行では「日銀ストライキ事件」と呼ばれる騒動が持ち上がっていた。

井上の日銀入りの手引きをしてくれた山本達雄は、もとは三菱《みつびし》につとめ、日本郵船を経て、日銀へいきなり営業局筆頭書記として迎えられた実力者で、理事になるのも早かったし、このころは、四十三歳の若さで日銀総裁となっていた。

このため、古い重役たちの間に対立が生まれ、とくに人事問題などをめぐってもめたあげく、理事四人中三人、局長七人中五人、支店長四人中三人という大量の幹部が、一挙に退職してしまった。

山本は、その穴を埋めるため、とりあえず高橋是清《これきよ》を横浜正金銀行から日銀副総裁にひっぱってきた。かつてペルー銀山で失敗した高橋を、「本店建築事務手伝い」の肩書で日銀へ入れたのも、山本であった。高橋は、その後、西部支店長を経て、正金銀行へ出、当時は副頭取になっていた。

いずれにせよ、日銀にとっては、非常事態である。このため、ロンドンに居た井上たち若手までが、急遽《きゆうきよ》、呼び戻されることになった。

二年の予定が、一年半で、ふたたび日本へ。

井上たちの帰国を、山本総裁らは京都で迎えて歓迎の宴をはり、ついで、東京では上野の精養軒で、総裁以下が出席して、大歓迎会を催した。

席上、土方が銀行の事務改善について報告したのに対し、井上は銀行員の心理や生活状態などについて話した。多勢の新聞記者が取材を兼ねて傍聴に来ていたが、そうした記者たちをふくめ、参会者にわかりやすく、興味のある話であった。

それにしても、日銀あげての大歓迎といってよかった。人材の空白がいかに大きいか。井上たちへの期待ぶりが、痛いほど感じられた。

　だが、期待されたこの若手二人は、いよいよ意気軒昂《けんこう》とし、また得意にもなって、毎日のように酒宴を重ね、そのあげく銀行に出ない。〈長期滞在のあとである。二カ月ぐらい休ませてもらって当然〉という考え方で、勝手に休暇をとる形であった。

　出勤するときも、待合から二人曳《び》きの人力車で日銀へ乗りつける、という勇ましさである。

　帰国した年の十月、数え三十一歳の井上は検査役となり、同月、星ケ岡茶寮で毛利千代子と結婚式を挙げた。千代子は、華族である毛利家の娘で、虎《とら》の門《もん》女学館出身、二十歳。

　披露宴は、次の年の春を待って、これも上野精養軒で盛大に行われた。

　熊本の第九銀行に取り付け騒ぎが起こり、九州一円に金融不安がひろがった。たまたま関西へ出張中だった井上は、門司の日銀西部支店へ急行し、現地の熊本へも出かけた上で、収拾策を練った。

　そして、最終的には、山本総裁が動き、安田財閥の安田善次郎に働きかけて、再建整理を引き受けてもらうことになった。

ただし、財界の一方の旗頭である安田のことである。日銀からの救済融資について、金利その他かなりの注文をつけてきた。

これに対し、井上ははげしく反駁《はんばく》した。井上にしてみれば、〈安田善次郎何するものぞ〉という気概であった。

このため、〈この生意気な若僧め〉とあしらう安田との間で、はげしい口論になった。

このあと、井上は、

〈対安田関係は、自分に一任して担当させて欲しい〉

と、総裁に申し出た。

日銀重役会では、真っ向から安田と衝突するのではないかと心配し、井上の申し出を斥《しりぞ》けた。

井上が第九銀行調査のため熊本を訪れたとき、たまたま浜口が熊本税務監督局長をつとめていた。不遇の身で、ひっそり息をつめるような暮らしぶりである。

せまい熊本の町で、後年の宰相・蔵相コンビは、明暗を異にしたまますれちがった。

第三章

井上より一年早く実社会に入っていた浜口だが、その前途は多難であった。まず腸チフスにかかり、しばらく静養を余儀なくされた。

もともと暗い顔がいっそう暗くなって、黙って机に向かって仕事をするだけ。早々に妻帯し長女を亡《な》くしたこともあって、年齢より老《ふ》けこみ、つき合いもわるい。同僚と酒をのんでさわぐこともなければ、煙草《たばこ》も吸わない。

省内に、新人のくせに、一人、気むつかしい禅僧が坐《すわ》っている感じである。

上役が使いにくいのか、入省一年目に高等官になると同時に、山形県収税長に出された。そして、半年後、今度は東京を素通りして、はるか西の松江へ。

当時、山形から松江へは大旅行であった。汽車も広島までしか通じていない。その先は、二百キロ余の山道を、川沿いにいくつもの峠を上り下りして行くわけである。

山形と松江で一年二カ月を過ごしたあと、本省会計課へ転勤となった。

だが、せっかく東京へ戻ったというのに、浜口は上司と衝突する。

役目柄、浜口が大蔵大臣の経費の一部を切りつめたところ、大臣秘書官に呼びつけられ、当然のことのように復活を求められた。

だが、浜口の気性である。正論をふりかざして譲らない。

官僚二年生というのに、まるで書生っぽのような浜口に、秘書官はとまどい、あきれた。

はげしいやり合いとなった。

浜口は、断乎《だんこ》として、譲らない。秘書官は、怒ったり、罵《のの》ったり。

浜口は負けない。眠れる獅子《しし》が立ち上がった形である。ふだんの沈黙が一挙に爆発し、ついには秘書官につかみかからんばかりになった。

高文試験で試験官とやり合ったときの二の舞いであった。ただし、試験とちがうのは、あのとき一木試験官は、それでも浜口を評価して合格させてくれたのだが、官僚組織の中での上司は、浜口を許さなかった。

たちまち、浜口は名古屋へとばされた。二歳児（長男雄彦《かつひこ》）と新生児（次男巌根《いわね》）も連れ、長いドサ回りのはじまりであった。

一年足らずで、今度は収税官として四国の松山へ。さらに赤ん坊（次女孝子）が加わる。黙々と役所に精勤し、夜は二時すぎまで読書する。相変わらず、孤独な生活であった。

たまに筆をとって、日本画や書を書いてみる。自分の生年にちなんで、馬を描いたりした。無聊《ぶりよう》に耐えかねるように、碁もおぼえたが、それも、妻の夏子に教えて、妻相手に打ってみる程度。

夏子が、ふっと女中につぶやく。

「役人になった以上、せめて知事ぐらいにはと思うけれど」

その声もうつろにひびく毎日であった。

松山に一年置かれたあと、さらに遠い熊本へ。税務監督局なるものが、全国各地に設置され、一応は、その局長という肩書である。

熊本で、わずかに浜口の慰めとなったのは、高知中学同期生の山崎正薫が新設される熊本医大の教授として来ていたことである。

旧友の目にも、当時の浜口は元気がなかった。山崎は記している。

「もともと中学時代から辺幅を飾らぬことは君の特色であったのではあるが、それと贔屓目《ひいきめ》に見ても余りに粗末な身なりや、住居も、局長のそれとして随分ひどい、家が粗末な上に室内には装飾一つなく、掃除も行き届かないという有様で、いかにも貧乏臭かった。身なりや住居はどうでもよいとして、君が何だか以前と違って元気がなくて意気稍《や》や消沈して居たように見受けたのは異様に感じられた＊」

意気消沈の原因には、いろいろあった。

夏子夫人の産後の肥立ちがわるかったこともある。山崎は、すぐ入院させ、健康をとり戻させた。

浜口も、十二指腸虫にむしばまれていることがわかり、これも治療させた。

だが、山崎にも治せぬものがあった。左遷《させん》と、その原因である。

それについては、浜口自身がよく承知しており、自分で分析してみせた。

「自分の内部には、無量の蛮性といったものがひそんで居る。その蛮性が時折破裂し、われながら愛想が尽きる」

浜口は暗然とした顔つきでいい、つけ加えた。

「この蛮性が消えるのは、自分の死ぬ時でしかないのかも知れない」

浜口は、「蛮性」を抱えたまま役所に通い続ける。無口で、公私の別にうるさい謹厳な役人として。

ある休日、浜口の若い部下は、家具屋で買った机を背負って歩いてくる浜口を見て、おどろく。

「わたしが運びましょう」

といっても、

「これは自分の用だから」

と、浜口はきかない。そのまま、机をかついで歩いて行ってしまった。

そうした浜口だから、後ろ指をさされるおぼえがない。周囲がはらはらするほど、剛直を押し通す。

役所がいちばん煙たがるのは、会計検査だが、会計検査院から担当官たちがはるばる来局するときも、浜口は慣例になっていた出迎えや見送りは、一切しない。先方から局長室にやってきて挨拶《あいさつ》があるまで、決して自分から頭を下げなかった。

熊本で三女悌子《ていこ》、四女静子と、また子供の数がふえた。

上の子供を連れて散歩に出かけ、木や草の名を教えたり、偶《たま》には狩猟に出かけたり。油絵も描いてみた。

高知時代から少しは俳句もつくっていたが、役所に「愚山」と号する俳人が居たりしたため、浜口も家で句会を開いたりした。

浜口の俳号は「枯木」。枯れ木も山のにぎわい、と自嘲《じちよう》しての命名である。経済学を中心に、勉強だけは続けた。それに、松山以来、ずっと「ロンドン・タイムズ」を購読している。たとえ草深い日本の田舎に居ても、その草に埋もれることなく、目を高く上げ、国際的視野を失わないようにしよう、というのである。はるかなそのロンドンには、井上準之助が居て、のびやかに勉強していた。浜口は熊本の「貧乏臭い家」で細々と「ロンドン・タイムズ」を読み続ける。

帰国後の井上が熊本を訪れたころも、浜口には相も変らぬ生活が続いていた。じっと左遷の日々に耐え、いつか来るべきものを待つ生活が。

浜口は、後年、このころの自分の姿を思い浮かべるようにして、語っている。

「人生は込《こ》み合う汽車の切符を買うため、大勢の人々と一緒に、窓口に列を作って立っているようなものである。

中々自分の番が来ない。時間が迫って来て気は急《あ》せり出す、隣りの方が空いていそうに見えるので飛び出して見たくなる。しかし一度自分の列を離れたが最後、あっちこっちと徘徊《さまよ》ってみても、そこにもまた順番がある。しまったと気が付いて元の列に立ち戻って来れば、自分の前に居た所は、已《すで》に他人に占領されていて、遥《はる》か後ろに廻らなければならない。結局急いだ為《ため》に却《かえ》って後《おく》れることになる」*

それにしても、熊本には三年半。長すぎる歳月であった。

東京に居た友人たちまでやきもきして運動し、明治三十五年十一月、浜口はようやく東京へ戻れることになった。仕事は、熊本と同じ税務監督局長である。

転勤がきまった浜口は、旧友の山崎にも久しぶりに明るい顔を見せた。

「東京へ出たら、大いにがんばるつもりだ。もう俳句も碁もやらない」

と、俳句関係の本や、碁石・碁盤を、山崎に差し出した。

勇躍、上京するという感じであったが、子供も多い熊本暮らしで、経済的にも行きづまっており、転勤するにしても、荷物を全部東京へ送るだけの金もなかった。

このため、急がぬ荷物は、すべて山崎の家に預け、運賃の用意ができしだい、少しずつ東京へ送ってもらう、という情けない有り様であった。

翌年二月に、東京から山崎に出した手紙も、

「荷物之儀久敷御預け申上又度々御送付之御手数を相掛け誠に有難御礼申述候《さうらふ》」

などと、書き起こしている。

同じ税務局長でも、東京は活気があった。

「役所之方も種々之事件引続き発生繁忙之程度は熊本局の二倍は確に有之《これあり》候、管内之

一巡も未《いま》だ相済不申過日十日間之出張を以而《もつて》千葉県下七八税務署之一巡を了し申候来月七日より又々局長会議有之筈《はず》に候へ共　是迄《これまで》とは違ひ上京之楽みは無之《これなく》変なものに御座候」

「変なもの」と書く心には、ゆとりがあった。日々これ東京に在る気持ちのはりが、にじみ出ている。

「愚妻の如《ごと》きも着京後日本橋辺へ一二回上野へ一回出掛け候而已《のみ》にて小供の世話方に忙殺せられ居《をり》候　久方振りにて東京の生活を営み申候処《ところ》都会生活の気楽さのみは何より心地宜《よろし》く有之候」

家族ごと窒息しそうだった思いから解放され、風通しのよさをたのしんでもいた。

だが、この職に在るのも、一年半にすぎなかった。

浜口は外局である専売局へ出された。官職名は、煙草専売局書記官兼臨時煙草製造準備局事務官。九年間に上る専売局勤務のはじまりである。

専売局に移ったせいではないが、このころから浜口は、煙草を吸うようになった。「敷島」が好きで、それも、次から次へと吸う。晩酌の量も、少しずつふえ出した。

やめたはずの俳句も、また、つくり出した。

「秋晴れや　眼下に神田　日本橋」

と、東京へ戻ってほっとして、緊張がとけてしまったような句もあれば、

「酔ひどれの　箸《はし》にかからぬ　海鼠《なまこ》かな」

「寒き夜や　天の美禄《びろく》に　舌鼓《したつづみ》」

などという句も詠《よ》んだ。

牛込の借家では、隣が米屋だったため、ひととき「米隣」という俳号を使った。どこか投げやりで、コミックな命名である。

もっとも、浜口自身は、相変わらず、めったに笑顔を見せなかった。その境遇では肚《はら》の底から笑う気にもなれないし、それに浜口は鏡で見る自分の笑顔が気に入らなかった。

「男はやたらに笑うものではない。歯を見せるのはよくないことだ」

と、自分にいい聞かすようにつぶやいたりした。

謹厳そのものだが、しかし、声を荒げて部下を叱《しか》るなどということは、一度もなかった。じっと、「無量の蛮性」をおさえこむ。感情的に叱れば、部下にも「蛮性」を破裂させ、その結果、浜口と同じ苦汁をなめさせることになるかも知れない。

浜口は耐えた。宗教家になりたいと、ふっと思うことのある浜口にとって、自分と

の戦いは、むしろ性に合った。自分に愛想づかしをしないためにも、耐えねばならない。

家に戻ると、養母に妻、子供六人と、家の中はにぎやかである。

その上、借家に恵まれず、家主の都合などで、何度も引っ越しを余儀なくされた。

まず牛込矢来町に。ついで、同町内で引っ越し。

さらに、北山伏町、次に二十騎町へ。

家さがしは、妻夏子の仕事であった。浜口はすべて任せて、口をはさまないし、手伝いもしない。

引っ越しには日曜日を当てるが、その日は、浜口は子供を連れて、遠くへ散歩に出かけ、何ひとつ手伝わない。そして、夕方になると、巣へ戻るように、新しい家へ入った。

職が変わり、家が移っても、浜口は勉強だけは続けた。

このころは、夕食後しばらくうたた寝し、深夜一時か二時に起きて、また読書にかかった。読み終えた本には、最後の頁《ページ》に「了」と大書する。

役所関係の書類も、家に持ち帰った。

数字ばかりが並ぶ部厚い書類を、ときどき検算しながら読む。所管の書類は、すべて一々目を通し、意見や注文を書きこんだ。数字の羅列に食いつき、事実、よく数字を記憶した。

もともと数字に強かったわけではない。

「自分のような職務の者は、数字がわからぬようではつとまらぬ」

という自戒からであった。

専売局での最初の仕事は、それまでのような民間業者による煙草の製造をやめさせることであった。

うらみを買う、やりづらい仕事であったが、浜口は十分に調査した数字を基礎に、作業を煮つめて行った。

二年半後、部長になる。

国会の委員会で、はじめて政府委員として答弁に立たされる。

葉煙草の買い上げを葉数査定から量目査定に改めるようにと、議員に強く詰め寄られたが、浜口は胸をはり、大声でゆっくりと答えた。

「御意見の存する所は謹んで承って置きますが、政府は葉数査定を是なりと信ずるが故《ゆえ》に、いまさら、これを改むるという意志はありません」

大蔵大臣や専売局長官など上級者が何人も同席していたが、まるでひとりで政府を代表するような答え方で、一瞬、委員会が静まり返ったほどであった。


一年して、専売局長官に。

このとき、半年間の洋行をすすめられたが、浜口は辞退した。高齢の養母に不安な思いをさせたくない、という理由からである。

浜口は、養母によく仕え、浜口の日課は、養母への朝の挨拶からはじまっていた。やがて養母が病床につくと、浜口は連日、夜半すぎまで、ときには夜明けまで、枕《まくら》もとに詰めてから、出勤。

亡くなって、神式で葬儀を営んだときには、神官の誄詞《るいし》の中に養母をたたえる言葉を克明にちりばめ、参列者を感動させた。


長官となった浜口の前に、今度も厄介な大仕事が持ちこまれた。

塩の製造を、コストの安い大規模な塩田に集中し、零細な塩田は廃止してしまおう、という計画である。生業を奪った上、廃業補償は公債ですまそうというのだから、零細業者からの反対ははげしかった。

国会でも、つるし上げられた。その度に、浜口は堂々と答えた。資料を手にすることもなく、主要な数字はほとんど暗記している。

自由民権運動以来の論客で国会きっての猛者《もさ》である島田三郎までが、

「ただいまの政府委員の答弁は明快で、本員の大いに満足するところであります」*

と、ほめるほどであった。

それにしても、明けても暮れても、塩また塩。浜口の性格もあり、真っ向から塩田の中へ頭を突っこんだままである。

月が変わり、年が変わっても、塩また塩。

家に帰ると、浜口はつぶやく。

「まるで塩のために生まれてきたみたいだ。おれの人生は塩で終わっちゃうのかなあ」

疲れのたまった日には、つい弱音も出る。

「人間と塩と、どちらが大事なんだ」

長官とは名のみで、塩に埋まる日々が続いて行く。

同じ時期、井上準之助は日銀に在って、陽の当たる道を歩き続けていた。

浜口がまだ熊本で悶々《もんもん》としている明治三十四年秋、新築中の大阪支店の調査役として赴任する。

支店長を補佐する仕事で、下には、幾人か年長の主任が居て、それぞれの部署を担当している。従って、調査役は支店長に準じて奥に坐《すわ》っていればすむものを、井上は目まぐるしく動き回り、旋風を巻き起こした。

まず、建築そのものについて、手直しできるものには、意見や注文をつける。部屋の配置を決め、机の並べ方まで決めてしまう。その机も、東京からわざわざ専門家を呼び寄せ、特別に注文してつくらせた。（これが後に日銀の各店で使う机のモデルになった）

担当の主任が、その机の位置を動かしたりすると、井上がすぐにまた旧に戻した。井上はまた、銀行の周囲に植える樹木の種類・高さ・間隔まで自分で決めた。

すべて、イギリス直輸入の構想であった。新しい酒を容《い》れるためには、新しい器が要る。近代的なイギリスの銀行を、まず形の上からでも移植しよう、という意気ごみであった。

建物が近代的になった以上、服装もモダンにすべきである。

井上は、支店の全員が洋服を着るよう、命令した。

五年前、井上が新入行員として赴任したとき、大阪では全員が和服で、井上ひとり洋服を着、白い眼を向けられたものだが、今度は逆に、全員を洋服にしようというのである。「洋服でなければ、出行を許さぬ」とまでいった。

行内は騒然とした。だいいち、一調査役がそこまで口出しすべきか、どうか。

東京はともかく、大阪は商人の町である。和服ときまっていた。大阪支店への転勤者は、井上以外は、その後もみな和服を着けてきたではないか。

「洋服だと、お腹でもこわしてるとき、困りまっせ。それでも洋服でないと、あきまへんか」

そんな風にいやみな質問をする男も居た。

井上はきっぱりいった。

「それなら、出勤しなければいいんだ」

井上の気迫におされて、上司もふくめ、全員がしぶしぶ洋服を着るようになった。

支店の新築披露で、また一悶着《もんちゃく》あった。

井上は、来賓もフロック・コート着用のことと招待状に記した。フロック・コートでなければ、たとえ客でも追い返せ、と厳命した。

鐘紡の武藤山治《さんじ》が来た。たまたま東京からの帰途だったため、フロック・コートの用意がなく、モーニング姿であった。

関西財界の大物である。だが、井上は例外を認めなかった。

つめかける招待客の視線を浴びながら、武藤はひとりだけ立ち去らねばならなかった。（後年、金解禁などをめぐって、武藤は、はげしく井上を攻撃する。理論闘争であって、感情的ではないというものの、このときの屈辱の思いがきれいに拭《ぬぐ》い去られていたかどうか）

井上は、銀行の裏にテニス・コートをつくらせ、自分も毎日のように、コートに下りた。

学歴のない行員が多いため、学卒者を講師にし、輪番で毎日テーマを変えて勉強会を開かせた。それは、講師自身の勉強にもなった。

こうして、まだ三十三歳の調査役ひとりが牽引車《けんいんしゃ》になることで、あっという間に、大阪支店の空気が入れ代わってしまった。

このころ、すでに文壇に登場していた高山樗牛《ちよぎゆう》が、雑誌『太陽』に書いた。

「吾人《ごじん》の同級中、将来宰相の器たるものに、井上準之助あり」

と。『太陽』の読者には、もちろん未知の名前であった。

二年大阪支店に居て、次に、京都出張所所長へ栄転。

土地柄、料亭での会食などが多くなったが、休日には、つとめて郊外へサイクリングに出かけたり、テニスをしたり。銀行への往復にも、自転車を使った。

本店に出す報告書には、きまりきった業務上の報告だけでなく、京都での見聞、とくに人の動きについても言及し、ユニークな報告と評判になった。

やがて、日露戦争が勃発《ぼつぱつ》、日銀は国債の消化に当たることになったが、井上は精力的に売りに回り、名古屋支店以上の成績をあげた。

また、高橋是清副総裁が外債募集に当たるのを、さまざまな形で積極的に応援した。

京都に一年居て、井上は大阪支店へ支店長心得として戻った。

実質は支店長である。抜擢《ばつてき》人事であった。当時、大阪支店長は五十歳以上とされていたのに、井上は三十六歳。

一調査役のときでもすでにやりすぎの感じがあったのに、支店長としてのりこめば、摩擦が大きすぎないか。

苦労人の高橋副総裁が心配し、とりあえず「心得」というブレーキをつけて、赴任させた。そして、二カ月ほどして、支店内の空気がおさまったところで「心得」をはずした。


井上は、まず人事を一新した。

年輩の主任クラスは、すべて首のすげかえ。他店へ出したり、退職させたり。その代わりに、年功序列にとらわれず、若手を思いきって登用した。

このため、平行員よりも給料の安い主任ができた。

勉強を奨励し、自らも勉強を続けた。

外国文献に明るい本店の調査局員にたのみ、興味のありそうな本が出る度に、すぐ報《しら》せてもらい、購読した。

調査局編集の『欧米経済彙報《いほう》』も愛読し、少しでも発行がおくれると、とたんに催促するのが、井上であった。

当時、大阪市長は、日銀の大先輩である鶴原定吉であったし、関西の政財界には大物がそろっていた。

若い井上は、こうした人々と対等に振る舞った。そして、ときには臆面《おくめん》もなく上席についた。

社交でも、負けてはいなかった。

私費で自家用人力車である抱え俥《ぐるま》を置き、一流料亭に出入りする。

このため、俸給だけではまかなえなくなり、日本郵船門司《もじ》支店長をしていた兄良三郎から借金をした。

若くて美男子、そしてスタイリストでもある井上は、花柳界では大いにもてた。

だが、これといった艶聞《えんぶん》はなかった。

ある新聞が、井上の艶聞を懸賞募集したことがあるが、ついに艶種《つやだね》は上らなかった。

かちかちにかたい男だというので、「罐詰《かんづ》め」というあだ名がついた。

井上の交際範囲は広く、支店長室へ訪ねて来る客の数は、歴代支店長の三倍近かった。

話を聞くだけでなく、問題を処理したり、調停したり。そこでまた、客がふえた。

ある日、第四師団の副官が日銀の窓口に来て、受取人を師団長宛《あて》に指定した支払通知書を差し出し、支払いを求めた。

師団副官といえば、たいそう権威のある高級将校だが、手続き上は代理人であり、代理人が支払いを受けるには、受取人本人の委任状が必要なのだが、副官は持参していなかった。

このため、窓口の若い係員は、支払いを拒絶した。

副官は怒った。

「師団長がこれしきのことに自ら来られるか。閣下の代理をすることは、副官当然の役目である」

と、どなり出した。

それでもなお断っていると、

「きさまではわからぬ。支店長を出せ」

ということになり、ついには、サーベルを鳴らして、支店長室へ乗りこんだ。

どうなることかと、行員たちは、はらはらした。

しばらくすると、支店長の井上がいつもと変わらぬ表情で現れ、その係員のところへきて、微笑していった。

「師団長宛の支払いを拒絶したそうだね。それは当然の処置と思う。いま副官に談じて置いた。あれは支店長が命じたものであると」

そして一呼吸置いて、井上はいった。

「しかし、あの副官*はぼくの友人で決して間違いはない。責任はぼくが持つから、支払ってくれたまえ」

筋を通しながら、どちらの顔も立てるという井上式調停の一例である。

井上入行の紹介者であった山本達雄総裁は、硬骨の男で、通貨価値の安定を日銀の使命と考え、政府の貸上金増加要求を拒んだりしたため、明治三十六年十月、突然、解任され、代わりに大蔵省理財局長だった松尾臣善《しんぜん》が日銀総裁となった。旧宇和島藩士で、人物は温厚、事務的には能吏であり、大蔵省では、局長職だけでも十七年もつとめていた。逆にいえば、覇気《はき》に欠け、いつも無難に過ごしてきたひとである。

政府・大蔵省としては、こうした男を総裁に据えることで、日銀の主体性を奪い、政府に都合よく運営して行こう、という肚《はら》である。

この松尾の総裁就任に対しては、日銀行内でも反対論が強く、井上も批判的であった。

松尾から井上に来る手紙は、かなり叮嚀《ていねい》な文面だったが、それさえ井上には不満で、

「総裁ともあろう者が、一支店長宛に……」と、部下に嘆いたりした。

その松尾総裁が関西に来た。

歓迎会が開かれたが、そのとき井上はあまり総裁に気をつかわず、むしろ自分が総裁であるかのような口をきいて、ひとびとをおどろかせた。

自信と権威を以《もつ》て支店を運営している井上としては、毅然《きぜん》たる総裁だけが総裁であった。

一方、松尾には松尾なりの物の考え方があった。部下の一人（深井英五）が記録している。

「松尾男は仕事は白湯《さゆ》を飲むが如《ごと》くでなければいけぬと屢々《しばしば》言った。波瀾《はらん》を起さず痕《こん》跡《せき》を留《とど》めず無為にして成ったが如くに仕上げなければならぬと言う意味である。角《かど》立ちたる措置の必要なきように準備し華々しき行動を避けて実績を収むべしと言うのである。それには一層細心の注意と一層多大の努力とを要するのだと付言した。必ずしも部下に訓諭する調子でなく事に触れては独語述懐の如くに語ったのである。それも白湯を飲む流儀の現われであったろう」*

井上のやっているのは、「波瀾を起」こし「痕跡を留め」「角立ち」「華々しき行動」

をとるなど、すべてこの「白湯論」とは逆のことばかりであった。

波瀾を起こすことを好まぬ松尾は、黙って井上を見守っている。井上にはまた高橋副総裁の信頼も厚い。

だが、いつまでも総裁が白湯ばかりのみ続けるという保証はなかった。

井上は、数え三十八歳で本店に戻り、営業局長に昇進した。日銀で最も枢要《すうよう》なポストに、例のない若さで就任したわけである。高橋副総裁の推輓《すいばん》が物を言い、今度も松尾総裁は、目をつむって認めた形であった。

だが、井上は、自らの力でかちとったとばかり、ますます自信を深めた。

自信のあまり、そして筋を通そうとするあまり、「角が立」ち、「波瀾が起」こる。

わずか二年の在勤中、ふたたび安田善次郎と、それに馬越恭平《まごしきょうへい》ら大物財界人と、次々に衝突を起こした。

日銀が救済融資などの見返りに、さまざまな条件をつけ、監督や審査を厳重にする。

それらがあまりにもきびしすぎ、民間金融機関が萎縮《いしゅく》する——といった類のものめごとが多かった。

井上は、苦情をはねつける。財界人は、松尾総裁のところへねじこむ。井上は総裁室へ呼ばれる。そこでも井上は一歩も退かず、はげしく財界人とやり合う。

「よほど、なぐってやろうかと思った」

などと、あとで部下にいうぐらいである。その見幕に、総裁は席をはずす……。

そうした光景が、幾度もくり返された。

それに井上は、理事や理事会のことなど、気にしないで、仕事を進めた。

営業局には担当の理事も居るのだが、井上は直接、総裁に話をつけ、あるいは、独断で事を進め、総裁に事後承諾を求めるだけ、ということが多かった。

井上は、営業局の部下にいう。

「仕事はぐずぐずやるな、機敏にかたづけろ。かたづけたら、遠慮なく帰れ」

営業局の窓口を開く時間は、午前九時から午後三時まで。執務時間は四時まで、となっている。だが、井上は、「仕事さえすめば、三時に帰ってよい」と、早く帰ることを、むしろすすめた。

井上の前任の局長は、朝はいわゆる重役出勤。その代わり、夕方七時八時まで居残っていた。

これに対し、井上は朝早くから来る代わりに、三時すぎると、営業局から帽子と外《がい》套《とう》を持って姿を消してしまう。局長が残っていては帰りにくかろう、というのである。

実は井上は帰らず、二階に上がって読書などしている。そのあと用があって営業局へ下りてきて、居残りの者を見つけると「早く帰りたまえ」と急《せ》き立てた。

このため、他の局では全員机に向かっているのに、三時すぎると、営業局からは、ほとんど人影が消えた。井上なりの西欧的合理主義の実践である。

早く帰ってあそべ、というのではない。日常業務から解放されて、個人の時間を持ち、大所高所に立つ勉強もせよ。そうして一人一人の質を高めることが、銀行のため、ひいては国のためになる、という考え方である。

こうして営業局には新風が立ち、同時に角《かど》が立った。

日銀営業局は、日本経済の要《かなめ》であり、常に総裁の観点に立って、判断し、行動すべきである。営業局の方針は、従って、日銀の組織の隅々にまで浸透させるのが望ましい――。

こう考えた井上準之助は、月に一度は、局長の特別報告を、各支店、それに理事などに送ることにした。

これまでは、営業局は各支店からの報告を求めるだけの一方通行であったが、今度は、営業局長が、日銀の方針を中心に経済情勢についても、各支店に報告する。

井上を総裁気どりだと見る向きもあったが、井上としては、情報を交換し、互いにレベルを高め合うこと、日銀そのものの充実を念じてのことでもあった。

井上は、部下について、細かいことに気のつくひとでもあった。

たとえば、服装。給仕がボタンのとれた服を着ているのを目撃した井上は、給仕を監督する立場に在る行員を呼んで、注意する。

「服の粗末なのは一向かまわないが、ボタンのとれておるのは困る。形は心を支配する。形が正しくないと、仕事も正しく行かぬものである。俺が言ったと言わずに、家へ帰してボタンをつけて来させ、今日の間にあわぬなら、今日一日は休ませてよろしい*」

「形は心を支配する」のだから、小さなことだからといって、ゆるがせにしてはならない。ボタンひとつが、一日の仕事以上に問題にもなる――これは、井上の仕事の美学でもあった。

井上は自身の服装も気にした。髪には、絶えず櫛《くし》を入れる。着るものも清潔を心がけ、夏の暑い日には、白服を二度とりかえることもあった。

子供が他の家から客に呼ばれ、行くかどうか迷っているとき、井上はいった。

「お受けしなさい。時々きちんと服装を整えて他人の前に出るということは、非常に心を引き締めて修養になるものだ」

井上は自分が部下たちにやかましい上役に見られていることは承知していたが、あえて、その線を押し通した。

そして、そのポストを去るとき、はじめて、

「さぞ、つらかったろうな」

と、部下に半ば詫《わ》びるようにいったりした。

井上が、ある銀行に世話して入れてやった男が居たが、「いやになった」と、やめてしまった。「辛抱が大切」と、井上が諫《いさ》めたのだが、聞き入れなかった。

半年後のある日、その男が日銀に居る友人を訪ねて来たことを知った井上は、まだ失業中の身と聞くと、すぐ電報を打ち、男を呼び寄せた。

次の仕事を斡旋《あっせん》しようとしたのだが、その男が前の職場での不満ばかりいうので、大声で叱《しか》りつけ、喧嘩《けんか》別れになってしまった。

だが、それから一週間後、井上は叱りすぎたと思い直し、またその男を呼び出し、心当たりの会社への紹介状を渡してやった。それに、すでに秋なのに、男が夏服を着

ていたのが気になり、友人に自分の合服を届けさせた。

クールなようだが、情もあり、意外に根気よく他人の面倒を見た。

第四章

白湯《さゆ》的人生を理想とする松尾総裁にとって、井上の言動は、やはり、にがにがしかった。営業局長に据え、二年間は辛抱してみたものの、それが、もはや限界であった。どう考えてみても、井上は、「波瀾《はらん》を起こさず痕跡《こんせき》を留めず無為にして成ったが如《ごと》くに仕上げ」るようなタイプではなく、「角立ち」「華々しき行動」をする好ましくない男である。大蔵省との協調という面から考えても、そうした男を、いつまでも日銀の中枢《ちゅうすう》に置いておくわけには行かない。

白湯は沸騰点《ふっとうてん》に達し、総裁松尾は人事権を行使する。

明治四十一年十月末日、松尾は井上を総裁室へ呼び、引導を渡す。局長をやめ、ニューヨークへ赴任するように、と。

肩書は、「海外代理店監督役」。実質的にこれといった仕事はなく、部下はわずかに二人。オフィスも、正金銀行支店の一劃《かく》を借りているにすぎない。

日銀の全行員を指揮する立場から、遠隔地の一出張所長に。花道を驀進《ばくしん》し、次は理事（重役）と目されていた輝ける星が、一転して、塵芥《ちりあくた》同然に、奈落の底へ掃き出される。

井上は、よほど日銀をやめようかと思った。「やめよ」といわんばかりの仕打ちではないか。

それは、井上がはじめて味わう挫折《ざせつ》であり、屈辱であった。まるで、さらしものにされるような降格人事である。注目を浴び続けてきただけに、衝撃も大きかった。

井上は、腹を立て、悩み、そして、迷った。

その秋、井上の妻千代子が病み、井上も看病して、ようやく床離れしたところであった。

井上は見かけに似合わず、妻思いである。ここで退職すれば、一時的にせよ、物心両面で妻に負担を強いることになる。

屈辱には、井上ひとりが耐えればすむ。

幸か不幸か、左遷先《させんさき》は、はるかな外地である。それだけに、むしろ、雑音が少なく、気分を転換することができるかも知れない。

「将来のため、海外へ出て勉強してくるように」

と、総裁はいう。

若い者にでもいうような、とってつけた言い分だが、井上は彼なりに、久しぶりに海外の新しい空気を吸い、勉強してみたい気分にもなった。

すでに、松尾総裁は就任以来まる五年になる。海外で一辛抱しているうちに、総裁の交代があるのではないか。

どんな総裁が来るかは知らぬが、井上にとって、少なくとも松尾ほど相性がわるくはないはずである。

世間では、井上は辞表をたたきつけると見ていたが、最後に井上は左遷命令に従った。意地とか体面にとらわれず、実際的な判断で道を選んだ。

明治四十二年一月二十日、井上は東京を発《た》った。ときに数え四十一歳。

千代子とは、毎日互いに手紙を書くことを約束した。その最初の手紙の冒頭に、井上は書く。

「出立ノ間際《まぎは》ハ如何《いか》ナル感ジ致サレ候《さうらふ》哉《や》。人間ノ一世ハ寧《むし》ロ変化アルヲ喜ブベシ。大苦痛ノ後ニハ大愉快アリ。二年或《あるい》ハ三年ノ月日ハ短カキニアラザルモ、帰朝後ノ愉快ヲ考ヘテ無事ニ過サレ度《た》シ。決シテ物事ヲ悲観シ玉フナ」

それは、井上が自分自身に言って聞かせる言葉でもあった。

この「大苦痛」への旅立ちを、病気が本復しない千代子は、家の玄関先でしか見送ることができなかった。

代わりに、数え九歳になる長男の益雄《ますお》、六歳の春子、五歳の寿美子が、駅まで見送った。

「寿美子ガ自分ノ側ヲ離レズ、又イヨイヨ汽車ニ乗ルトキニ春子ト寿美子ノ手ヲ握リシニ、春子ハ何事モナカリシニ、寿美子ハ目ニ涙グンデ自分ノ手ヲ離サズ、何トナダメテモ離サズ、今カラ考ヘテモ可憐《かれん》ノモノニ候ハズヤ、千万人ノ見送リ人アルトモ、一人ノ少女ガ親ヲ思フ情ニ比スレバ、万分ノ一ニモ足ラザル事ニ感ゼラレ候」

横浜の波止場にも、百人を超す見送り人があった。

井上を乗せた米国船モンゴリヤ号は、三時半、出港する。

「抜錨《ばつべう》後、観音崎近傍ニ来レバ暮色蒼然《さうぜん》タリ。前夜ノ暴風ノ後ニテ風ハ強ク波ハ高シ。五時ニ茶ヲ喫シ疲労ト気分ノ宜敷《よろし》カラザル為《ため》ニ食堂ニ出ヅル勇気ナク、室ニ帰リ床ニ入リテ家郷ノ事ヲ追想シテ何時《いつ》カ知ラズ眠ニ就ケリ」

少々風邪気味ということもあって、船中、気分はよくなかった。ときどき、嘔《は》き気にも襲われた。

このため、その日も、次の日も、井上は、部屋でわずかにパンをかじり、茶をのむだけ。

一等船室の中に、日本人は井上一人であった。その井上が、乗船三日目の昼食にはじめて食堂に姿を見せると、

「きみは、いまごろ、どこから船に乗ってきたのだね」

と、外人たちにからかわれた。

旅支度は十分のはずであったのに、井上はかんじんの部屋穿《ば》き用のスリッパを忘れていた。

中国人ボーイに交渉したが、スリッパの持ち合わせはないと断られた。

そのあと、日本人ボーイが№９と数字の書かれた汚れたスリッパを持ってきた。頭をかきながら、

「実は横浜の遊廓《ゆうかく》から、つっかけてきたやつで」

見るからに不潔であったが、辛抱して使わざるを得ない。みじめな思いがつのるばかりであった。

船はゆれ、気が滅入《めい》る日々が続いた。とりわけ、朝と就寝時には、物思いにとらえ

られた。

このため、朝は早々ベッドを離れることにし、夜はひたすら安眠を祈った。清潔好きだったにもかかわらず、入浴する元気も出なかった。五日間というもの、下着もとりかえず、シャツを着たまま、ベッドに入った。

心身ともに消耗し、何をするのも物うい。辞令を受けてからの心労が、一度にふき出した感じであった。

その中で、井上は自分と闘うように、健康維持のため、毎日、「甲板ニ出テ無茶苦茶ニ歩キ回ル」ことを心がけた。

残りの時間は、読書に気をまぎらす。丸善で買いこんだ英文の小説など読み、飽きると、日本の書物も読んだ。その中で、土佐に流された紀貫之《きのつらゆき》の歌を見い出し、胸を刺された。

「世の中に思ひあれども子を恋ふる　おもひに勝る思ひなきかな」

井上の心境そのものであった。

たまたま、長男益雄と同年輩のアメリカの少年が船客の中に居た。井上はこの少年につとめて話し、話したあとでつらくなるという思いをくり返した。

こうした井上のまわりで、アメリカ人を主にした船客たちは、屈託なくさわいで日を送っていた。即興劇、舞踏会、音楽会、運動会……。

「西洋人ノ朝ヨリ夕マデ嬉々《きき》トシテ楽シミツツアルニハ感心ノ外無之《これなく》候」

社交を苦にしなかった井上だが、今度の旅では、その中にとけこめない。彼等の姿を見て、次に井上が感じるのは、

「皆壮健ノ顔ヲ致シ居リ候。御互ニ健康ニアラザレバ到底充分ノ幸福ヲ享《う》クル事能《あた》ハザル可《べ》シ。此度ノ洋行ハ此《こ》ノ点ニ付テハ大ニ勉《つと》ム可キ覚悟ニ候」

ただし、途中寄港したハワイから乗りこんできたアメリカ人には、井上も顔をしかめ、思いはまた妻の身に走った。

「新開地ニ往復スル人ノミニシテ、品性ノ卑《いやし》キ人物ノミニテ、朝ヨリ夕マデ賭博《とばく》斗《ばか》リニ耽《ふ》ケリ居リ候。西洋ノ婦人ガ生意気ノ風ヲナシテ甲板ヲ歩キツツアル処《ところ》ヲ《を》見ルトキハ、日本婦人ノ謙譲ノ美徳ハ更ニ一倍有難ク相成リ申候。日本男子ハ中々婦人（日本）ヲ一層尊敬セザル可カラズトノ観念ヲ起シ申候。之《こ》ノ事ハ帰朝ノ節迄《まで》決シテ忘レザル可ク候」

二月四日、サンフランシスコに入港。汚らしい№9のスリッパを、屑籠《くずかご》に投げすてる。

だが、それから先の陸路の旅もまた、井上の心境に似ていた。

豪雨のため、道中、各地に氾濫《はんらん》があり、汽車は三十分走っては止まり、また三十分動いては止まる、という有り様。

ロッキー山脈を横切るときは、荒天続きで雪また雪の中を走り、わずかにソルト・レイクの湖面の一部をのぞき見ただけ。

ついで、大平原に出ると、一面の雪。雪以外に、ほとんど何も目に入らぬ旅が続いた。

こうして井上は、日本を出て二十五日目に、任地ニューヨークへたどり着いた。

その井上を待ち受けていたのは、毎夜のように続く宴会である。

「夜ハ日本倶楽部《クラブ》ニテ我々ノ為ニ歓迎会有之《これあり》、紐育《ニューヨーク》ニ来リテ日本食ヲ喰ヒ、日本人ト交際スル事ハ煩《うる》サク、誠ニ閉口ニ有之候」（二月二十日）

「夜ハ再ビ日本倶楽部ニテ学士会有之。何ガ日本食ヲ喰ツテ日本人ニ遇《あ》ツテ、面白キヤラ。殆《ほとん》ド閉口ノ至リ」（二月二十二日）

計算ちがいであった。

海外へ出れば、世間から離れて、気分転換になると思っていたのに、「世間」はそこまで出張し、待ち構えていた。

さまざまな顔が集まり、井上をのぞきこむ。日銀の大物に一応の敬意を示そうとする気持ちと、左遷されてきた男を観察しようとする興味と。

宿は、ブロードウェイ一〇三丁目のホテル・マルセイユ。ハドソン川寄りの閑静な環境で、地下鉄駅にも近く、長期滞在客の多い小ぎれいなホテルである。

夜半、その七階の部屋に帰って、井上は長嘆息する。

外国に来たのだから、衣食住だけでなく、生活のスタイルもいっそ洋式でありたい。個人生活を尊重し、孤独をほしいままにさせて欲しい――と。

ニューヨークの井上に、最初に日本から来た報《しら》せは、生母の死であった。

甘えては叱《しか》られ、悪戯《いたずら》しては怒られた幼児のころの思い出。その幼い井上を養子に送り出し、大患に罹《かか》っても知らぬふりで通した母。

強い母親であった。七人の子を育てた上、傾きかけた家まで立て直した。島流し同然にはるか海外へ追いやられたわが子の一人のことが、その強い母の最後の思いに、どれほどのかげりとなっていたことであろうか。

「堅固ナル思想ト勇壮ナル精神」の持ち主であった母を偲《しの》び、部屋にとじこもってひとり物思いに沈みたいところだが、事務引き継ぎを兼ねて、人と会う約束が重なっていた。

母の死については、一切、口外せず、心ならずも「愉快ノ顔ヲシテ人ニ接スル事」を続ける。

そうした井上にとって唯一《ゆいいつ》の慰めは、妻千代子からの手紙であった。

「旅中何ガ待タルルトテ、御身ノ手紙ニ如《し》クモノハナシ。如何ナル事デモ其《そ》ノ日ノ出来事ハ書キ綴《つづ》リ御送リ下サレ度《たく》候」（二月二十三日）

「到着後御身ノ手紙ヲ二度受取リ已《すで》ニ幾度カ繰返シテ読ミ申候。只《ただ》手紙短カキ事ヲ嘆スルノミニテ、一夜ノ中ニ二度モ読ミタル事有之候。大磯ニ避寒ノ事最モヨシ。留守中ハ只身体ヲ健康ニスル外ニ何等ノ用事ナキ事ヲ考ヘテ充分ニ保養ナサレ度候。之レヨリ共々日本ノ豪《えら》キモノトナリ最モ高潔ニ最モ楽シク暮サントスルニハ、第一ニ健康ニ候ナリ」（二月二十七日）

強気の男と見られていた井上が、内心をさらけ出す。

「夜ハ家郷ノ事思ハレ寝ル事能《あた》ハズ。写真ヲ出シテキッスシ、或ハ小供ノ写真ヲ見ル等、二三時間御身ノ事ノミ考申候」（三月一日）

「八時頃ヨリホテルノ自分ノ室ニ引籠《ひきこも》リ先第《まづ》一ニ御身ヨリノ手紙ヲ始メヨリ精読致シ、此ノ上モナク楽シミニテ其ノ短カキ事ノミ怨《うら》ムナリ。為《な》ス事モナク茫然《ばうぜん》トシテ床ニ入リタルハ十時頃ナリシニ、切ニ家郷ノ事ノミ思出サレ候」（三月二日）

「朝十一時頃、日本ヨリノ書状到着。第一ニ御身ノ分ヲ大急ギニテ通読シ、夕刻宿ニ帰リテ外套《ぐわいたう》モ取ラズ帽子モ脱セザル内ニ御身ノ手紙ヲ読ミ、然《しか》ル後ニ食事ヲ済マシタリ」（三月三日）

この冬、ニューヨークは寒波に襲われ、度々、大雪の中に沈んだ。

その中で、井上準之助は新しい生活をはじめた。

朝は七時すぎ床を離れ、洗顔から身支度に、たっぷり時間をかける。

「シヤレルト笑ヒ玉フナ。西洋ノ礼儀ナリ且《か》ツ紳士ノ体裁ナリ」

ということだが、身だしなみの良さは、もともと井上の流儀でもあった。

食堂に下り、「日本人ノ考ニテハ愉快ト思ハレザル」雑沓《ざつとう》の中で、オートミルとハムエッグのきまった朝食。そのあと、二日に一度は靴磨きに寄る。

九時からは、英語の勉強。かつて英国滞在の経験があるのに、念には念を入れる形で、アメリカ人の若い大学助教授に来てもらい、毎朝一時間、みっちり個人教授を受ける。

十時半に銀行に入り、金融情勢など調べ、昼食は正金銀行支店長たちととり、五時すぎまで銀行に。

帰り道、美術商や本屋に寄ることもある。

「今日ハ帰リ途《みち》ニハ書物ヲ四五冊買ヒテ帰レリ。西洋ニ来リテ何ヨリノ楽ハ書物ヲ読ム事ニシテ、別ニ何人ニ妨ケラルル事ナク、充分ニ久方振ニ読ム事楽ミナリ」

宿に帰って、夕食は一人でホテルの食堂ですませ、そのあと、ロビーで同宿者と話すこともあるが、たいていはそのまま部屋にひきさがって読書。

経済会などのメンバーに加えてもらい、ときどき、講演会や演説会の聴講に出かける。

役目上、アメリカ人実業家や政治家との交際もはじめた。

「西洋ノ宴会ハ骨斗《ばか》リ折レテ少シモ面白カラズ厭《いや》ニナル」

との思いを嚙《か》みしめながら、パーティに呼んだり、呼ばれたり。

アメリカ人たちは、日本での井上の盛名を知らない。とりあえずは、ただ肩書どおりの人間として扱う。

アメリカ人たちの間で、井上は自分が等身大よりもさらに小さく見られているのを感じた。

「英語未ダ自由ナラズ。人中ニ行クト寧《むし》ロ不愉快ノ事ノミ有之、外国ニ来リテ其ノ国ノ詞《ことば》自由ナラザレバ馬鹿《ばか》ノ如ク見ラレ、又尊敬モセラレズ。中々外国滞在ハ容易ノ業ニアラズ、寧ロ苦痛ノ事ノミナリ。只身体ヲ健康ニシテ其ノ国ノ事ヲ研究セントノ念慮アレバコソ滞在スルナレ」（三月十六日）

誇り高い井上にとって、在るべき場所に居ない苦痛は深まる。その思いが、逆流するように、妻への手紙の中に奔《ほとばし》る。

「自分ハ日本ノ社会ニ何事カ相当ノ仕事ヲナシ得ル事ヲ確信スルナリ。我身ヲシテ社会ニ有益ナル事ヲナサシムルモ又否《しか》ラサルモ、全ク御身ニ属スルナリ。御身ハ第一ニ我身ノ為ニ第二ハ社会ノ為ニ、健康ヲヨクシテ我身ヲ助クルノ義務アリ。又斯《か》クノ如ク天帝ガ御身ヲ生ミシモノナリト信スルナリ」（三月十七日）

井上は、千代子を愛していた。

二人は知人の紹介による見合い結婚であったが、井上は見合いの日から、千代子の顔写真を机上に飾った。

千代子の実家は男爵家ではあったが、決して富裕ではなく、何より本人を気に入っての結婚であった。

ニューヨークの宿でも、井上は千代子の写真を机上に飾り、毎日眺め続けた。このため、

「夫人《ミセス》が来られたら、あなたはきっと、なめてしまうことでしょう」

と、メイドにからかわれるほどであった。

井上は、懐中にも千代子の写真を持ち、日本人ばかりの集まりの席で、

「おれもアメリカ人になりかけたよ」

といいながら、その写真をとり出して堂々と披露し、一同を面喰らわせた。

「我身ハ御身ノ常ニ知ル如ク家族本位ナリ。世ニ事業ヲナス為家族ノ快楽ヲ犠牲ニ供スルモノニアラズ。御身ノ健康ニシテ許スナラバ何時ニテモ米国ニ迎フ可シ。我々ノ如ク一日モ離ル可カラザル思ヲナス夫婦ガ別居スル事ハ不自然ナリ」

井上の「家族本位」説は、海外に出たための付け焼き刃ではなかった。

活動的でありながらも、早くから、家族本位の生活をしてきた。

長男の益雄が生まれてからは、逗子《ずし》や大磯に一家をあげて避暑や避寒に出かけるのが常であった。大阪在勤のときも、忙しい中でも休暇をとって、塩屋や垂水《たるみ》、舞子などへ家族で出かけた。仕事は仕事、私生活も大切にする西欧的な生活スタイルが、性に合った。「罐詰《かんづ》め」などといわれるほど身持ちがかたかったのも、倫理的な潔癖さ

によるより、そうした生活感覚のせいであった。

そうした井上にとって、私生活を奪われたあげく、「事業」らしい事業もないニューヨーク生活は、苦痛でしかなかった。

「秘密ニ打明ケレバ、到底二年モ米国ニ滞在スル考ハナキナリ。現在ノ職務ノ如ク何トテ為ス仕事モナク、外交官然トシテ人ト交際スル如キ事ヲ本職トスル事務ニ久シク従事スル事ハ、本来ノ性質上出来ザルナリ。只我ノ希望ハ米国ヲ研究スル事ニアリ」

（三月三十一日）

歴史書など数多く買いこみ、とりあえずは米国について打ちこんで勉強するつもりであった。

海外代理店監督役は、半月毎《ごと》に本店へ報告書を送る義務がある。唯一の義務である。逆にいえば、本店と井上との公的なつながりは、ただ、この報告書だけ。

日銀の海外代理店つまり正金銀行の営業について、事務的に報告し、本店では事務的に処理されて、果たして読まれるのかどうかわからないのだが、井上は丹念に時間をかけ、アメリカの社会情勢まで織りこんだ独特の詳細な報告書を、毎回、書き続けた。

もちろん、それは満足感を与えるほどの仕事ではない。

楽天家たちの集まるオプティミスト・クラブというものがあると聞き、気分を転換しようと井上は出かけて行く。

「世の中、悲観して過ごすのは、愚の極み。笑って渡ろうではないか」

という趣旨の集まりで、井上の興味をそそる数少ない会合のひとつとなった。

気持ちをふるい立たせるように、井上は気丈だった亡母のことを思い起こす。

目先のことでくよくよするのが大きらいな母親であった。食事で子供たちが集まったときなど、母親は口ぐせのようにいったものである。

「他人のことをうらやんではいけない。辛抱して、将来、発展すればいい。いま苦しいのはむしろ幸せ、と思いなさい」

その言葉が、ニューヨークの闇《やみ》の中からも聞こえてくる気がする。

こうしてあれこれ気分をまぎらそうとしても、失意茫然の思いは、底冷えのように井上を浸す。

晴れ渡った四月の日曜日、井上は自分を鞭《むち》打つように、一時間ばかり歩き回り、午後はアメリカ人宅の訪問に出かけたが、

「二軒共留守ニテ早ク帰リタルニ、天気ハヨシ独リニテ市中ヲ散歩スルモ余リ面白カ

ラズ。又朝ノ運動ニテ疲レタル為《ため》、散歩モ厭ナリ。静ニ部屋ニテ読書ヲ始メシガ寂シキ事限リナク、夜モ同ジク寂シク、大ニ困リ申候《さうらふ》。手紙ヲ書クモ厭ナリ、何モ厭ナリ。話相手ハナク早ク床ニ入リテ睡《ねむ》リ申候」（四月十八日）

ニューヨーク在留日本人の集まりである日本人会の幹事に、井上は推された。

これまでの井上なら一蹴《しゆう》してしまったところだが、「面白カラズ」といいながらも、「之レモ一ツノ義理ト考ヘ」引き受ける。

そして、この日本人会はじめさまざまな会合で演説を求められると、井上は英語でのスピーチのときなど、とくに出来栄《ば》えを気にし、あるときは不出来だからとふさぎ、あるときは、「上出来ニテ大賞賛ヲ博シ」おかげで「愉快ニ安睡出来申候」と、はしゃぐ。

そのあと、井上は、そうしたことで一喜一憂する自分の姿のみじめさに気づいて、自嘲《じちよう》して書き足す。

「紐育ニテ如斯《かくのごとく》下ラヌ事ニ苦心スル事、愚ノ至リナナリ」（五月二日）

と。

自分の年齢を意識し、井上は考える。

「人間ノ四十ト云《い》ヘバ働キ盛リナリ。所謂《いはゆる》人間ノ春ナリ。今ノ大切ノ時期ヲ米国ニ来リテ遊ビ居ル事余リヨキ心持ハ致サズ候。今ノ処《ところ》ハ米国ノ研究ニテヨロシキモ相当ニ研究出来シ上ハ、一日モ長ク滞在スル事ハ出来ザル事ト考居候」（八月二日）

「人間男ラシク朝カラ夕マデ忙カシク働キテ継続ヲ得ザレバ、一生仕事ハ出来ザル可《べ》ク、今ノ境遇ハ一寸《ちよつと》読書スルカ、健康ヲ計ルニハ適当ナルモ、其他ニハ少シモ将来ノ目的ニ近ヅク事ニアラズ。此《こ》ノ分ニテハ到底長ク此ノ地ニ滞在ハ望ミ難シ」（八月十三日）

だが、いくらやきもきしたところで、組織の一員が、自由に動けるものでもない。焦《あせ》りは、かえって自らを苦しめるばかりである。

雨に降りこめられた一日、井上はふさぎこむ。

「此ンナ日ハ自分ノ最モ厭ナ日ナリ。雨ハ降リテ世間ハ寂シク、部屋ノ内モシメリ勝ニテ何トナク物寂シク厭ニ相成リ申候。此ンナ夜ハホントウニ寂シクテシ方ノナキ事ナリ。書物ヲ読ムモ厭ナリ。友人ニ手紙ヲ書クモ厭ナリ。只大キナ肘《ひぢ》掛ケ椅子《いす》ニ腰ヲ下シテボンヤリ色々ノ事ヲ考居ル次第ナリ」（八月十七日）

ほとんど他人の悪口を書かなかった日記に、「××ノ馬鹿《ばか》野郎共」「何タル馬鹿ドモ」などという文字が、散見し出す。

さすがの井上も、神経衰弱寸前であった。

その井上をわずかに救ったのは、その夏はじめたスポーツである。井上は久しぶりにテニス・コートに下り、さらに誘われてゴルフをはじめた。そして、広々とした「野原」で「只一人デモ遊ベル」ゴルフは、井上を「何トモ云ヘヌヨキ気持」にさせる。

もちろん、「ドンナニ打テドモ皆打チ損ジテ、玉ハ全ク動カズ、不愉快」という日もあるが、大方は、

「六時間ハ野原ニテシヤツヲ着テ走リ廻リ其ノ愉快サハ到底筆舌ニ尽シ難ク候」

というわけで、

「コンナニ疲レテ睡ルガ何ニモ考ヘズ一番安楽ナノヨ」

「世界ノ事ハ万事忘レテコンナ愉快ナ事ハナイノヨ。コンナ暇ガ日本デホシイノネ」

などと、つい筆までが軽くなった。

テニスやゴルフで少しは生気をとり戻すと、井上はただ焦ったり厭世的《えんせいてき》になったりするのではなく、自分の置かれた境遇を、いま少し客観的に眺めるようになった。

井上にとって誤算だったのは、第六代日銀総裁松尾臣善が、在任すでに六年になるというのに、いぜんとしてその椅子を去る様子のないことである。

吉野俊彦著『歴代日本銀行総裁論』には、次のような記述がある。

「三代、四代、人によっては五代までの総裁の在職した期間を日本銀行大総裁時代というのにたいして、松尾総裁のときから以降そのように呼ぶ人はない。しかもその転機が日露戦争を行なわんとする決意を政府がしたことであったということは、金融史の上からいって看過することを許さない重要な現象ではなかろうか*」

婉曲《えんきょく》な言い方だが、同書に引用してある『朝野の五大閥』からの一文は、「官化せる日本銀行」なる見出しの下で、松尾総裁の問題点を列挙している。

「大蔵省の局長若《も》しくは課長としては無類の勤勉家なりしも、内外の経済界を達観し財政の枢軸《すうぢく》を把握《はあく》して事を為すには松尾に於《お》て足らざるもの三つあり。第一は貫目、第二は度量、第三は学力なり。既に此大資格を欠く、部下を推服せしめて縦横にその能力を発揮せしめる能はず、而《しか》も就任以来大なる失敗なかりし所以《ゆゑん》のものは、今日まで日本銀行が日露戦争の為大蔵省と妥協して事を為すの場合多く、嘗《かつ》て彼が大蔵省に在りたる関係上万事少からぬ便宜ありしに因《よ》るも、平和の時代に入り民間と接触して我商工業の金融を疎通《そつう》するに至りては多々益々《ますます》弁ずるの材にあらず。……彼の就任以来

日本銀行は官庁的に悪化し、官学閥の弊は歳《とし》と共に甚《はなは》だしく宛《えん》として大蔵省の分身の如し」＊

こうした松尾に井上が心服できず、また松尾が井上を追いやったのも当然だが、松尾が、政府にとって好都合な人材である以上、なお延々と総裁にとどまる可能性があった。

秋に入ると、井上は、かなり長文の手紙を、しばしば認《したた》める。

「亜米利加《アメリカ》ガ厭ニナツタラ、スグニデモ銀行ヲヤメテ帰ルノヨ。ソウシタラ当分ハ貧棒モシ難儀モシ、世間カラモ疎外サレネバナリマセヌ。ソレデ満足デシヨネ。家モ小サナ家ニ入リテ、マズイモノヲ食ツテ難儀スルノヨ。ソンナニナツタラ家ガナントカ、身体《からだ》ガドウダトカ云ツテハ居《を》ラレマセヌヨ。……人間ノ一生ハ順風ニ帆ヲ上ゲル事ノミ考フ可カラズ。何処《どこ》テ何ンナ難儀ヲスルカ知レヌ覚悟シテ居ルノヨ。只健康ト家庭ノ楽シミサエアレバ男子ト生レテ何ヲスルモ或《あるい》ハヨシ。成効セサルモ自分ノ思フ通リノ事ヲシテ不成効ニ終ルモ満足ノ事ナリ。千代子サンノ意見ハドウデスカ」

「御身」と呼んでいたのが、「千代子サン」になり、ときには「千代サン」にもなった。つぶやくような、訴えるようないい方にも、心の弱まりがにじみ出ている。日銀を震撼《しんかん》させた誇り高き男の姿はない。

ただし、井上はつけ加える。

「之《こ》ンナ事ハ決シテ他言ス可カラズ。如何《いか》ナル人ニ向ツテモ、井上ハ非常ニ愉快ニ米国デ暮シ居リ、読書ノ暇ガアルトテ喜ンデ居リマスト告ゲラレ度シ」

夏の間、井上は郊外に家を借りて通っていたが、ニューヨークに戻り、再びホテル暮らしをはじめると、よけいに気分が鬱《うつ》した。

「帰ツテホテルノ八階モ厭ニナリ候。何ノ面白味モ楽シミモナシ、仕事トテ何一ツ楽ハナク、コンナ馬鹿ナ事ハナシ。長ク居ラズ帰リマショ」（九月二十日）

折から、渋沢栄一を団長とする大型使節団が渡米してきた。

井上たちは、その接待や案内に追われる。渋沢の演説も聞いたが、井上の心にはほとんど残るものがなかった。

そして秋が深まり、社交のシーズンがはじまる。「馬鹿ドモノ会合」が、くり返される。

「昨夜オソカツタ為、朝床ヲ離レルノガツラカリシ。床ノ内デ朝ボンヤリシテ居ルト毎朝思出スノネ。朝ハ何時《いつ》デモ面白カツタノネ、ソウデショ、番町ノ離レノ事ヲ思出

シテヨ。ソンナ日銀行デアクビノ出ルノガ多キ事ナドモ思出シテヨ」（十月二十六日）

ニューヨークにも、十一月が訪れた。

「今日ハ早ヤ十一月トナリ候。昨年総裁ヨリ洋行ノ話ガアリシハ十月三十日ニシテ、行クト極メシハ十一月ノ五六日頃ト考候。故《ゆゑ》ニ彼此《かれこれ》一年ニ御座候。此ノ一年ハ何ト暮シタルヤ。何等ノ為ス事モナク余リ愉快ニモアラズ候。次ノ一年ハ如斯面白カラザル年ニアラザル事ヲ希望致シ居リ候」

権限もなく、仕事もなく、松尾流白湯《さゆ》をなおのみ続ける他はない。出世街道を走り続けてきた井上にとって、白湯にはそれなりの薬効もあるはずであったが。

アメリカを明日にでも去るようなことをいいながらも、井上はいぜんとして、朝は英語の個人教授を受け続ける。

そして、銀行に通い、読書のみを楽しみとする生活。あとはまた、妻宛《あて》に長文の手紙を書き続ける。

「自分ハ今日迄《まで》、万事意ノ如《ごと》ク成効シタル方ニシテ、其《そ》ノ為ノ考ハ寧《むし》ロ薄キ方ナリシ故、或ハ如斯キ運命ニ遭遇スルモ斗《はか》ラレザルモ、自分ハ健康サエ許スナラバ、必ズ此ノ社会デ本当ノ仕事ヲ成就《じやうじゆ》セシムル事ハ格別難キトスル処ニアラズ。又成効ス可キ確信ヲ有スルナリ。而シテ一方ニ夫婦別居シテ面白カラズ一生ヲ暮スヨリモ、自分ノ確信ニ従ツテ働ク方自分ノ好ム処ニシテ、其ノ為メニ失敗スルモ寧ロ満足ス可キナリ。只千代サンニ慰メテ貰エバ世間ノ辛苦ハ堪エラレマス。ソウデシヨ、外界ニハ荒キ風ガ吹キ外海ノ波ハ高クテモ、家庭ノ楽シミアレバ人間ハ風波ニハ堪エラレマス。従来デモ、外ニ出テ多クノ人ニ接シ多忙ノ事ヲ司掌スルトキニハ、種々ノ苦シキ境遇ニ立チ涙ノ出《い》ヅル様ナ目ニ遇《あ》フテモ、家ニ帰リテ小供相手ニ遊ンダリ、千代サント一緒ニ楽シク食事デモスレバ、皆忘レテシマイマス。忘レテシマワナクトモ、苦シミモ、怒リモ薄クキテ、無上ノ幸福児トナリマス。自分ハ常々ソウ思ツテ居ツタノデス。自分ハ仕合者ナリ、自分ノ生命ハ最愛ノ妻ト小供ニアリ」（十一月五日）

十一月半ばから、井上は一カ月かけて南部を旅行した。

「何モ用ハナイノヨ。余リ紐育《ニユーヨーク》ガ厭ニナツテ、気持ヲ換ヘル為ナノヨ」

とはいうものの、もちろん、

「米国ノ米国タル所以ヲ克《よ》ク視察」してくるためであった。

冬のニューヨークの暮らしは、つらい。

「耳ガ切レソウナ」、井上にとっては「生レテ始メテノ寒サ」。

その中で、夜の会合が多く、夜の外出には耳袋が欠かせない。
「虚無党アリ社会党アリ片目アリ婦人アリ学者アリ商人アリ」といった会費一ドルの講演会などは、「中々高潔デ愉快」であったが、そうした会合は稀《まれ》で、外交官然とした会合が多く、夕方にはホテルへ帰って、そのための着替え。そして、夜ふけに戻っては、シルクハットの掃除や洋服の始末。地下鉄で拾ったのか、南京虫にも悩まされた。
井上は読書に精を出す。
「読書モ身ニツク様ニシテ愉快ニ候」（二月十二日）
「昨日モ読書今日モ読書ニテ、少シク厭《いや》ニナル」（二月十三日）
それでも、井上には読書しかない。
「人間ハ考ヲ高尚ニシテ気ヲ平静ニナスニハ、読書ニ及ブモノハ無之候」（二月二十四日）
そうした精神生活の中で、井上の心は洗われ、高められて行く。
ある日井上は、美術商でリンカーンの肖像を見つけ、買い求めて、部屋の壁に掛けた。いまの井上には、リンカーンこそ、「自分ノ最モ崇拝スル人」であった。

折から日銀では、増資に伴って理事が増員され、その理事に井上が任命される、とのうわさがニューヨークに伝わってきた。

井上は、そのうわさを否定して、

「理事ノ数ハ増ヘ不申《まうさず》。又日本銀行ノ理事ニナッテ若隠居ヲスルノハ自分ハ更ニ好マズ。日本銀行ノ理事ナドハ更ニ自分ノ眼中ニアラズ。自分ハ営業局長ハ日本銀行ニテ自分ガ達スル最上ノ位地ト考フルナリ。自分ハ日本銀行ニテ此上ノ位地ヲ得ントノ希望ハ更ニナシ。自分ハ人ノ羨望《せんばう》スル上ノ位置ニテモ、政府ヤ世間ニ気兼ネ気苦労ヲスル様ナ位置ハ更ニ好マヌ。収入ハ少ナクトモ位置ハ低クトモ、自分ノ思フ様ニ自分ノ理想通リニ働キテ、上品ニ愉快ニ一生ヲ終リタキナリ。日本銀行ニ居リ理事トナリ総裁トナルモ、政府ノ下ラヌ小官吏ナドニ頭ヲ下ゲタリ、勝手ノ取扱ヲナサレルナドハ愚ノ骨頂ナリ。其レヨリモ自分ノ理想的ノ処ニテ一生懸命働キタキモノト希望スルナリ」（二月十六日）

井上には、自分のことが見えてきた。同時に、妻子のことも見えてくる。

このころ、井上の身を案じて、千代子が不眠症気味になった。その千代子にあれこれ処方を指示する一方、長男の益雄が級長になり、次女の寿美子がお茶の水の付属小学校に入学したことを、よろこぶ。益雄からの長文の手紙もうれしかったが、気がかりでもあった。

「益雄ノ此度ノ日記ハ詳シクテ此ノ上モナク面白イケレドモ、アンナ長イ日記ヲ小供ニ書カスルノハ、少シク重荷ト思ヒマスカラ、此ノ後ハ今少シ短クシテヨロシク、又是非トモ毎日デナクトモヨロシク、スグニ益雄ニ其ノ事ヲ申付ケ下サレ度、益雄ハ可成《なるべく》遊バシテ、家ノ内ニテ勉強スル事ハ止《や》メサセ度ク候」

親の予感とでもいうのであろう、益雄の健康についての不安は、後に的中することになった。


井上自身は、健康のために、葡萄酒《ぶどうしゅ》も日本酒もやめ、アルコールはビール一本と定めた。日本より瓶《びん》が小さく、コップ一杯半の量である。下痢することもあるので、そのビールも用心しながら、のむ。

とにかく健康を保って帰国すること——井上の念頭に在るのは、それだけである。

「今日ハ銀行ニ行キテ一日報告書ヲ認メ候。格別ノ得ル処モナク一日ヲ暮シ」といった変哲もない日々が続く。

日銀への報告書は、下書きをつくり、自分で一々ていねいに清書して作成した。

「丸デ十年前ニ戻リシ様ナ事ニ御座候」

といった仕事ぶりであった。

日銀を退職するつもりになっており、つまらぬ仕事と思いながらも、役目だけはきちんと果たしておく。そして、そのあとはまた読書。

「此ノ頃ハ自分ハ已《すで》ニ日本銀行ヲ止メタルモノトシテ他日大ニ為《な》ス可キ事ヲ考ヘテ勉強致シ居リ、已ニ日本銀行員ニアラザル考ニテ万事振舞居リ、又観察点モ異ナリ得ル処少ナカラズ候。

今日モ帰リテ夕食後ハ読書致シ候。併《しか》シ尤《もっと》モ困ル事ハ、読書ニ飽タトキニ仕方ガナイ事ニ候。御茶ヲ持ツテ来テ呉《く》レル人モナク、話シヲスル人モナク、部屋モ小サク、其レナラバトテ書画デモ楽シム様ナ訳ニモ参ラズ、大ニ窮シ申シ候」（四月十三日）

日曜日も雨が降れば、終日また読書である。

「朝ノ九時半ヨリ夕刻ノ五時半マデ一生懸命ニ勉強シマシタ。読書スルヤラ書クヤラ、中々愉快ニ暮シ申シ候」（四月十七日）

夏に入ると、ときどきゴルフで気をまぎらす。

「之レアリテ万事忘レテ日ガ立チ」「自分ノ命ノ親ト言フ可キ也」とまで有り難がったゴルフだが、腕前は相変らずさほどではない。

碁も同様で、一ドル賭《か》けては、とられることばかり多かった。三連敗したときに、井上は書く。

「人間、破竹ノ勢ニ乗リテ進ム事モ出来、又ハ常ニ失敗シ苦シンデ一生終ル事モアル可キ乎《か》。禅学ニ運鈍根ト云フ事アリ。第一ハ運ガヨキ事、第二根気ガ強キ事、第三馬鹿ノ風ヲスル事」

ニューヨーク滞在も一年半を超すと、洋食好きの井上も日本食が恋しくなり、まずいはずの日本倶楽部へもよく出かけた。

その日本倶楽部の役員会では、御飯の焚《た》き方について夜ふけまで「甲論乙駁《かふろんおつばく》シ、全ク昔ノ中学時代ノ現況ナリ」と、苦笑することもあった。

「例ノ顔触レニテ、例ノ馳走《ちそう》ニテ」といった日本人たちの集まりの席で、井上はときにはよくしゃべった。自ら「ニューヨークの気炎家」というほどであった。

もっとも、心底から気炎を上げてたのしんでいるのではない。集まる顔触れの中には、「俗悪ナル博士」や「似テ非ナル慷慨家《かうがいか》」も少なくなく、「愚ノ極ミ」と感じ、「何時果ツ可キ乎、更ニ見込モ付カズ閉口」する。

高峰譲吉博士などと化学者クラブで静かに飯を食うときだけが、充実感があった。

夜ふけて、ホテルの部屋に帰る。

待っているのは、物言わぬひとびと——壁のリンカーンの肖像、机上の千代子の写真。

鏡を見て、白髪がめっきりふえているのに、井上はおどろく。

前日銀総裁山本達雄との間に、ひそかに手紙のやりとりがあった。

山本は井上を勧業銀行の役員に据えようとしたが、折から浪人中の井上の知人が同じポストを望んでいることを知り、井上はその話を辞退した。

井上にふさわしいポストがめったにあるわけがなく、帰国する気持ちに変わりはないが、前途は宙に浮いたままである。

井上は勉強を続ける。

「帰国ノ事モ遠カラズナリシ上ハ、矢張リ為ス可キ事調ブ可キ事読ム書物多ク一生懸命ニ勉強致シ居ル訳ナリ」（九月十八日）

「土曜日也。午後ハ専心ニ読書シ又肝要ノ点ハ手帳ニ記シ上セナドシテ、中々勉強ガ面白ク相成リ申候《さうらふ》」（十月八日）

「日曜日也。今日モ一日読書スル」（十月九日）

再就職先はきまらないが、とにかく帰国して——という思いが、つのる。

「何《いつ》レニシテモ一日モ早ク帰リテイヤナ荷物ヲ下シ可申《まうすべく》候。人間イヤナ病院ニデモ入院シ居ル様ナ朝カラ晩マデ不愉快ナ目ヲシテ出世シタリトテ、世間ノ人ハ賞メルカ知ラヌドモ、自分ハ左程出世シタクハナシ。心ニ完全ノ満足ト愉快ガアルナラバ、多少世間ニ対スル人為的ノ位置ハ低クトモ、又マズイ飯ヲ喰ツテモ、其ノ方ガ遥《はる》カニ勝レシナラント考候」(十月十五日)

日銀理事の一人が海外視察を兼ねて、ニューヨークを訪れ、井上に正金銀行役員へ転出するよう、総裁の内意を伝える。

もはや日銀に未練はなく、また一日も早くニューヨークを去りたい思いの井上として異論はないが、同行の重役たちとうまくやって行けるかどうか、また存分に腕をふるえるかどうか、気がかりである。

これに対し、日銀側は、総裁以下が全般的に支援すること、それに、最初から副頭取に就任させることを約束し、井上はその話を受諾した。

この点について、井上は、

「同行ニハ已ニ多数ノ重役モアルコト故小生入行スルトモ其ノ位置ヲ得其ノ権限ヲ与ヘラレザレバ充分ノ成績ヲアグルコト能《あた》ハザルコト」明らかであり、御一考頂きたいと、松尾総裁宛の親書で説明する。

そうした人事交渉は極秘にしたまま井上は、直ちに外国為替の勉強にかかった。せっかく国際金融の中心に居り、また正金銀行にオフィスを借りているのだから、その地の利を生かし、ニューヨークでの最後の勉強にしたい、とのふれこみであった。

十一月二十六日、本店より、

「倫敦《ロンドン》経由二月一杯ニ帰朝セヨ」

との電報が入った。

「多分斯《か》クナルトハ承知致シ居リシモ、斯ク定マリシ上ハ、大ニ好都合ニ御座候」

と、井上の感想は短い。

帰国後のポストは、まだ秘密にしたままである。このため、井上の部下たちは、「また営業局長になる」「いや、ロンドン駐在だそうだ」

などと勝手な観測を口にする。日銀内での昇格はあり得ないと、きめこんでいた。

井上は苦笑したように書く。

「未《いま》ダ重役ニハナルマジト極メ居ル由《よし》デ、中々世人ノ評ヨリ当ラザルモノハナク、又煩《うる》サキモノハ無之候」（十二月一日）

明治四十四年一月、井上は大西洋を越えてロンドンに着き、しばらく滞在した。

シベリヤ鉄道経由で帰国する予定で、船の到着する敦賀《つるが》へは、病身で幼児を抱えた千代子に代わり、長男の益雄を知人に連れてきてもらおうと思い、連絡をとった。

だが、そのすぐあと、酷寒の季節に風邪でもひかれてはと心配になり、あわてて取り消しの手紙を出した。

その益雄への土産に、当時は高価な自転車を買い、他の子供や妻にも、さまざまな土産物を買い揃《そろ》えた。

だが、「大苦痛」の日々は、最後まで故障続きであった。

満洲《まんしゅう》でペストが流行し、シベリヤ鉄道の経由地であるハルピンでは、一日に二、三百人の死者が出ている、という。

井上の問い合わせに対し、本店から電報で指示が来る。

「帰邦ヲ一二日ヲ争フ事モナク、安全ノ地ヲ経テ帰郷スベシ」

ロンドン出発予定日の三日前であった。

このため、大童《おおわらわ》で旅程を変更し、ふたたび大西洋を船で引き返し、鉄道でアメリカ大陸を横断し、太平洋を渡る、という帰路をとった。

第五章

井上は、明治四十四年六月、正金銀行副頭取に就任。一方、日銀でも、この月、松尾総裁が老齢を理由に退任。副総裁の高橋是清《これきよ》が総裁に進んだ。

「白湯《さゆ》」の効験あらたかで、松尾の在任は、実に七年八カ月の長期に及んだ。折から日本の国際収支は赤字続きであり、外資をいかに調達するか、輸出産業をいかにして伸ばすかが、当面の課題であった。正金銀行の出番でもある。

井上は、ほとんど毎日のように日銀に立ち寄り、政策を打ち合わせた。

高橋総裁下の日銀は、井上には古巣であるばかりでなく、兄弟会社も同然であった。追い出されたというより、むしろ水を得た感じで動いた。

高橋は、副総裁時代、正金頭取も兼ねていたが、総裁になって兼任をやめ、代わりに三島弥太郎が正金頭取になった。三島は貴族院における多数派である研究会の大物であり、この人事は桂《かつら》内閣の貴族院対策の一環と見られた。

三島は薩摩《さつま》藩士三島通庸《みちつね》の長男で、アメリカに留学、昆虫《こんちゅう》学で優秀な成績をおさめた。帰国後、子爵《ししやく》ということで貴族院議員となり、多少財政経済の勉強はしてきたものの、頭取の実務には、やはり不安がある。強力な補佐役が必要ということで、長年空席であった副頭取に井上を配した形であった。銀行の実務は、ほとんど井上に任された。

正金銀行支店に同居したニューヨークでの生活が、いまとなっては、井上の大きなプラスとなった。

国際経済・国際金融に明るくなり、さらに、英語から外国為替に至るまで、ひたすら充電してきたのが、すべて活《い》きてきた。

正金銀行の内情というか、下情にも、ある程度通じている。心臆《おく》するところはなかった。井上は、いきいきと動いた。

それは、日銀理事の一人となるより、「心ニ完全ノ満足ト愉快」をおぼえさせる仕事であった。「政府ヤ世間ニ気兼ネ気苦労ヲスル様ナ位置」でなく、「自分ノ思フ様ニ自分ノ理想通リニ働」くことができる。

秋には、井上は、大連《だいれん》・営口《えいこう》・ハルピンなどへ出かけた。工場を見学し、経営者たちと会い続けて、千代子と約束した「一日一信」も守りかねる忙しい旅であった。

活動的な生活の中で、井上はしかし「只《ただ》健康ト家庭ノ楽シミサエアレバ」という気持ちも忘れず、まず大磯に別荘を建てた。

駅から一・五キロほど。北に小山を配し、隣には白岩神社の森。南は畠《はたけ》がひろがる先に、東海道線が走り、さらに海浜の松林が見える明るい土地である。

広々とした敷地に、近くの庄屋の家を買いとって移築した。萱葺《かやぶ》き屋根、黒光りする太い大黒柱の並ぶ大きな建物である。（生家が大きなつくりだったせいもあって、井上は古くても、設備がわるくても、とにかく大きな家を好んだ）

井上の家族は、この年から夏冬の休みは、ほとんど大磯の別荘で過ごすことになった。

大正二年二月、山本権兵衛《ごんべえ》内閣が成立。同じ薩摩系というので、正金頭取三島弥太郎に大蔵大臣の口がかかったが、三島は断った。

このため、代わって、日銀総裁高橋是清が蔵相となり、三島がその高橋のあとを埋めて、日銀総裁となった。

正金頭取は、しばらく水町日銀副総裁が兼務していたが、九月、井上が頭取に昇格した。そして、浜口雄幸《おさち》を知る日が訪れる。このとき、浜口は一転して大蔵次官の要職に在った。

井上が日銀営業局長からニューヨーク駐在へと大きな人生の曲がり角を経験している間も、浜口は専売局で黙々と働き続けていた。

「塩のために生まれてきたみたいだ」

と、ぼやきながらも、塩田整理という厄介な仕事に、ひたむきに、そして腰をすえて取り組む。

こうした浜口の姿にまず惚《ほ》れこんだのが、初代満鉄総裁となった後藤新平である。国会答弁にみる堂々たる見識と責任感。謹厳寡黙《かもく》で、骨惜しみしない男。こうした男こそ、満鉄の理事に欲しいと、後藤は浜口を口説いた。当時、満鉄理事は、中央官庁の次官またはそれ以上のポストといわれ、俸給も十倍以上になる。うまい話であった。

だが、浜口は辞退した。

「手がけている塩田整理を、投げ出して行くわけには行きません」

という理由からである。

ぼやくことはあっても、その仕事から中途で逃げ出すのは、男として卑怯《ひきょう》だ、と浜口は考える。その気持があまりに堅いため、人材好きの後藤も、ついにあきらめた。

だが、世間には、他にもまだ、そうした浜口に注目していたひとがあった。

今度は、住友家総理事が訪ねてきて、住友に入り、その経営陣に加わって欲しいと、懇請した。

だが、浜口は、やはり同じ理由から断った。


借家住まいで引っ越しの多かった浜口だが、これ以上子供を悲しませまいと、ようやく家を持つことにした。

友人が、雑司《ぞうし》ケ谷《や》に借地を見つけ、ついでに大工も世話してくれた。建築は、すべてその大工に一任した。

「杉や松など安い材料を使うのだから、普請《ふしん》といっても知れている。それでも任せた方が、責任を感じて、いい仕事をしてくれるだろう」

と、浜口夫婦は竣工《しゅんこう》まで一度しか見に行かなかった。

まわりは麦畑。敷地が二百坪ほどあり、日当たりがいいのが、とりえだった。

中央に芝をはって、石灯籠《いしどうろう》をひとつ置いただけ。あとは、松、桜、槙《まき》、八つ手、それに浜口の好きな石楠花《しゃくなげ》、牡丹《ぼたん》などを、雑然と植えた。

誤算だったのは、麦畠の中に次々と家が建ち、浜口の家へ通じる道がなくなってしまったことで、このため、幾人もの地主に交渉し、土地を借りたりして、ようやく曲がりくねった狭い私道を確保した。

家の部屋数は、あまり多くない。浜口は、六畳の書斎と十畳の座敷を自分のために使うつもりでいたが、じきに子供たちに書斎を明け渡し、十畳の部屋を書斎兼居間兼応接間として使わねばならなくなった。

明治四十一年七月、第二次桂内閣が成立。後藤新平が逓信《ていしん》大臣になると、後藤は逓信次官の椅子《いす》を用意して、また浜口を迎えにきた。

これも、うまい話であった。外局の長官として、大蔵省では先が見えていた。官僚としては、他省へ出ても、次官に進みたいところである。

だが、浜口は、この話もまた辞退した。断る理由も、前回同様であった。

「せっかくの有り難いお話ですが、まだ塩田整理の仕事が片づいていませんので」

浜口は思いつめていた。頑固と見られるかも知れぬが、だれもいやがる厄介な仕事であればこそ、自分の責任で目途をつけておかねばならない。

すでに塩田整理を手がけて、二年余になっていた。

井上がニューヨークに発《た》ったのは、この浜口の逓信次官辞退のときから、さらに半年後である。

その井上が、二年間の左遷《させん》生活を経験し、帰国して正金銀行へ入るころまで、浜口は相変わらず専売局で、明けても暮れても、塩、塩、塩と取り組んでいた。

この浜口の熱意に負けて、さすがの反対運動もおさまり、塩田整理は明治四十四年になって、全国にわたってすべて完了した。

天皇は、この浜口の苦労をねぎらわれ、金盃《きんぱい》を下賜《かし》された。

その夜、浜口は金盃で酒をあおり、真っ赤になっても飲み続け、かつてない酩酊《めいてい》ぶりを見せた。

大正元年十二月。第三次桂内閣で、後藤新平がふたたび逓信大臣になると、後藤はまた浜口を次官に引き出しにきた。最初のときから六年目、まさに三顧の礼である。

浜口は、大蔵省の親しい先輩であり、新内閣の蔵相となる若槻《わかつき》礼次郎にも相談したが、すでに塩田整理は完了しており、辞退する理由はなかった。

ただし、この内閣は、政党に基礎を置かず、官僚主体のいわゆる超然内閣であり、議席の上では、野党の政友会が圧倒的多数を占めていた。加えて、首相の桂が、内大臣兼侍従長になってわずか半年でその職を投げ出したというので、世論の批判もきびしく、早々に倒閣運動がはじまっており、短期政権が予想された。

次官のポストは有り難かったが、皮肉にも、いざ受けようとすると、今度の内閣は先行きが不安である。貧乏籤《びんぼうくじ》を引かされることにもなりかねない。まだ現役の官僚の身としては、この種の内閣に身を預けることは、不得策にも思えた。

浜口にもそのことはわかっていたが、目をつむって、後藤の知遇に応《こた》えることにした。

浜口は、家族にいった。

「自分は後藤男爵の恩義に感じて立つだけである。天下は桂公に反対しており、内閣の寿命は長くはない」

浜口は、当座の身の回りのものだけを持って、木挽《こびき》町の次官官舎に入った。不運を拾いに行くような就任劇であった。

浜口の人柄は、全国の専売局の職員に知られるようになり、退官と決まると、慰労の品を贈ろうという声が、湧《わ》き上がった。それも、儀礼的なものではない。厄介な仕事に耐え抜いた浜口のために、本当に役に立つものを贈りたい、という。

浜口は感激した。

その結果、手狭になった雑司ケ谷の家の玄関脇《わき》に、十五畳の応接間がつくられることになった。

次官ともなると、客もふえるだろうと、工事は急がれたのだが、せっかくの応接間ができ上がったときには、浜口は浪人の身になっていた。桂内閣が危懼《きく》どおり、わずか三カ月足らずで倒れてしまったからである。

このあと、桂が国民党などの一部と官僚出身者を集めて、新党（立憲同志会）をつくることになり、後藤も若槻も参加した。

浜口も入党をすすめられ、三日三晩考えた末、承諾した。

だが、結党直後、人事問題や政治資金の調達問題をめぐる対立から、後藤が、脱党してしまう。

生まれて間もない党である。とにかく党を割ってはいけない。浜口は後藤説得に動いたが、逆に後藤からは脱党をすすめられる始末。

私情としては後藤に従うべきだが、政党人としては、結党したばかりの党を見すてるわけには行かない。

結局、浜口は党にとどまった。それも、形式的に残ったのではない。浜口は、ほとんど毎日のように党本部へ出かけ、事務でも雑用でも、自分でできることを手伝った。浜口としては、それが政党人としての筋を通す道だと思うのだが、短期間とはいえ次官をつとめた男には見えぬ献身ぶりである。

「代議士でもないのに、奇特なことだ」

と、冷笑されたり、感心されたり。

翌大正三年四月、大隈《おおくま》内閣の誕生で、若槻礼次郎が大蔵大臣になると、若槻は早速、浜口を次官に起用した。

四十五歳にして、大蔵次官。入省以来、左遷に次ぐ左遷で、地方回りと、外局勤務。省内の主流を歩かず、コースを外れた回り道ばかりしてきたはずであったのに。

だが、次官の椅子に坐《すわ》って、ほっとしている間もなかった。第一次大戦が勃発《ぼっぱつ》し、経済界が大混乱に陥ったからである。

その収拾策を練り、臨時軍事費の調達を考え、その審議のための臨時議会を乗り切り、さらに次年度予算の編成にかかるというわけで、仕事に追いまくられた。

国際的な嵐の中での経済の舵《かじ》取りということで、大蔵次官としての浜口と、正金銀行頭取の井上は、このとき顔を合わせ、しばしば打ち合わせを交わす仲となった。

二人は、容貌風采《ようぼうふうさい》はもとより、経歴も性格も対照的といっていいほどちがうが、互いに魅《ひ》かれるものがあった。

海外駐在をふまえての井上の情報収集力と国際的な視野での判断、それに物怯《ものお》じしない行動力は、浜口には新鮮であったし、一方、井上は、それまで接した人々にはない重々しい迫力を、浜口の中に感じた。それは、「政府ノ下ラヌ小官吏」にもなければ、「俗悪ナル博士」や「似テ非ナル慷慨家《こうがいか》」どもともおよそ縁遠い本物の純粋さとでもいったものであった。

一方は雄弁、他方は寡黙。浜口は聞くことで、井上は聞かれることで、それぞれ自信を得た。それに、二人は同年輩。九州四国と遠い田舎の出身。それに、短期長期のちがいはあるが、身にしみるような左遷の辛《つら》さを経験していた。

このため、向かい合っているだけでも、二人は通じ合うものがあった。

井上は、さほど用もないのに大蔵省に寄り、ときには連日のように、次官室の客となった。

大蔵次官となって一年経《た》たぬのに、浜口の身に変化が起こった。

高知県の立憲同志会が、浜口を代議士選に担《かつ》ぎ出しに来たからである。

当時、高知県は政友会の天下であり、これに一矢《し》を報いたい、できれば、土佐から総理を出したいと、故郷の人々の期待は大きかった。

浜口を候補とするについては、

「演説が下手なようだから」

「政治家にするには、正義感が強すぎるから」

などと首をかしげる向きもあったが、大蔵次官という肩書、それに専売局長官時代の実績、さらには、浜口の人柄も買われての出馬依頼となった。

将来の安泰を考えるなら、大蔵次官の次には、日銀総裁などへ進んだ方がよい。だが、財政経済に明るい政治家として立つということは、もともと浜口の初志でもあった。そのためには、政党の一兵卒として、代議士一年生からはじめるべきである。

浜口は、選挙に打って出ることにした。

政談演説は、にが手であった。どうしても好きになれぬが、だからといって、演説なしではすまされない。

このため、浜口は演説の名手といわれる人たちの演説会を聞きに行って、勉強した。

それでも、性格的に、調子よく威勢のいい話をしたり、むやみに他人をけなすようなことができないので、話口が下手な上に、話の内容も地味なものにならざるを得ない。

それを補うのが、熱気であり、誠意であった。

浜口は、演説会場を回るごとに、一々その会場にふさわしい演説の草稿をつくった。そして、いったん約束した場所へは、どんな僻地《へきち》でも、たとえやむを得ない事故が起こっても、必ず出かけて行った。

一度は、ある山村で、夜十時に演説会を開くはずであったが、車の故障のため間に合わなくなった。

だが、浜口はあきらめず、深夜の山道を歩き、午前二時に会場にたどりつき、まだ残っていた人々の喝采《かっさい》を浴びた。

聴衆の質問にはていねいに答弁し、一人の老人の質問に四十分もかけて答えたりして、まわりをやきもきさせた。

演説は下手でも、浜口はこうしたことから、少しずつ支持者をふやして行った。

総選挙の結果、浜口は当選した。

だが、それは浜口の実力のせいだけでなく、相手の政友会に内部対立があり、定員一人に候補者を二人立てて票を食い合ったためでもあった。

大正四年七月、浜口は大蔵省参政官となったが、このころ、大浦兼武内相の野党議員買収工作や選挙干渉が政治問題化した。

加藤高明外相、若槻蔵相らは、この際、内閣は潔《いさぎよ》く責任をとり、総辞職すべきだと唱え、大隈首相も一度は同意したが、元老筋からの意見に翻意し、総辞職を撤回してしまった。

このため、加藤、若槻らは閣外に去り、浜口もまた進退を共にした。

大隈首相からは、とくに浜口に対して蔵相に就任するよう働きかけがあったが、浜口は受けず、一代議士の身となった。そして、このあと、「苦節十年」と他人からいわれる雌伏生活が、またはじまった。

とりわけ、次の総選挙では、政友会系のはげしい干渉を受けて、落選、代議士でさえもなくなってしまった。

だが浜口は平静な顔つきのまま、毎日のように党へ詰めた。

大正五年秋、同志会・中正会・公友倶楽部《クラブ》の三党が合併、憲政会となった際、浜口は安達謙蔵とともに同志会を代表する合同委員として結党に努力。創立大会では結党に至る経過説明を行い、加藤高明総裁の下で総務となった。しかも、まるで一事務員のようにまめまめしく党務に従事した。加藤総裁が、その浜口の姿に目をうるませて感激するほどであった。

浜口は、事務員の徽章《きしょう》をつけて国会へも通い、傍聴席で熱心に質疑を聴いて勉強した。

友人の代議士と議員食堂で昼食中、その代議士が中座したとき、守衛に食堂からつまみ出されたことさえあった。

二年間の空白後、補欠選挙に勝って代議士に戻ったが、在野生活はなお延々と続く。

大隈改造内閣で、若槻に代わって蔵相となった武富時敏《たけとみときとし》は、折からの大戦による国際経済の動揺に備えるため、金の輸出禁止を法令によって行おうとした。

このとき、猛然と反対したのが、正金頭取の井上であった。（その意味で、井上の本質は一貫して金解禁――金本位制論者であった、といえる）

「金本位制は通貨の基本、つまり、経済の基本でもある。決して軽々しく改廃してはならない」

井上は、銀行家としての筋を通していい、同時に実際家らしく、解決策を出した。

「金の流出を抑えるためには、金の輸送費用を極端に高額なものとし、事実上、金の持ち出しができないようにすればよい」

武富蔵相は、井上の意見に従い、金輸出禁止を見合わせ、当面、この便法によることにした。

金輸出禁止が大蔵省令によって行われたのは、先述のように、大正六年九月、寺内内閣のときである。蔵相は、勝田主計《しょうだかずえ》、東大法科では、井上より一年先輩、浜口とは同期の明治二十八年卒。

この同期生たち、二八会なるものをつくり、ときどき会っていたが、政治家や官僚コースへ進んだものが多いため、

「大臣になったら、会員全員を招待して御馳走《ごちそう》する」

という約束をしていた。

その光栄ある最初の該当者となったのが、勝田である。

就任後、勝田は早速、蔵相官邸に同期生たちを招き、シャンパンを抜いて、にぎやかに晩餐《ばんさん》をふるまった。

浜口は、同期生中、ただ一人、勝田と共に大蔵省へ進んだ仲間であり、何彼と二人は比べられてきた。

勝田は本省で陽の当たるポストを歴任してきた。これに対し浜口は、短期間、次官

こそつとめはしたものの、地方回りと外局勤務で終わり。いまは無官の身である。

だが、浜口はよろこんでこの会に出席し、得意の絶頂に在る旧友に向かい、参会者全員を代表して、心からの祝辞を述べた。

国会での浜口の初質問は、この勝田蔵相に向けられたものだが、浜口はその直後に落選の身となり、今度は党事務員の形で傍聴席で旧友の大臣ぶりを見守り続けた。

浜口にとって、不遇はいまさらのことではなく、また恥ずべきことでも、心臆《おく》することでもなかった。この旧友からも、学べるものは学ぼう、という姿勢であった。


一方、正金頭取井上準之助は、この勝田蔵相と西原借款《しゃっかん》をめぐって、衝突した。

寺内内閣は、中国に対し、積極的というか、侵略的な外交政策をとり、私設公使とまでいわれた寺内の腹心西原亀三《かめぞう》を窓口として、一億四千五百万円にも上る資金を、北京《ペキン》の軍閥政府に貸し付けることにした。

勝田蔵相は、その金額を日本興業銀行・朝鮮銀行・台湾銀行など一連の特殊銀行から協調融資させようとし、正金銀行にも割り当ててきた。

だが、井上は、この話に応じなかった。

井上は正金入行以来、すでに二度にわたって中国各地を精力的に視察し、ある程度、現地の事情に通じており、一地方政権でしかない軍閥政府に肩入れすることの無謀さがわかっていた。

従って、この種の政治がらみの融資には慎重であるべきだ、というだけでなく、この貸し付けに確実な担保がなく、しかも高金利であって、回収の見込みがないからという銀行家としての筋を通して反対した。

政府からはさまざまな圧力がかかった。いわゆる「満洲《まんしゆう》浪人」が押しかけ、井上めがけて鉄扇を投げつけたこともあった。だが、井上は態度を変えず、

「たとえ、クビになるとしても、受けられない」

と、いいきった。

ただ、大きな口をきいたのではない。井上には、井上なりの銀行家としての理念があった。

「政府ニ頭ヲ下ゲタリ、勝手ノ取扱ヲナサレル」のは、まっぴら。そのためクビにされるとしても、「政府ヤ世間ニ気兼ネ気苦労ヲスル」よりもいいというアメリカ駐在当時の気持ちが、なお燃えていた。もともと強気の男が、外へ出て、さらに強くなることをおぼえた形であった。

井上は、クビにはならなかった。勝田も人物であった。それに、かねて「非立憲内

閣」のレッテルをはられ、内外からさまざまな批判にゆさぶられていた寺内内閣としては、さらに余計な波風を立たせたくないということもあった。

井上は、また、その辺のところまで読んでいた。

いずれにせよ、井上はいよいよ自信家になったし、周囲はあらためてそうした井上に着目した。

(西原借款は、その後、果たして、井上の見通しどおりとなった。

中国国内では、「国恥借款」として反対運動が起こったし、鉄道建設や鉱山開発などに当てられるはずだったのに、軍閥政府の政治資金や戦費として使われてしまった。

このため、回収の見込みが立たず、結局、銀行団の債権を大蔵省預金部で肩代わりすることになり、今度は日本国内で世論の非難を浴びる破目になった)

アメリカ駐在時代の体験を、井上は私的生活の面でも活《い》かした。

当時、心身ともに衰弱していた井上を救ったのが、スポーツ、とくにゴルフであったが、日本でその恩恵を人々にわかつためには、まずゴルフ場づくりからはじめねばならない。井上は、駒沢《こまざわ》そして程ケ谷《ほどや》と、土地の選定から金銭出納事務まで、自分で手がけた。

「おれがやらなければ、こんな厄介なことをだれがやってくれる」

といいながら。

一方、書物の有り難さを実感した井上は、東洋文庫の開設にも奔走した。

イギリスの中国研究者モリソンが北京で二十年間にわたって収集した東洋学関係の文献が、北京が戦火にさらされる心配もあるところから、売りに出された。

この報《しら》せを、正金の北京駐在員から聞いた井上は、早速、学者たちに調査させた上で、三菱の岩崎久弥を口説き、金額にして三万五千ポンドに上る膨大な収集書を一括して買いとらせ、東京に移し、モリソン文庫（後に東洋文庫）とした。井上はその初代理事長もつとめ、国際的にも、ここを東洋学研究のメッカとした。

大正八年三月、井上は日銀総裁に任命された。退職を決意して帰国してから、八年目のことである。

井上は、ときに五十一歳。はじめは副総裁にという声もあった。順序としてはそうであったが、一段階とび越しての栄転であった。

井上は早くから日銀のホープであったが、いまは、金融界のホープでもあった。たまたま、その金融界そのものが成長し、これまでのような官界や財閥からのトップ輸入に反発し、自らの中から総裁を送り出そうとする時期にも入っていた。

井上は、その勢いにのった。井上の自信家としての勢いが、時代の波にのらせた、ともいえた。ときの首相は原敬《はらたかし》、蔵相は高橋是清。平民宰相としては、閥族にとらわれぬ新鮮な人事を打ち出す必要があり、高橋はかねてから井上の力量を買っていた。その意味では、井上総裁はなるべくしてなった形であった。

井上は、再び陽の当たる大道を歩き出した。

一方、浜口は長い日蔭《ひかげ》の道にまたさしかかっている。

その浜口が、しみ入るような誠実さによって、狭い世界で深く知られ、井上は溢《あふ》れるような奔放さで、広い世界で浅く知られて行く。


日本銀行部内は、同行はえぬきのはじめての総裁の誕生を、手放しでよろこんだわけではない。

井上が大阪支店長や営業局長時代に見せた強引ともいえるような数々の改革や、独走に近い行動力に、危懼《きく》の念を持つ層もあった。

井上も、その点は心得ていたが、それでも総裁として戻ってみると、やはり日銀がお役所的、官僚的になっているのが、まず気になった。

細かいことであるが、いかめしい印象をなくすため、日銀の入り口や周囲に武装した衛兵が立っているのを、やめさせた。重役の別室制度も廃止した。若い行員に内部改革の気を持たせるため、事務改善委員会をつくり、調査役クラスをメンバーにした。

井上は第一回の委員会に顔を出し、若手を励ましていった。

「各々《おのおの》が自ら日銀総裁だという気魄《きはく》で事に当たり、各部の仕事に留意し、改善すべき点を見い出したなら、大小を問わずこの委員会に諮《はか》り、それぞれ自分の意見を十分に具申してもらいたい」

井上は、新政策として、銀行引受手形とスタンプ手形制度を発表した。

これまで、各銀行はコール市場から、または直接日銀から資金を引き出す他《ほか》なかったのに対し、日銀の保証の下で、手形の再割引をさせ、銀行相互間で有無相通じさせようとするもので、日本に本格的な割引市場をつくり出し、資金効率をよくし、折からの産業界の整理や合理化に役立たせよう、というねらいであった。

これらの構想は、かねて日銀内部で練られてきたものであったが、井上は、その構想をふまえ、自ら草稿を書き、副総裁や理事に一応見せた上で、全国手形交換所連合会での演説で発表した。

このことも、日銀内の保守派にとっては、ショックであった。

というのも、これまで総裁の演説は、すべて理事や局長が寄り集まって草稿をつくり、総裁はただそれを棒読みする習慣だったからである。

それを井上は、自分で書き、あっという間に発表してしまった。

「井上総裁の演説に対しては、理事・局長は責任を持たない」

というつぶやきが聞こえ出した。

井上は、きっぱりいった。

「結構だ。一切の責任は、おれがとる」

井上は、その後も重要演説の草稿は自分で書く他、一万田尚登《いちまだひさと》ら若い秘書に演説の腹案を話し、その秘書に任せて書かせた。

十二時に読む原稿を、十一時に命じて書かせる、ということもあった。そして、急いで書き上げた秘書が、

「わるかったら、抹消《まつしよう》して書き直します」

とでもいおうものなら、井上は雷を落とした。

「男が一度書いたものを取り消すとは、何事だ！」

当時、経済界は戦後景気に酔っており、いぜんとして、株式などへの投機がさかんであった。投機熱を冷やすためにも、金解禁が考えられた。すでに、この年六月、アメリカが金解禁を行っていた。

輸入超過がはじまっている日本だが、正貨準備四億六千万円に加えて、在外正貨が十三億円もある。金輸出禁止を解き、金本位に復帰する絶好のチャンス、と井上は考えたが、当事者である高橋蔵相は、この考えをとらなかった。

高橋は積極財政論者というだけでなく、中国の動乱に備え、いつでも中国へ投資できるよう相当量の正貨を抱えておくべきだ、という考え方をとっていたからである。

やむなく日銀では、投機ブーム抑制のため、十月と十一月の二度にわたって、金利引き上げを行った。

十月、井上は絹業連合大会で、「好景気の外観」を呈しているものに触れていう。

「これ畢竟《ひっきょう》政府よりする戦争関係の支出、すなわち国家の信用を以《もっ》て創造した不自然な購買力にその源を発し、戦時中に馴致《じゅんち》せられた浪費の風習これをたすけ、休戦当初における思惑休止の反動もまたこれに加わって生じたものであるから、性質上到底永続すべきものではないであろう。休戦後時日の経過するに従いこの購買力の減退する際には、必ずやその反動として、一大不況時代の到来すべきことを疑わないのである」

翌大正九年に入ると、東京手形交換所の新年宴会でも、井上は好況と見られるものが「惰力」でしかないと説き、景気を左右するアメリカ経済が、外見上は、物価賃銀の騰貴《とうき》や投機熱によって好景気のようではあるが、その実、産業界全体は縮小の動きを示しており、日本経済もまたその影響を受けて、反動不況に陥る。しかも、それはかなり長期に及ぶであろう――と警告し、注目された。たとえば、『東京経済雑誌』（二月九日号）は、この井上の演説をとり上げていう。

「一部の楽観論者には気に喰わぬであろうが、正論ならば致し方もなし。吾人《ごじん》は井上総裁が敢然として斯《か》かる悲観論を唱え出して、浮薄なる我財界を警醒《けいせい》せられた事を多とする」

井上の警告どおり、三月、反動が来た。

株式市場は暴落して、立ち会い停止に追いこまれる。機業地を中心に、不況は全国にひろがり、横浜茂木をはじめ倒産する企業が増え、それに関連して、銀行の取り付けさわぎも起こった。

日銀としては、救済にのり出さざるを得ない。民間からも政府からも要請されたが、井上自身も、

〈整理すべきものは整理しなくてはならないが、工業立国しようとする日本にとって、優良企業まで巻き添えにすることがあってはならない〉との考え方であった。

井上は、周囲の目を気にせず、救済に動いた。

このため、「政治家的だから、救済する」といった非難を浴びた。

日銀内部からも、

「それは、日本銀行としてよくない」

「日銀の行動範囲外だ」

などという声が出たのに対し、井上は答えた。

「きみらのようにいうとりゃ、話にならんし、何もできん。そうじゃないんだ。どうすれば、向こうの希望に合うかを、一度は考えてやったらどうだ」

銀行も企業も、救済を受けようとして、日銀の鼻息をうかがう。

皮肉な成り行きであった。恐慌《きょうこう》の到来によって、日銀の比重が高まり、日銀総裁の

権威が増す。もともと自信の強かった井上が、このため世間には、いよいよ颯爽《さっそう》とし昂然《こうぜん》たる男に見えてきた。

井上は総裁の椅子《いす》にじっと坐《すわ》っていることは、稀《まれ》であった。

絶えず人に会う。電話をかける。立ったまま書類を見る。立ったまま筆をとって、巻紙に手紙を書く。

秘書などの使い方もはげしかった。文字どおり目の回るほど使った。

「これはという男に対しては、きびしいのだ」と、井上はいった。

井上に向かうとき、秘書は全神経を集中しなくてはいけない。井上は一度いったことは、くり返さなかった。

「え、何でしょうか」

と訊《き》き直すと、井上は横を向いたまま、

「ワンシング・ワンス」

「はあ?」

「ワンシング・ワンス」

と、とりつくしまもない。

“One thing, once.”——いかにも井上好みの言葉で、井上はよく口にした。

〈二度といわせるな〉という意味であろうが、井上の口から出ると、その短い文句には、

〈男というものは、一回一回が勝負だ。集中してやれんのか〉

といったひびきが、こもっていた。

「ワンシング・ワンス」の生き方であれば、形式、序列などにかかわっては居られない。

井上は、ポストにとらわれず、総裁室へ行員を呼んだ。

係長クラスに算盤《そろばん》を持って来させて、目の前で計算させたり、ドイツ語のできる行員を呼んで、立ったまま井上が用件をいい、その場でドイツ語で書かせたり。

時間には、うるさかった。

秘書だった男が海外へ出るので、井上は一夕、送別の宴を開いた。

だが、当の男が遅刻すると、井上は、

「きみはもう出なくていい。さっさと帰って、ワイフと食え」

と、御馳走だけまとめて持たせ、主賓を追い返してしまった。外国生活を前に、時間厳守のきびしさを身にしみておぼえさせた恰好《かっこう》であった。

「外国へ行ったら、買い物などしてはいかん。細かく金を使うな。外国でなければできないことをやれ。たとえば、語学もそのひとつだ。勉強は一生つきまとう。他のことは、いつでもできる」

ともいった。

公私の別にも、うるさかった。

「秘書は総裁の秘書であって、井上の秘書ではない」

と、あれほど人使いの荒い井上だが、自宅へ秘書を顔出しさせなかった。

もっとも、井上はときどき痔《じ》を病み、そうしたときには、珍しく気弱な表情で、

「きみ、ちょっと押しこんでくれんか」

と秘書にたのみ、洋服の上から痔を押してもらった。

井上が、秘書役に向かって、きまってていねいな口調で話しかけるときがある。

日曜日の朝、秘書役の家の電話が鳴る。

「お天気もよろしいが、今日は別に御予定はありませんか」

別人のような井上の声。ゴルフの相手を、というのである。

相変わらずゴルフは好きで、忙しい中でも日曜日はつとめてゴルフに出かけるよう

にし、来客撃退のため、朝起きるとすぐゴルフの服装に着替えている。

もっとも、腕前も相変わらず。いかにも井上らしく、人々が見守っている一番のティ・ショットだけはうまいが、あとはたのしみと健康のためのゴルフである。

ボールが曲がったりして、ぐずぐずするのが大きらい。

「きみ、一点やるから、先へ行こう」

と、前進あるのみのゴルフであった。

碁も同様に負けずぎらい。

井上の性格にふさわしく、大がかりな碁を打つ。ただし、腕前はさほどでないのに、いつも白の石を持った。

ある碁敵に負けがこみ、約束によって白を渡さなくてはならなくなると、その相手と対局しなくなるほどであった。

車に乗っているときも、井上はいつも先を急がせた。

当時はまだ道路に信号がなく、四つ角などで運転手が手間どっていると、きまって背後から井上の声がとんだ。

「そら行け、そら行け！」

部下に対して井上は、ものははっきり言え、姿勢は正しくせよ、とやかましかった。

「言葉尻《じり》をはっきりしなければ、相手方に通じないじゃないか。それから、ものをいうとき、うつむいてはいかぬ。おれの顔を見、おれの目玉を見てものをいえ。そうすれば、自分のいわんと欲するところが十分いえる。だいたい人に向かってものをいうのに、うつむいてものをいうことは卑怯《ひきよう》千万である」

などと、井上らしい叱《しか》り方をした。

井上の演説や座談は、「できましぇん」などと大分弁のまじることはあっても、いつも言葉尻は、はっきりしていた。

井上は背をまっすぐに坐り、背を反らすようにして歩いた。チョッキに両手をさす得意のポーズも、よい姿勢をつくる。

姿勢のよくない政治家を見かけると、井上はそれだけで、

「あれは大臣の器ではない」

と、冗談まじりにきめつけた。

姿勢のわるい部下には、

「そういう姿勢ではいかぬ。歩くのに力がない、突いたら倒れてしまうではないか」

と注意し、

「こういう風に肩を張って胸を突き出し、首を真《ま》っ直《すぐ》にして歩かなければいかぬ」

と、実演して見せた。

失策があって、頭を掻《か》きながら報告に出ようものなら、それだけでまた叱られた。

「人は常に態度に気をつけ、堂々たる容姿を以て人に接しなければいかぬ。自分の気持ちを人から悟られるようでは何事もできぬ」

と。

三河台に在る井上の家は、薩摩《さつま》島津家の下屋敷だっただけに、長屋門もある大きな屋敷であった。

小学生であった四男の四郎が、

「自分の家の電灯の数を数えて来なさい」

と学校で宿題を出され、屋敷中歩き回って数えたが、あまりにも数が多い。恥ずかしくて報告できなかった、というほどである。

ただし、大きいだけで、古くてひどい家であった。

壁のひびは、紙を貼《は》ってごまかし、大きな裂け目には、軸をぶら下げておく、といった有り様。下屋敷時代そのままで、手を加えたようなところは、ほとんどない。

案内を乞《こ》うには、玄関脇《わき》の小さな吊《つ》り鐘を叩《たた》く。玄関脇の便所の床は、めりめりと音を立てて客をおどろかせた。

浴槽《よくそう》は五右衛門風呂《ごえもんぶろ》、洗い場は叩土《たたき》の上に簀《す》の子《こ》を敷いただけ。娘たちには、つらい入浴であった。

鏡も古ぼけたものばかり。その鏡に向かって、出勤前、井上は時間をかけて身づくろいをする。ネクタイはきちんと結ばないと、気がすまない。背はまっすぐにのばす。


大磯の別荘は、快適であった。

冬は東京にくらべれば暖かで、三河台の屋敷でのように、ふとんをかぶって演説の原稿を書く、といったようなこともない。

夏冬の休み、井上はきまって家族を大磯に滞在させた。

井上自身も、土曜日から本を持って出かける。朝のわずかな時間にも、あるいは、車の中ででも、廊下に立ってでも、気やすく読書のできる井上であった。

もちろん、大磯では、健康第一の生活である。

庭のコートでのテニス、室内でのピンポン。夏には、波乗りや、水泳。井上と長男の益雄が、はるか沖合まで並んで抜き手を切って泳いで行くのを、幼い子供たちが心配のあまり、目に涙をためて見守ることも、しばしばであった。

庭の手入れもすれば、地曳《じび》き網をひくのに加わったり、塩湯に浸《つか》ったり。

妻の千代子も、元気をとり戻した。夭折《ようせつ》した子もいるが、帰国後生まれた比奈子、四郎、五郎と合わせて、息子三人、娘三人と、にぎやか。おそく生まれた子たちは、孫のように可愛《かわい》い――。

それは、井上がアメリカ時代、毎日のように夢に見た生活であった。

井上は平凡な一人の父親でしかなくなり、「健康」と「家庭ノ楽シミ」を満喫し、「無上ノ幸福児」という思いに浸る。

こうした生活をみだしに来る客には、会おうともしない。

井上には、とりわけ長男益雄《ますお》の成長がたのしみであった。

小学校時代から区長賞を続けてもらう秀才で、開成中学でも優等生。八高から東大理学部へと進んでいる。小学生のころ、他校のグループとけんかになったとき、真っ先に敵の中へおどりこんで行ったりし、井上は自分の血をひいていると、目を細めていた。

もっとも、機械いじりが好きで、理科系へ進み、将来は外国に留学し、リサーチ・

エンジニアになりたい、といっている。

きびしく辛《つら》かった自分の少年時代への反動もあって、井上はあまい父親であった。好きな道へ自由に進ませ、欲しいものを与えた。オートバイも買い、ヨットの組み立てもやらせた。井上が気にしたのは健康だけであったが、益雄はスポーツマンで、フットボール、テニス、ゴルフ、ボート、スキー、スケートと、さまざまな運動をたのしんだ。

大正十一年夏には、一家でしばらく軽井沢に滞在した。このときも、益雄は連日、テニスとゴルフを続け、真っ黒になった。

だが、これが益雄の元気な最後の夏となった。運動が過ぎたのか、帰って間もなく発病。病状は一進一退を続ける。

〈大磯で百姓の真似事《まねごと》でもして、一生をのんびり送るのもいいではないか〉

と、井上は益雄のためを思い、暮らしやすい洋館を建て増すことにした。

この洋館の上棟式の翌日、関東大震災が襲来した。

すでに井上夫婦は東京に戻ったあとで、大磯には、子供六人と、留守番の男や女中が残っていた。

大きな田舎家は、倒れこそしなかったが、壁は残らずずり落ち、床はゆるみ、便所や風呂場はつぶれて、使いものにならない。

益雄は、留守居の男に背負われて庭へ逃れ、一家は二日間、梨《なし》の木の下にゴザを敷いて暮らした。

「パパァやママァは大丈夫？」

幼い弟妹が交互に浴びせる質問に、益雄は東京の空を見、無事を祈りながら、大きくうなずいて見せる。

長男である以上、半身横になったままでも、采配《さいはい》をふるい、弟妹を監督しなければならない。

食糧不足になるというので、女中を帰郷させ、町に貸家を探させて、三日目にひき移った。

そこへ、東京から車が弟妹を迎えに来た。

その車は、同時に、意外な報《しら》せを持ってきた。井上が大蔵大臣に就任した、という。

日本銀行では、シャンデリヤなどが大きくゆれこそしたが、当日、とくに損害はなかった。

たまたま、第二次山本権兵衛内閣が組閣中であり、井上は首相官邸へ呼ばれ、蔵相への就任を求められた。

大地震直後のことでもあり、井上は回答を保留。土曜日ではあったが、夕方、また日銀に戻った。

異常はない。石造建築の上、一方が外濠《そとぼり》に面しているので、安全と思われたが、念のため宿直員や守衛をふやし、一応の指示を与えて帰宅した。

だが翌二日未明、井上は日銀が燃え出したという報せで起こされた。烈風のため、周囲の建物が炎上し、日銀本館の屋根の一部に飛び火した、という。

折から副総裁は休暇旅行中であり、井上は近くに住む理事の深井英五をすぐ日銀へ行かせるとともに、自分は陸軍省へ行き破壊消防の必要が出たときに備え、工兵隊の出動を要請した。

そのあと、丸ノ内まで来たとき、井上の車は道路の亀裂《きれつ》に落ちこみ、動けなくなり、徒歩で日銀へ急いだ。

特徴のあるドームの屋根から、真っ赤な炎が上がっている。ポンプ車が一台来て、濠の水を窓から注いでいるが、とても火勢には太刀打ちできない。

井上は、ポンプ車の増援をたのみに行かせることにしたが、その際、井上らしい注意をする。

「こういう時は身辺を荘重にしなければいけない」*

使者にいかめしい肩書入りの名刺を持たせ、守衛などを従者にして、帝国劇場横の消防仮屯所へたのみに行った。

消防夫たちが、前日から何も食べずに働きづめで、もう動けない、というのを、国家の一大事だからと口説き、ついに、三台のポンプ車を出させた。

火勢は、さらにはげしくなっている。

「どの部屋が大事なのか。どなたか、いっしょに中に入って指図してくれませんか」

消防司令がいったとたん、総裁の井上が答えた。

「よし、おれが案内する」

まわりが口をはさむ隙《すき》もなく、また井上の気性では、とめようもなかった。

とはいうものの、建物の中へ入ることが、すでに危険であり、一苦労であった。

消防司令を先頭に、井上らはまず石垣をよじ上り、そこから細い板を急角度で斜めに渡し、その上を這《は》うようにして、二階の窓から入った。

窓から廊下にとび下りると、肌が焼けそうに熱い。窓枠《まどわく》や窓の下の腰飾りが、すでに音を立てて燃え出していた。

大廊下に出ると、黒い煙が迫ってきて、息がつまりそうである。並んでいる応接室の扉が、いずれも火をふいていた。頭上からは、ポンプ車の放水が、泥色の熱湯となって降り注いでくる。

井上は、その中で、ハンケチで口と鼻をおさえながら、重要な部屋の配置を次々と教えて行った。

「危険ですから、もう出て下さい。わたしどもも出ます」

と、司令が声を上げるまで。

午後一時ごろになって、ようやく火は消えはじめた。

井上は深井らにいった。

「他の銀行はどうなっているか知らんが、日銀だけは、明日の月曜日から平常通り業務を開始する。その旨《むね》の掲示を、市中の各所に出しておくように」

そのころになって、深井の車が、井上と深井の両家から、おにぎりや、たくあん、梅干しなどを運んできた。消防夫が空腹と聞いて、すぐ両家の女たちが炊《た》き出しにかかっていたのである。

消防夫にまじって、井上たちもにぎり飯を食べた。

そのあと、井上は深井の車を借りた。

「警視庁へお礼に行き、ついでに、政府へ顔を出してくる」

すでに井上は、蔵相就任の肚《はら》をかためていた。従って、この日は、日銀のことにそれほどむきになる必要はなかった、ともいえる。

だが、火が消えるまで、井上は全身全霊これ日銀総裁であった。日銀を救うことしか考えず、危険も構わず没入していた。これも、ある意味での「ワンシング・ワンス」であった。

業務再開を指示したあと、井上ははじめて没入からさめ、頭は日銀から離れた。

日銀の主要な建物は無事であり、業務に支障はない。それに、日銀には、安心して任せられる人物が育っている。

たとえば、深井英五。井上以上の勉強家であり、読書家でもある。井上には、結果的によければよい、という考え方もあるのに対し、深井は理づめで、直球だけで攻めてくる。

日銀の重役たちが、昼食後のひととき、食堂で、

「どうも、この不景気では……」

と話していると、とたんに、その言葉を聞きとがめ、

「この不景気とは、どういう不景気をさすのですか」

と、問い返すような男であった。

井上は、こういうタイプが好きだが、ときには煙たくもなる存在でもあった。

いずれにせよ、自分が居なくても、日銀は動く。それに、蔵相というポストは、日銀の後見役をつとめることもできる。

日銀総裁になって四年半。ここで思いきって舞台の転換をはかるのが、自分のためにも、社会のためにもなるのではないか。

井上は、自分が求められており、また、自分なら、他のだれにも劣らず果たせる使命のあるのを感じた。

前内閣の蔵相市来《いちき》乙彦《おとひこ》は、練達の大蔵官僚であり、新総理の山本とは同郷の薩摩《さつま》出身でもある。

留任させてもおかしくなかったのだが、山本があえて市来を斥《しりぞ》け、井上を起用したのは、金解禁を断行する意志があったからである。

大正十一年来、貿易は出超を示し、金解禁の好機に見えた。井上総裁は、しきりに市来蔵相を促し、ためらう市来に批判を浴びせてきた。（市来が決断しなかったのは、与党ともいえる政友会総裁の高橋是清が、解禁反対を強硬に申し入れたためといわれ

る。このころから、井上と高橋は、政策的に反対の路線に立っていた）

思わぬ大災害によって、復興まで、しばらく金解禁は見送ることになるであろうが、混乱と廃墟《はいきょ》の中から経済を立て直すことが、これまた手腕を要する課題である。単に経済がわかる政治家ではなく、経済に精通した専門家が望まれる。それには、やはり、井上準之助である。

人材に目のない後藤新平が、副総理格で組閣参謀となり、今度は浜口でなく、井上を追い回した。

この日も、後藤は瓦礫《がれき》の中を車を走らせ、三河台の井上の邸に膝《ひざ》づめ談判のつもりで押しかけたが、日銀に出ていると聞き、車を回して日本橋へ向かった。

井上の車と、井上を追う後藤の車は、炎天下、罹災者《りさいしや》の溢《あふ》れている皇居前ですれちがった。

緊急事態というので、組閣は急がれ、その日の夕方には、新しい全閣僚が永田町の首相官邸に集まり、そのまま参内した。

摂政宮は芝生《しばふ》に難を避ける生活をしておられたが、親任式もまた、露天の芝生の上で行われた。

蔵相井上準之助――日本ではじめてのテクノクラート、すなわち専門家らしい大蔵大臣の登場であった。

非常事態であり、問題は山積している。だが、そのことが、逆に、井上を動きやすくもする。政党政治のかけひきによらず、必要とあれば、緊急勅令などの非常立法も発動できるからである。

舞台としては、申し分なかった。ニューヨーク時代、出世は望まず「心ニ完全ノ満足ト愉快ガアルナラバ」と願っていたが、出世の上、「完全ノ満足ト愉快」のある仕事がやれそうである。

親任式の翌日、各省で新旧大臣の挨拶《あいさつ》があった。

大蔵省の建物は全焼し、永田町の蔵相官邸が仮庁舎になっていたが、その庭に役人たちが集まった。

まず市来が退任の言葉。ついで、井上が立った。

日銀出身の蔵相というので、大蔵官僚としては、あまり愉快ではない。冷ややかな顔、憮然《ぶぜん》とした顔をそろえていたが、一分と経《た》たぬうちに、彼等はわれとわが耳を疑った。挨拶もそこそこに、新蔵相が切り出したからである。

「直ちにモラトリアムを実施することにした。諸官は早急にその準備をされたい」

と。儀礼的な挨拶どころか、いきなり新政策の発表、それも思いもかけぬ大胆な政策である。

「モラトリアム?」

「たしかに、モラトリアムといったね」

役人たちはざわめき、顔を見合わせた。

モラトリアム——その言葉も意外なら、それがこうした事態に適用された例も、聞いたことがない。

しかも、外様《とざま》の大臣の一存で就任と同時に発令されるということも、前例がないだけでなく、常識はずれであった。

戦争や恐慌《きょうこう》の際、債権者がいっせいに貸金や手形の取り立てを急ぐのに対し、債務者は応じきれず、破産が続出する。預金者もまた、一度に預金引き出しに走るため、銀行が払いきれず、取引停止に追いこまれる。

これでは、経済はますます混乱し、立ち直れなくなるため、一定期間、すべての債務の支払いをくり延べさせ、預金引き出しについても大幅に制限する——というのが、モラトリアム（支払い猶予《ゆうよ》令）である。

大戦中、ヨーロッパでは先例があったが、日本でははじめて。しかも、天災にまで適用できるかどうか問題があったが、井上は決断した。

一応、深井らに話はしたが、ほとんど独断で決めた。

当座はこれ以外混乱を防ぐ道はなく、しかも果敢に実施しなければならぬ。

「緊急勅令によって行う」という以上、大蔵省としても、直ちにその事務方をつとめる他はなかった。

ただし、庁舎が焼けたため、参考書類もない。日銀から急いで関係資料を借り出して、法案づくりにかかり、その日夕刻には草案を完成。

夜間、井上は金融界などの代表を招いて草案を示し、翌四日早朝には、枢密院《すうみついん》へ提出。枢密院本会議を経て、七日に公布、即日施行された。

だれもが目をみはる井上らしい早業であった。

続いて、九月十二日、罹災者に対し、租税を免除・軽減・徴収猶予する法令、および生活必需品などの輸入税を免除・低減する法令を、緊急勅令として公布施行する。

井上は、活発に動き回った。

正金や日銀であろうと、大蔵省であろうと、ちがいを意識しない。少しも心臆《おく》するところなく、胸をはって、人使いも荒い。

一日中、ゲートルばき姿。大臣室でも、ほとんど立ったまま執務する。そして、少しでも暇ができれば、被災地を見て回った。

横浜へも足をのばし、潰滅《かいめつ》した市街地を見た。

正金頭取時代の八年間、生糸貿易をめぐって縁が深かっただけに、井上は心を痛めた。港湾施設を中心に、復旧を急がせねばならぬ、と思った。

「帝都復興に関する詔勅」が出されたが、横浜が「帝都」にふくまれるかどうか、あいまいであった。心配する横浜市長らに、井上は指示を与えて、各方面に陳情させ、自分も骨折って、横浜を「帝都」にふくむ旨、閣議で決定させた。

横浜の生糸取引所も焼失しており、生糸貿易が果たして復興できるかどうか、不安が持たれた。

神戸からは、

「この際、生糸市場を神戸に移して欲しい」

という陳情団が来たが、井上は言下にはねつけた。

「諸君は横浜へ行って見てくるがいい。あんなに悲惨な目に遭っているのに、それを助けようともせず、不人情な行動をする。そんなことが、日本で許されると思うか」

一方では、井上は横浜を励ました。

「どこまでも応援してやるから、ともかく、一日も早く仕事をはじめよ。汽船がだめなら、軍艦を回してでも、糸は運んでやる」

いかにも井上らしい励まし方に、横浜は元気をとり戻した。

急いで、バラック建ての取引所をつくり、十八日には、生糸取引を再開した。

本筋の仕事である予算編成についても、井上は彼らしい面目を見せた。

まず大正十二年度予算十三億七千五百万円中、震災による租税の減収が、自然増収分を差し引いて、八千三百万円に上る。

このため、この八千三百万円を強引に各省予算に割りふって減額させ、実行予算とした。

次に十三年度予算の編成でも、井上は各省に大幅の切りつめを求め、収支均衡どころか、歳入剰余（黒字）を確保するようにした。これは、帝都復興予算の編成とかかわりがある。

政府では、帝都復興院を設け、後藤新平内相が総裁を兼ねたが、復興予算をどれだけ、どこから調達するかが、大問題であった。政友会筋などでは、震災地は日本の一部にすぎず、自らの負担で再建すべきであって、日本全国民がその復興費を負担する必要はない、と反対している。

これに対し、井上は、いい返した。

「人間でいえば、東京横浜も身体《からだ》の一部分である。しかも帝都は首から上の部分である。それが身体の全部でないからという議論には賛成できない。帝都および横浜の復興は全国民の負担においてなすべきである」*

ただし、井上は摩擦を少なくするため、財源は増税によらず、公債によってまかなうことにした。それも、公債の利子支払い分が、年々の予算の剰余でまかなえる範囲内にとどめるべきだとし、利率を五パーセントにして、元金を逆算、復興予算総額として七億二百万円という額をはじき出した。

捻出《ねんしゅつ》できる限度を計算し、その枠の中で復興予算を組むべきだ、というもので、財政家としては、正論である。

これに対し後藤新平は、帝都の在るべき姿について、「大風呂敷《おおぶろしき》」といわれるほど壮大な青写真をひき、必要な経費を合算して、復興予算とした。最初は、五十億にも達したが、実際に閣議に私案として出したのは、三十五億。

七億対三十五億の争いである。金額的にも大差があるし、考え方も、「入るを量って出《い》ずるを制す」の井上に対し、「出ずるを量って、入るは何とかしろ」といわんばかりの後藤である。

はげしい対立となった。

後藤はもともと井上入閣の強力な推薦者である。

だが、私情は私情、政策では譲れぬと、新米《しんまい》大臣である井上は、ふんばった。とにかく、まず各省が節約に徹した十三年度予算をつくる、それによって復興予算を計上する、との順序を譲らない。

これに対し、後藤は、十三年度の内務省予算案は出さぬ、臨時議会も開かぬ、と対抗した。

すでに帝都復興の詔勅までいただきながら、具体的に何ひとつ動けぬとあって、山本首相はたまりかね、閣議の席で井上に、

「復興予算をなぜつくらぬか」

と、詰問《きつもん》した。

井上は、わるびれず答えた。

「それには、まず十三年度の予算をこしらえなければなりませんが、後藤内務大臣が

どうしても削減に賛成されません。削減のないまま、復興予算をこしらえるとしますと、三億ぐらいにしかなりません。それでよろしければ、すぐにも復興予算をつくります。でも、それでは内務大臣が承知されないでしょう。だから、総理はわたしにおっしゃるより、内務大臣と相談して下さい。内務大臣がわたしの申す通り十三年度予算を削減されない限り、いつまで経とうと、責任を以《もっ》て復興予算をつくるわけには参りません」

あまりにもはっきりした言い方に、閣議の席は静まり返った。さすがの後藤も蒼白《そうはく》になった。

「わたしは閣僚に信用がなくなりました。今日限り復興事務に対して責任を持てませんから、これで御免こうむります」

一礼して席を立って、出て行こうとする。

田《でん》農相が後藤を追い、

「大蔵大臣は十三年度予算について内務省と話がまとまらぬから、復興予算をつくれぬといっているだけで、復興予算そのものをこしらえぬといっているのではない。まあ席に着いて」

この場の様子について、青木得三の『井上準之助伝』は、次のように伝える。

「内相は『イヤ俺はもう迚《とて》も責任は持てぬ』と云《い》って振切ろうとする、田農相はフロックコートをしっかり押えて『まあまあ』と云う調子であったが、『まあまあ』が中々長く続いた。それは非常に緊張した場面であった。山本首相は初めから沈黙を守って成行を見ていたが、到頭後藤内相が其《そ》の席に戻ったので、事なきを得たのであった*」

と。

後藤が「数歩ないし百歩進んだ」考えの持ち主であり、後藤の復興案には、財政さえ許せばだれしも賛成するであろう、という評価を井上はしている。ただ、財政が許さないということなのだ。

この日、閣議の終わったあと、井上は後藤をその私邸に訪ねて、あらためて意のあるところを述べ、言葉づかいなど失礼のあったことを詫《わ》びた。

そこがまた、井上らしいところでもあった。

予算削減に反対したのは、もちろん後藤だけではない。各省大臣こぞってであった。

予算折衝の続く十一月、各新聞は書く。

「常に大所高所に立っている筈《はず》の――そして片々たる行政長官ではなく、憲法上の機関たる国務大臣として入閣した筈の犬養毅《いぬかいつよし》までが、無電がドウの、通信がコウのと、平凡なる逓信《ていしん》大臣殿に墜落して群小大臣並みの予算復活運動に熱中してるから笑わせる」

「各省大臣連も大蔵大臣に一つずつ此《こ》の大鉈《なた》の見舞を受けて眩惑《げんわく》し、五日の予算会議では血眼になって井上蔵相の袖《そで》にぶら下り復活の要求をやったものだ。すると、井上君の袖がちぎれて、肘《ひじ》鉄砲が中《あた》ったので、財部《たからべ》君後藤君等大弱り」

とくに、予算額の大きい海軍省に、井上の大鉈はきびしかった。

このため、財部海相は、

「こんな予算では、国防の基本方針が動揺する」

とまで憤激した。ただし、財部は井上の熱意におされて、

「軍部大臣としては困るが、別に国務大臣としては、その……何だ……また考えもある」

というような言い方もした。

新聞はさらに書く。

「靄《もや》の大本山、権兵衛内閣の下に於《お》いて、その又お婿《むこ》さんの財部を向うに廻わして、ズバリ大鉈を揮《ふる》った井上準之助の度胸は聊《いささ》か感心である」

「各省の予算削減に対し、大蔵大臣頗《すこぶ》る強硬の由《よし》。世に貧乏ほど強きはなし」

などと。

井上のあまりの強さに、山本首相はお国言葉を使って感嘆した。

「井上君は、珍しい大胆者じゃ」

と。

後藤新平が、最後には折れた。震災復興予算は、井上の原案どおり、七億二百万円で閣議決定を見た。

十二月十七日、臨時国会で井上は大臣として最初の演説を行った。

復興予算について、数字をふまえた周到な報告であったが、さすがの井上も緊張し、気はずかしそうにさえ見えた。

新聞は、「扉を開いたように両手を丁寧に演壇につくところ、まだ銀行総裁の面影のこる」と書き、あるいは、「高等女学校優等生の処女演説」「花嫁さんのよう」などと、からかった。

年も迫った十二月二十五日夜、井上ははじめて小康を得た思いで、古巣でもある東京銀行倶楽部《クラブ》に出かけ、延び延びになっていた同倶楽部主催の新蔵相就任祝賀会に臨んだ。

このとき、井上は、「花嫁さん」と新聞でからかわれたのを利用し、四カ月ぶりにいま花嫁が里帰りして、実家の皆さんに嫁入り先の話をするのだ、と断って、ユーモラスに、しかし皮肉もまじえて、大蔵大臣としての体験を紹介した。

「先《ま》ず第一に嫁入り先は中々の多人数でありまして、中には怖いような顔をした伯父さんも居《お》ります。兄弟は十人、しかも一番裾《すそ》の嫁でありますから、その状態に対しては皆様の御同情を得たいと思います。私どもの兄弟が多いのみならず、中々親戚《しんせき》外縁が多いのでありまして、御父様の御親類、お友達或《あるい》は御老人の会もありまして、非常なお小言を頂戴《ちょうだい》する場合も多いのであります。また遠い縁者でいいますと、何百という小姑《こじゅうとめ》が居りまして朝から晩まで油を取られて虐《いじ》められて居るのであります。この間に花嫁もこれ迄《まで》受けました教育で相当の理屈も言いますけれども、なかなか理屈などは通らぬで頭数ばかりで行くのであります。その状態はその場に臨みませぬと、貴方《あなた》がたが此《こ》の花嫁に十分の御同情を下さる事はなかなか困難と考えます。一番上の兄の拵《こしら》えた着物はこの袂《たもと》が長いといって切られ、この模様が派手すぎるといっては墨を塗られて到頭我慢したのでありますが、いかにもこの寒さに向かって着物なしでは行かれぬから、これはやむを得ず切られても叩《たた》かれても仕方がないというような有り様もあったのであります……」

銀行家ばかりの聴衆だが、こうした井上の話しぶりにたまりかね、幾度となく声を立てて笑った。

一仕事やり遂げたという自負もあって、井上にとっては、晴れ晴れとした夕であった。

だが、この二日あと、「花嫁さん」でもある「大胆者」のクビがとぶ事件が起こった。摂政宮を狙撃《そげき》した虎《とら》ノ門《もん》事件である。

内閣は総辞職。わずか四カ月の大臣ぐらしであった。

野に下るに当たり、人材を見る目のある大物政治家たちは、申し合わせたように、井上を評価した。

犬養毅はいう。

「今度の内閣は非常に短命であったが、井上というものを見つけたことは、大きな収穫であった*」

と。

後藤新平は、帝都復興予算で井上に苦汁をなめさせられはしたが、さすが後藤らしく、人物を見る目はくもらない。

「属僚も使わないで、あれほど明快な説明をし答弁をした大蔵大臣は、自分の知る限りにおいては、井上君を措《お》いて他にない*」

と、国会での井上の答弁ぶりに感心し、さらに、

「井上君は、どんな問題に対しても、明白に賛否を言いきる。まことにしっかりした人物だ。近頃の掘り出し物だ」

と、絶賛した。

実は、井上には井上なりの努力があった。

井上は質問の出そうな問題については、あらかじめ徹底的に勉強した。そして、たいていのことは、次官や政府委員よりよく知っている自信があった。このため、どんな質問もこわくはなく、あわてて政府委員に助けを求める必要など、全くといっていいほどなかった。

井上の下野後の身の処し方が、また、いかにもスマートであった。

辞表を出したその帰りの車の中で、井上はヨーロッパ行きを決心する。

ここ十二年ほど、正金頭取・日銀総裁・大蔵大臣と顕職を歴任して、忙しすぎる日々が続いた。しばらくは、ゆっくり静養したい。

来客攻め宴会攻めからも、ようやく解放されるはずだが、しかし日本に居ては、完全に逃げ切れるものではなく、仕事その他、何彼と持ちかけられるであろう。やはり、海外に出た方がいい。ひとりになって、これまでのこと、これからのことを、じっくり考える。財政金融では最高のポストをすべて経験したため、新たにやってみたいと思うことは、ほとんどなくなってしまった形である。今後は、どの世界へ進むべきであろうか。

それには、海外の新しい風にふれる必要があり、また外から日本を静かに眺めてみることも役に立つ。

〈とにかく、日本にぐずぐずしているのが、いちばん愚かだ――〉

井上は、直ちに、日本郵船に船室の予約を申しこんだ。

「あら、また外国ですか」

妻の千代子はあきれたが、それ以上は、何もいわなかった。

二月四日、伏見丸で神戸出帆。二高の同窓登張竹風《とばりちくふう》も同じ船で、政治経済を離れて、話がはずんだ。

相変わらず愛妻家の井上は、早々に次の一句を登張に示した。

「春暁の　別れなまめく　古き妻」

よき友も居ることであり、左遷《させん》されたときとちがい、今度の船旅は気楽であり、極楽でさえあった。

井上は、フランス、イギリス、ドイツ、デンマークなどを訪れ、政財界人や旧知の銀行家などにも会ったが、労働問題に関心を持ち、イギリス労働党の党首と話しこんだりした。

旅程は六カ月半。十分な気分転換もできて、八月下旬帰国すると、たちまち毎日が来客攻めとなった。少ない日でも三十人、多いときには、八十人。

高説拝聴もあれば、お顔拝借もある。さまざまな斡旋《あっせん》や調停などの依頼もある。世話好きで、にぎやかなことの好きな井上は、また、よく相手をつとめたので、客はふえはしても、減ることはない。

このため、「渋沢第二世」というあだ名までできた。そして、当の渋沢栄一までが、再三井上の邸《やしき》へ訪ねてくることになった。

当時、東京市長の選考がはじまっており、手腕・識見・閲歴などから、市会各派は全会一致で井上を推挙し、交渉に来たが、井上は受けない。困り果てて、渋沢に説得をたのんだのであった。

渋沢はまず後藤新平といっしょに、早朝、井上を訪ね、熱心に勧誘。次には、夜間にも訪問。元日銀総裁山本達雄も加勢したが、井上は応じない。

市会では、さらに満場一致の決議をくり返し、決議文までつくって、出馬要請。渋沢は三度足を運んだが、井上は固辞し続けた。

〈年来、計画中というか研究中の仕事——一国民の利害に関する仕事を、やりたい〉

というのが、井上の辞退の理由であった。

井上は、どんな大先輩にたのまれようと、心にない仕事に取り組む気はない人間であった。

このころ、次々と持ちこまれる役職や名誉職の中で、井上がたったひとつ引き受けたのは、東洋文庫の理事長だけであった。

その年はしかし、井上には悲しみの中で暮れた。

長男益雄が世を去ったからである。享年《きようねん》二十四。

すでに一年前の夏から、益雄は大磯で寝たきりであった。そこへ地震が襲い、井上は蔵相に就任して、妻とともに東京で釘《くぎ》づけとなったまま。

病人ながら、益雄は長男である。家の采配《さいはい》をふるい、転居を重ね、消耗を早めた。

地震で倒された洋館が、この秋ようやくでき上がっていた。東と南に窓のある明るい建物である。

鼠色《ねずみいろ》のネルの寝巻きを着た益雄を、井上は自分で背負って洋館へ運んだ。各種のスポーツで鍛えた頑健な体が、まるで子供のように軽くなっていた。

がらんとした一階の部屋部屋を背負ったまま見せてから、井上はゆっくり階段を上がって、二階の部屋へ落ち着かせた。

益雄には、それがよほどうれしかったらしく、

「父がおぶって運んでくれたんだ」

と、見舞いに来る友人ごとに話していた、という。

死の迎えに対し、医学にはもう打つ手はなかった。

物のいえなくなった益雄に、井上は大きく「浩然《こうぜん》の気」と書いて見せてやった。

益雄は、衰えた顔に笑いを浮かべて、うなずいた。

それが、最期《さいご》であった。

よく気のつく、やさしい息子であった。

アメリカへとばされた井上に、小学生ながら、いつも長い手紙を書いて、慰めてくれた。

井上は、手紙はいいから、もっとあそばせるように、といってやったにもかかわらず。

井上は、益雄に好きな道を歩ませたが、健康だけは大切と思い、さまざまなスポーツの機会を与えてきた。そのスポーツで、かえって体をこわすことになったとは。

井上は、益雄の書き残したノートを見た。

「お、テニス
黄土色に白い條《すぢ》、
白い球、
さうして白い人、
空はかゞやき、ラケットは光る。
小さき球を通して、人々の心は溶ける」

「春風に頭を吹かれて夢の中
テニス遊べり面白かりし」

前年の大晦日《おおみそか》、益雄は次のように書いている。

「地震の年も今日一日で明日からは又新しい年が生れる。どんな年が生れるか。思ひがけないことから思ひがけないことが生れる。

僕の病ももう一日で足掛三年になるのだ。思へば長いが何にもしない中に年月の流れるのは早いものだ。

大臣の父を遂《つひ》に見ないでしまつた。

父に会ひたい。

さうして病気で非常の際にふがひないことを詫びたい」

父子は別の世界と割り切りながらも、いまの井上には、益雄の胸中があらためて痛々しく思われた。

木の香とペンキの匂《にお》う新しい洋館。窓の外に目をやると、狐色《きつねいろ》に枯れた芝生が、湘《しよう》南《なん》のあたたかな陽光に光っている。まわりの常緑樹の緑は濃く、点々と山茶花《さざんか》も咲いている。そして、かすかに潮鳴りの音。

療養にふさわしい環境である。女中や看護婦もつけた。

だが、暗い孤独な思いを救うことにはならなかったようである。

「又病気の事が気に掛り出した。ひとりでに涙が流れて仕方がない。最良の療法は病気を忘れる事にあるさうだが到底考へずにはおられない。

近頃の生活法は可なり療法に適《かな》ふもの、積りだ。それに引換へて近頃の病状はどうだ。熱は出る耳は悪くなる胃腸は又始終はつきりしない様になつて来た。一体どうすればい丶のか。
生活法をもつと改善しなければいけないのか、医者は之《これ》より仕方がないと云《い》ふ。
母はじつと待つより外にないと云ふ。
己《おれ》はもう待てない。どうかして早く癒《なほ》る様にしなければならぬ。

……………………

本当にどうすればい丶のだ。あ丶神よ！
一体己は何の過《あやまち》に依《よつ》て此の苦しみを受けるのか、
一体何が悪かつたのだ。
悪を為《な》した憶《おぼえ》がない。
どうか教へてくれ、さうすれば直に更《なほ》るであらう。
病苦は如何《いか》に激してもかまはない。己を苦しめるならどんなに苦しめてもい丶。
殺す積りなら殺してもい丶。然《しか》し長い療養生活は堪《たま》らない。
兎《と》に角《かく》己は早く癒りたい」

告別式の日どりなど、すべて隠したまま、益雄の葬《とむら》いは、ひっそりと内輪だけですませた。

「益雄はまだ部屋住みの身分である。親の関係で沢山の人に御迷惑をかけてはいかぬ*」

という考えからで、納棺《のうかん》その他、すべて井上自身で当たった。

青山墓地に益雄の墓をつくるときも、井上は一週間、毎朝、青山墓地に出かけ、墓を見て回った。そのあげく、二尺足らずの御影石《みかげいし》のおとなしい墓を立て、文字は自分で「井上益雄之墓」と楷書《かいしょ》で記し、刻ませた。

井上が、正金頭取から日銀総裁へ、さらに大蔵大臣へと、頂上のポストをきわめて行く間も、浜口雄幸は一貫して在野の身であった。

「時雨《しぐれ》して　我れ放浪の　鬚《ひげ》伸びぬ」

ようやく補欠選挙に勝って、代議士に戻ってからも、党活動に精進するだけの地味な日々が続いた。

朝起きると、まず十種以上の新聞に目を通す。

とくに経済面と論説は必ず精読し、赤鉛筆で一々印をつける。切り抜いてスクラップにするのは、浜口の娘たちの仕事である。国会でのやりとりも、官報の速記録で、丹念に読んだ。

調べものをし、手紙を書き、来客に会う。浜口は聞き上手であり、相手にとっては、話しやすいひとであった。

格別の工夫や、才能があったわけではない。一人一人に、十分、時間をとって会う。そして、「空谷」というその俳号どおり、いつも自分を空《むな》しくして、相手の話に耳を傾けたからである。

十一時ごろ、党本部へ出かける。

玄関先で見送る妻の夏子に、その日の行き先や用向き、それに帰宅の時間を告げる。そして、ほとんど、その予定どおりに動いた。

このため、夏子は、いつ訊《き》かれても、浜口の所在を教えることができた。

近所の稲毛屋という俥屋《くるまや》の人力車を使って、出かける。

浜口は、八十キロを越す巨体なので、車夫には気をつかった。俥賃は時間制である。党本部の近くに大きな俥宿があるので、あとはそこの俥を使えばよいのに、浜口は、用があろうとなかろうと、ずっと稲毛屋を待たせておき、帰るまで使った。

この当時ひっきりなしに煙草《たばこ》を吸うくせのあった浜口は、ときどき車夫にたのんで敷島を買わせたが、それ以外、どこかの店へ買い物に回ったり、飲食店に寄るなどということは、ついぞなかった。

十年間に、たった二度、神楽坂《かぐらざか》の眼鏡屋へ寄ったのが、例外であった。


党本部では、浜口は主に政務を、安達謙蔵が党務を見、「二人三脚」といわれた。

政策を練り、勉強会を開き、人に会い、集会に出かける。

帰宅するのは、七時すぎ。宴会があっても、浜口は早くぬけ出し、夕飯は家で家族といっしょにとるようにした。

帰りがおそくなるときも、夏子だけは待っていて、浜口の食事の相手をした。

夜は部屋にひきこもって、午前二時ごろまで勉強した。そのときどきの問題について、できる限り多くの資料を集め、さまざまな角度から勉強して、大判のノートにとる。そのノートが、一年間に十冊を越すこともあった。百ページに及ぶ物価論をまとめたり、総裁の演説原稿などをも書いたり。

努力はしながらも、「待ち」ばかりが続く歳月であった。

浜口は焦《あせ》らない。「人生は込み合う窓口の列」と心得、あちこちの窓口をあたふたすることなく、じっと、ひとつの窓口の前で行列し続けた。

浜口雄幸の地味で誠実な生き方は、加藤高明や若槻礼次郎ら党幹部から高く買われたが、党外からも目をつけられた。

渋沢栄一たちが、井上準之助と同様、東京市長に推そうとしたのである。

だが、浜口は辞退した。

「憲政会が逆境にあるというのに、見すてて出るわけには参りません」

という理由からであった。自分の利害よりも、自分の属する組織のことを、まず考える。専売局時代、後藤新平の招きを断ったのに似て、いかにも、浜口らしい出処進退の決し方であった。

浜口が生気を帯びるのは、やはり、国会の会期中である。

憲政会全体の質疑の方向や手順を決めるとともに、浜口自身も、しばしば質問に立った。

原敬首相に対しては、選挙権拡充問題で迫ったが、多くは財政経済問題が中心。とくに、高橋是清蔵相に対しては、その「放漫財政」を攻撃した。

第四十二議会で、浜口はいう。

「……国民の所得はどうして増したか、主なる原因は物価の騰貴《とうき》である。物価騰貴の反面においては、一方に浮華驕奢《きようしや》の弊を生じ、他面生活難のどん底に呻吟《しんぎん》しているところの多数の国民があるということを知らなければならぬ。かくの如《ごと》くして、わが国の社会組織の根底が、どうして動揺しないで済むことができるであろうか。この点、天下の識者が斉《ひと》しく憂《うれ》いとするところである。独り内閣諸公のみは、これを少しも御心配にならぬのであるが、若《も》し諸公にして真に、これを憂うるならば、何故《なにゆえ》にその本に復《かえ》って、速かに物価の調節ということを講じなかったのであるか。本員の考えるに、政府の物価調節に関する施策が、今日の如く姑息《こそく》にして不徹底を極めたる所以《ゆえん》のものは、有効にして徹底的の物価調節をする時は、わが国の産業貿易の発展を阻害する虞《おそ》れがあるということが、最も躊躇《ちゆうちよ》する重大なる理由であろうと想像する。しかしながら、国民の生活不安を緩和し、国民思想の悪変を防ぎ、社会組織の基礎を鞏固《きようこ》ならしむるが為《ため》には、たとえ産業貿易の一部に向かって、多少の不便を与え、不利を感ぜしめるということも、大局のため、まことにやむを得ないことであろうと思う。……速かに物価の調節、その他財界引締の有効なる経済政策を実行して、他日の反動を予防し、わが商品の維持を図ることが、最も大切なる点であろうと思う」

これは、浜口のというより、憲政会の基本姿勢であった。

当然、自動的に物価を調節する金本位制への復帰が、一貫した政策目標となる。

仕事以外で東京を離れることはほとんどなかった浜口だが、大正十二年夏には、珍しく次男の巌根を連れて、十日あまり箱根に滞在した。

巌根は五日ほどで帰し、あとは浜口ひとり残る。調べものをし、山に向かい、また調べものをし、山を歩く。浜口には気に入った生活であった。久しぶりに孤独を味わい、俳句もつくった。

「笛塚や　むかしながらの　秋の風」

「淋《さび》しさや　霧に暮れ行く　でゆの里」

八月三十一日に帰京。翌日、関東大震災に遭った。

浜口は、俥屋の稲毛屋にたのみ、自転車で知人の安否を訊《たず》ねて回らせる一方、自分は玄米の握り飯を持って、党本部へ出かけた。

夜になると、火の手が各所に上がり、暴動のうわさも流れた。

一家はとりあえず庭先に避難していたが、「逃げなくては」という声が出たとき、浜口は腕組みしたまま、低い声でいった。

「逃げるって、どこへ逃げるんですか」

政党に基礎を置かぬものとして、第二次山本権兵衛内閣の成立に、憲政会は反対であったが、大震災という非常の際であり、今回はただ攻撃するだけでなく、是々非々主義で臨み、政策によっては協力もしよう、という姿勢をとった。

憲政会の政務担当総務で財政通でもある浜口としては、当然、井上新蔵相に期待するところが大きかった。

その期待に応《こた》えるように、井上は、モラトリアムの実施、実行予算の編成、復興予算の圧縮等々、浜口がかくありたいと思うような施策を強行した。

浜口は、みごとだと思った。尋常一様でない財政家を、そこに見る気がした。

それにしても、かつて大蔵次官対正金頭取として親しくなった二人だが、今度は、野党代議士対大蔵大臣として向き合う形である。

国会での対決も覚悟したが、幸か不幸か、わずか四カ月で内閣が潰《つぶ》れてしまい、その機会は訪れなかった。

第二次山本内閣の次は、清浦内閣。

これも超然内閣であり、蔵相には、大学同期の勝田主計が、ふたたび就任した。

このころ、浜口の地盤である高知県の県会議員選挙では、憲政会十一に対し政友会十九議席と逆転され、浜口としては、憂鬱《ゆううつ》な日々が続いていた。

親しい友人が、在野生活の長い浜口を慰めに寄ると、浜口は吐き出すようにいった。

「ほんとうだよ、きみ。もう九年になるからのう」

ここらで何とか——と、天にも祈る思いのこもった声であった。

勉強をしてはいても、あてもない在野生活続きでは、やはり、心のはりが失われ、体力までも衰える。

浜口は、率直に『随感録』に書く。

「所謂《いはゆる》苦節十年の時には、余は、恰度《ちやうど》四十四五から五十三四に至る分別盛り、働き盛りの年齢《とし》であつたにも拘《かかは》らず、為すべき規律的の仕事を有しなかつた為にか、精神が何となく弛緩《しくわん》してしまつて、これと言ふ程の病気もなかつたけれども、時に或は気餒《う》ゑ、神《しん》疲れ、肉体も従《したが》つて疲労して激務に堪へ難く、心身共に倦怠《けんたい》を覚え、斯《か》くては前途の活動も如何《いかが》あらむと、吾《われ》ながら聊《いささ》か心細く感じて居つた*」

と。

大正十三年五月の総選挙で、憲政会・政友会・革新倶楽部《クラブ》の護憲三派が、政府与党(政友本党)をおさえて圧勝。憲政会総裁加藤高明を首班とする内閣が成立、浜口は大蔵大臣に迎えられた。

待っていた檜《ひのき》舞台である。いぜんとして健康はすぐれなかったが、浜口は、立ち上がる。浜口は書く。

「果してよく此の激職に堪へ、何ケ月かの間健康を維持する事が出来るであらうかと、心窃《ひそ》かに心配したことであつたが、まゝよ、思ふ存分働らいて、仮令《たとひ》三ケ月でも、君国の為に御奉公が出来たならば、職に斃《たふ》るゝとも悔ゆる所なしと観念し、確《し》かと吾が心を引締めて仕事に取掛つたものである」*

たとえ三カ月でも——。

それは、浜口の本音であり、切実な願いでもあった。

知友井上準之助は、わずか四カ月間の在職中に、あれだけのことをなし遂げた。自分は、それより少ない三カ月でも、井上に負けぬことをやって見せる。悲壮というより、気負いに燃えての登板でもあった。

親任式が終わり、浜口は稲毛屋の人力車で加藤高明邸へ挨拶《あいさつ》に出向いた。

辞去しようとすると、大蔵省からの大臣専用の自動車が玄関前で待機していた。

だが、浜口はそのまま稲毛屋の人力車に乗って雑司《ぞうし》ケ谷《や》へ帰り、あらためて稲毛屋をねぎらい、別れを惜しんだ。

十年間、浜口を乗せ続けた稲毛屋は、すでに四十を越していたし、もはや、浜口以外の客に仕える気持ちを失《な》くし、一年ほどのち、ささやかな乾物商を開き、御用聞きに浜口の家を訪ねるのを、たのしみにした。

浜口の蔵相就任は、穏当な人事と受けとられた。浜口の人柄と、その「苦節十年」ぶりを親しく見てきた町内の人たちは、早稲田の大隈《おおくま》会館に集まって、さかんな祝賀会を催し、浜口を感激させた。

新内閣の蔵相として、浜口が本腰で取り組んだのは、行政財政の整理である。

浜口は自ら主任となって、行政整理委員会をつくり、行政改革にのり出した。そして、郡役所の廃止・陸軍四個師団の削減などによる人員整理を行い、一般会計で六千八百万円を節約する実行予算を作成した。

同時に、大規模な税制整理を行い、公債発行額を減額させた。その一方では、朝鮮で三十五万町歩の土地改良を行う朝鮮産業計画を予算化し、将来の食糧危機に備えた。

すでに専売局の一部長のころから、まるで政府を代表するような堂々たる答弁をしてきた浜口のことである。大臣としての国会での答弁は、堂に入ったものであった。

むしろ、大臣席から余裕を以《もっ》て質問者を観察していた。

演説はあくまで「荘重」であるべきである。ジェスチュアをまじえたり、体を動かしたりする男は、自ら演説を軽いものにしている。

「攻撃軍の弁士が、動《やや》もすれば壇上から大臣席を睨《にら》み、指を差しつけて、大声叱呼《しつこ》する場合があるが、さういふことに依《よ》つて少しも演説に重きを加ふるものではない。政府員席から聴いて居《を》つて可笑《をか》しくなる位である」*

答弁する場合、視線は議場の中心に向け、ときどきは質問者にも目を配る。しかし、傍聴席を眼中に置いてはならない。傍聴席を意識して演説する男は、「甚《はなは》だしき醜態」でしかない。

雄弁かどうかということを、浜口は気にしない。議会演説の秘訣《ひけつ》は、

「第一に、内容の洗煉《せんれん》充実、第二に態度の荘重、沈着、第三に音声の厳粛透徹に在り」**

と考えるからである。

省内から見た浜口は、省議で決定したことは必ず守ってくれるたよりがいのある大臣であった。

閣議に出ても、省議の線をうやむやにすることがない。その意味では、部下としては、安心して働けるし、やり甲斐《がい》もあった。

ただ、浜口は、単に剛毅《ごうき》でもなければ、功を焦《あせ》って強行突破をはかるというタイプでもなかった。むしろ、気持ちとしては、無理を避けて、事を進めたい。ときには、時機の来るのを待つなどして、自然に事を運ぶのが最善、と考えていた。

「思いきった仕事をしたいものだ」

と、浜口は家でよくつぶやいた。雌伏時代が長かっただけに、それは、浜口の口ぐせのようにもなっていた。

「思いきった仕事」は、むやみにころがっているわけではない。計画は丹念に練り上げ、十分に状況を見た上で、とりかかるべきであって、性急かつ無理な決断をすべきではない。

浜口は、「無量の蛮性を蔵する」と自覚するだけに、いざとなると、慎重になった。「雲くさい子」に戻ってしまう。

金解禁に対する態度が、それであった。

金解禁は、憲政会のかねての公約でもあった。

党としても、浜口個人としても、断行したいところだが、このときは経済環境が熟さぬと見て、慎重論をとった。

議会で、武藤山治らにその点を追及され、浜口は、

「私共は在野の時代に於《おい》て明らかに金解禁を唱えたのであります。従ってその金の輸出解禁が速やかに実行されんことを希望し、かつ主張したのであります」

と、悪びれずに認めた上で説明する。

当時は、対米為替相場が四十八ドルで、ほとんど平価に近く、このため、金解禁を行っても、「経済界に不測の悪影響を与うる心配は割合に少ない」という判断であった。

だが、いまは状況がちがう。国際収支が悪化し、為替相場は四十一ドル二分の一にまで落ちこんでいる。ここで、金解禁を行えば、輸入品在庫を持つ者、輸入原材料による製品を持つ者が、大打撃を受けるだけでなく、為替への投機が行われ、また輸入は激増、輸出は激減して、経済界は大混乱に陥る。

「かくの如き影響を慮《おもんぱか》りまする結果と致しまして、私は今日の状況に於ては、断じて金の解禁を即行するという考えを持って居ないのであります」

ふつう、こうした都合のわるい場合には、「断じて」は使わないものである。

「断じて」は、これも浜口の口ぐせのひとつだが、浜口の気性としては、本当に行う気のないことを、はっきりと言明しておきたかったからである。

浜口にとっては、不本意な言明である。浜口は続けていう。

「但《ただ》し金の輸出を禁止するということは、これは金貨制度の国における所の常道ではありませぬ、明らかに横道であります。吾々《われわれ》は諸君と共に、一日も速やかに我国の金貨制度の本質に鑑《かんが》みまして、其《その》常道に復せんことを希望するのであります」

「思いきった仕事」ができるのは、その日のことであろう。浜口としては、本当に「一日も速やかに」その日が来て欲しい思いである。

浜口は、くり返して強調する。

「之を常道に復せしめんが為には、諸般の方策を実行致しまして、此貿易の逆勢を大体において緩和を致し、而《しか》して為替相場が段々と騰貴致しまして、その平価に近づくを待って然《しか》る後に金の輸出の解禁を断行することが、国家の為に利益であるということを確信致します。而して私はその時期が一日も速やかに来らんことを諸君と共に希望するものであります」

「一日も速やかに」と、重ねて強調したにもかかわらず、中国の動乱による対中貿易の激減もあって、その後も貿易の逆調は続き、対米為替はついには、三十八ドル二分の一にまで落ちてしまった。

常道はますます遠のく感じだが、ふくれ上がる為替決済を避けるため、浜口は外債の元利支払いなどに当てるのに、正貨の現送を行った。

少しでも「常道」に近い支払い方をしようとしたのだが、もともと解禁論者の浜口が正貨現送を認めたというので、世間は解禁近しと見てとり、為替への投機をはじめた。

このため、為替相場は騰勢に転じ、ついには四十五ドルにまで上がってしまった。為替相場は、見かけの上では平価に接近したわけであるが、それこそ横道による相場の回復であって、実体は少しも改まっていない。

浜口としては、心外であった。直ちに正貨現送をとりやめさせ、投機熱を冷やした。


大臣になってから、不眠症がひどくなった。

眠るためには酒がよいが、酒そのものは、いまの浜口の健康によくない、という。このための妥協案は、五勺《しゃく》の晩酌一本。

その量を少しでも減らしておくと、浜口はすぐ気づいて、

「今日は、秤《はかり》がこわれていたらしいのう」

と追加を求め、かえって量がふえるので、家人は五勺よりは少し多めに入れるようにした。

わずかの酒に陶然として、浜口は詠《よ》む。

「長安に　李白《りはく》一斗の　夜寒かな」

李白を思うにしては、酒量が少なすぎる。

第六章

大正十四年夏、憲政会による単独内閣として、第二次加藤高明内閣が成立。蔵相として留任した浜口は、夏子夫人を伴って、久しぶりに高知の土をふんだ。

夏子には、実に三十三年ぶりの帰郷であった。岸壁からこぼれんばかりの人垣を見ながら、浜口はしみじみと夏子にいった。

「おまえには、苦節三十三年じゃのう」

いたわりと感謝をこめたつぶやきであった。

どこへ行っても、大歓迎であった。

水口家と浜口家の墓詣《まい》りをする。高知座では、超満員の市民を前に演説。高等学校では、「須《すべから》く自己を信ぜよ」、母校の中学では、「奮闘努力の精神を養へ」と、それぞれいかにも浜口らしい演題で話した。

歓迎でもみくちゃにされながら、浜口は相変わらずかた苦しいほど謹厳であった。

料亭の急な階段で、

「閣下、危のうございます」

と、芸者に手をさしのべられたとき、浜口が、

「どうも恐縮。恐れ入る」

と、ていねいに会釈《えしやく》したというので、話題になった。

あわただしい旅程の中で、浜口夫妻は一日を割いて、室戸岬《むろとみさき》へ足をのばした。

それが、夫婦の旅らしい旅の最初で最後となった。


大正十五年一月、加藤高明の急死により、新たに憲政会総裁となった若槻《わかつき》礼次郎に組閣の大命が下った。

浜口は内務大臣に就任。

蔵相時代から手がけてきた税制整理を、中心になって仕上げるためでもあったが、若槻には、後継者と目される浜口に内務行政を経験させ、宰相となる日に備えさせようう、というねらいもあった。

一年三カ月後、若槻内閣は、台湾銀行救済に枢密院《すうみついん》の反対を受けたことから、総辞職。

このあと、野党となった憲政会は、政友本党と合体。立憲民政党として再出発するに当たり、浜口が党首に推された。

このころ、浜口は健康がすぐれなかった。

内相になってから、まとまった仕事に恵まれず、とまどいもあったので、心にゆるみが生じ、そのための病気だというのが、浜口の自己診断であったが、高熱を発したりし、しばらく鎌倉で静養を余儀なくされたほどであった。

総裁を受けるべきか、どうか。浜口は旧友の医師真鍋《まなべ》嘉一郎と妻夏子をまじえ、夜を徹して話し合った。

真鍋が、

「天下のために引き受けられたい」

というと、浜口は、

「健康が続くかどうか問題だ」

と、慎重である。真鍋は、

「命がけでやっていただかねば、その甲斐《かい》がありません」

と、叱咤《しった》し、

「その代わり、犬死にしてはなりません。犬死にせぬよう、自分がお守りします。出入進退は一に医師の承認を得るよう約束されたい」

と詰め、浜口はようやく、

「わかった」

と答え、押し黙った。今度は、真鍋が浜口に訊《き》いた。

「総裁になって、何がいちばん心配なのです」

浜口は率直に答えた。

「政権が早く回って来ないと、党の統制が難しくなる。加藤伯のとき、十年も回って来ないので、総裁に対する不平も起こって、いろいろ苦労した」

浜口には、苦節十年の思い出が、まだ悪夢となって残っている。

自分ひとりのことなら耐えられるが、多数の党員にあの悪夢を強いることができるかどうか。

浜口は不安であった。


果たして、一年後、政友本党系の床次竹二郎《とこなみたけじろう》が二十四名を連れて脱党してしまう。

浜口は、様子のおかしい三名をさらに切ることで、動揺を鎮《しず》めた。

政権が浜口に回ってきたのは、それから一年後のことである。

浜口が蔵相・内相をつとめていた三年近い期間、井上は浪人ぐらしを続けていた。

もっとも、それは、尾羽打ち枯らした浪人ではなく、颯爽《さつそう》として快適な高等浪人生活である。世間は、さまざまな形で井上を引き出しに来るが、きまったポストにつく気はない。

「政府ヤ世間ニ気兼ネ気苦労ヲスル様ナ位置ハ好マヌ」というニューヨーク当時の思いを貫き通す。大姑《おおじゆうとめ》・小姑の多い世界は、もう結構である。

もっとも、財界の大物として、たのまれて口をきいたり、調停・斡旋《あつせん》に手を貸すのは、わるい気はしない。

当時、浅野総一郎の東洋汽船が積極策がたたって巨額の赤字を抱えており、政府や財界では、これを日本郵船へ吸収合併させようとした。

井上は逓信《ていしん》大臣安達謙蔵《あだちけんぞう》にたのまれ、渋沢栄一とともに、その合併工作にのり出した。

話は何度も暗礁《あんしよう》に乗り上げたが、最後に浅野を口説き落とし、話をまとめ上げた。

井上らしいのは、その先、政府に働きかけて、浅野に勲章を出させ、次にその叙勲の祝賀会を自分が発起人になって開き、会場の設営に至るまで細々と面倒を見て、浅野を感激させた。

この他《ほか》、井上は、日本製麻と帝国製麻の合併、東京モスリンの整理などに骨折り、渋沢とは三十も歳がちがうのに、早々と「第二の渋沢」の評価をかためて行った。

御意見拝聴組の来訪も多く、また政府や経済団体などからも、よく意見を求められた。いつの場合も、井上は、「気兼ネ気苦労」することなく、自ら正論と信ずるところを述べた。

大正十五年十一月、若槻内閣の片岡直温《なおはる》蔵相は、蔵相官邸に日銀正副総裁・正金頭取・大蔵省首脳を集め、「正貨収支関係について」を議題とする重要会議を開いた。

この当時、為替相場が回復して来ていたため、憲政会の宿願である金解禁に向けて準備をしたいとするものであった。

この席に、ただ一人、無官の身で招かれた井上は、慎重論や反対論が出る中で、いちばん積極的に賛成論を述べ、注目された。（それから、半年経《た》たぬ中に、内閣が倒れたため、金解禁は次の憲政会内閣に持ち越され、井上自身の手で行うことになろうとは、もちろん予想もしなかったのだが）

講演にも、よく招かれた。

学究相手には、実務家としての見聞を話し、実業家相手には、理論的な見通しを話すなど、井上は自分の中に在る理論家・実務家・政治家の面を器用に使い分け、明快に、そして要領よく話した。

東京商大、京都帝大での連続講演は、いずれも大講堂に学生が溢《あふ》れるほどの盛況であった。このため、これらの講演は一冊にまとめて英訳され、マクミラン社から出版された。

もっとも、あまりに聴衆を意識して話を使い分けすぎ、たとえば日本女子大での講義など、若い女性向けにやさしく話そうとしたため、かえって不評を買うという誤算もあった。

誇り高き女子学生には、浜口のように、ひたむきに信ずるところを述べ立てる講演が受けた。

数多い就任依頼の中で、井上が東洋文庫理事長の他にいまひとつ快く引き受けたのは、大日本連合青年団理事長の仕事であった。

井上は、若者が好きであった。若者たちの中に、無数の英雄が生きているのを感じもした。若者たちに彼等にふさわしい新しい民主的な社会がもたらされるようにと、祈る気持ちもあった。

理事長就任の辞の中で、井上は訴える。

「私は常に世界の大勢より見まして、吾人《ごじん》の生存する此《こ》の社会を動かす最も力強きものは、国民多数の民主的ムーブメントにあることを考えます。此の民主的の動きを理解せずしては社会万般の施設は出来ませぬ。従て此の民主的の動きが正しき道を進めば、其《そ》の国は安全にして其の国民は幸福を享有《きょうゆう》し得るものと考えまして、不断此の方面に注意を傾けて来たものでありますから、私は此の重大なる時機に於《おい》て最も重大なる責任を分担せられている多数の日本青年諸君に面接して、相共に今後の進むべき途《みち》に就て討究し、以《もっ》て今回の推薦の責任を尽したいと考えます」

民主的ムーブメント――。

ロンドン、ニューヨークに駐在した井上は、民主主義社会を肌で感じ、「世界の大勢」を知る最も開明的な指導者の一人でもあった。

井上が日銀で手がけた大小の改革は、結果的には、「民主的ムーブメント」と呼べるものばかりである。

日銀を充実させて、日銀から大蔵省の影を拭《ぬぐ》い去ろうというのも、先進国的な民主的ムーブメントであった。金解禁を行い、金本位制をとり戻すことも、これまた経済の自由化・民主化の道である。

井上は、民主化の意識が、無数の若者の中に育ってくれるように、ねがった。

井上は、よろこんで若者たちに「面接」し、「相共に今後の進むべき途に就て討究」し合った。

青年団大会が開かれる度に、進んで全国各地へ出かける。

昭和二年四月、若槻に代わって田中義一が首相となったときも、井上は福岡で青年団の大会に出ていた。

田中は井上を外相に招こうとし、腹心の山下亀三郎《かめさぶろう》を通し、井上に密電を打たせた。

だが、井上は、電報を打ち返して断り、青年団大会から離れようとはしなかった。

電文は短かったが、意味深長であった。

「レンゲソウハ　イケバナニハ　ナリマセヌ」

浪人として、ふたたび顕職に就く気はないともとれたし、財政経済を専門とする者に外務大臣はつとまらぬ、という意味にもとれた。

浪人井上は、また読書三昧《ざんまい》にふけった。

大正の末には、蔵書のほとんどを大磯に移していたが、清水浩という英語の達者な若い秘書にたのんで整理させた。

洋書だけでも千五百冊余あり、目録づくりが一仕事であったが、その洋書がさらに年間百冊から二百冊ふえ続けた。経済はもとより、政治、外交、それに歴史や伝記類も多い。ロングフェローやディケンズ全集、ウェッブ全集なども。

また興味のある問題については、関連の書物を買い集める。青年団に関係するときには、世界各国の青年運動についての本をとり寄せた。

井上は、こまめに、気軽に本を読む。鉛筆で短い批評や感想を書きこみながら。

朝起きてすぐ読み、食前食後に読み、ベランダの椅子《いす》で読み、廊下で読み、客間のソファで読み、居間に坐《すわ》って読む。車中で読み、人を待つ間に読み、寝る前に読む。

清水が夜中に目をさますと、まだ井上の居間には灯がともっている。

井上が浪人になってすぐ外遊に出た際、ロンドンでは読書用に正金銀行の一室を借り受けた。

随行者も読書をすすめられ、同じ部屋で本を開いたが、何時間経っても井上が顔を上げないため、閉口してしまった。そのあと、読書論になり、

「常識というものは、読書によって得られるものではないと思いますが」

と、つい悲鳴を上げると、井上はいった。

「常識を養うに読書の必要はないかもしれぬ。そしてまた日常の事務を処理して行くのにも読書の必要はない。しかし、人をリードして行くには、どうしても読書しなければならぬ*」

あるいは、こんな風にもいった。

「明日起こってくる問題を知るためには、どうしても読書しなくてはならぬ」

別のとき、井上は秘書の清水にいった。「書物を読んでは、全国を旅行して歩く。おれはそういう晩年を過ごしたい。きみには伴をたのむ」

大磯では、井上は、益雄《ますお》が病を養うはずであった部屋を、自分の居間にした。

二階なので、海岸の松林まで、見晴らしがよくきいた。ときどき、その手前を、東海道線の汽車が通りすぎる。

読書の途中、井上はふっと窓に目をやり、益雄の目になって、物を見ているのを感じる。

夏が来て、海に出たとき、井上は益雄の幻に誘われ、我を忘れて、はるか沖へ沖へと泳ぎ出たこともあった。

益雄の命日には、いつも寺詣りを欠かさぬ井上であった。

アメリカ駐在当時、井上はセオドア・ルーズヴェルト大統領を尊敬し、その講演を聞き、大統領の邸《やしき》を見に行ったこともある。

林の奥の小高いところに、簡素な建物があり、その静かなたたずまいに感銘を受けたが、自分も晩年は、そうした静かな環境で過ごしたいと思った。

それに、大磯では、益雄の思い出が強すぎるということもあり、井上は一年がかりで土地をさがし、御殿場に山荘をつくった。

地価が安いので、敷地は広い。一部を芝生《しばふ》にした他は、林のままである。小さな丘の上に、ここでも古い農家を移築した。柱の太い、がらんとした家が、性に合う。

まわりは森林地帯、ほとんど人影も見えぬ淋《さび》しいところであった。

散歩道をつくったりするのに、井上は、ときに自分で斧《おの》をふるい、木を倒した。見守る子供たちに、

「いつか、おまえたちに、丸太小屋の家を一軒ずつつくってやるぞ」

などといいながら。

林が少し開けたところに、井上が本気で建てようと思っているのは、ささやかな仏堂である。それも、新築ではなく、ひなびた古い仏堂が欲しい。知り合いの住職に斡《あっ》

旋《せん》をたのんであったが、なかなか見つからない。

読書と講演の晩年もいいが、山里の仏堂に閉じこもり、人知れず出家同然の隠棲《いんせい》生活を送りたい、とも思っている。

もっとも、これらは、いずれも晩年の話で、いま直ちに隠棲するつもりはない。

このころ、井上は色紙を求められると、よく「静養晩成」と書いた。

これも、いろいろな読み方ができた。

静かに澄み切った心境を詠《よ》んでいるようであるが、晩成とは「大器晩成」の「晩成」である。まだまだ大器に至っていない。大器をめざして努力する、という意味にもとれた。

読書についても、同様なことがいえる。

当時の井上の読書は、彼自身がいったように「人をリードして行く」ためであった。井上にとって、読書は、それによって思索的になるのではなく、より大きな行動派になるための糧《かて》であり、油であった。

福岡の青年団総会での井上との一問一答を伝える記事がある。（昭和二年五月十一日、「国民新聞」）

「イヤ、青年団で演説すると仲々面白い弥次《やじ》が出るワイ。準ちゃん、うめえぞ、と来るのかと思ふと、ヨウ未来の総理大臣と来る。イヤ、愉快なもんぢや」

「総理大臣といはれたら、一寸好《ちよつとよ》い気持だつたでせう」

「ウム、そりやネ」とニヤニヤ
「そんなら総理大臣になれと言はれたら、なりますか」

「そりやなるとも」と尚《なほ》ニヤニヤ
「日銀総裁はどうですか」と言へば、

「まさか今更日銀総裁でもあるめいぢやないか。それよか青年団の方が面白えよ」

その「まさか」ということが、起こった。

外務大臣のポストを辞退して、ほっとしていた井上に、新内閣の高橋蔵相から、

「再度、日銀総裁になって欲しい」

という要請が来たのである。

役不足である。蔵相までつとめた身が、いまさら日銀総裁に、という思いがしたが、断り切れなかった。

当時、経済界は、鈴木商店の倒産からはじまる金融大恐慌《きようこう》にゆさぶられていた。各

地の銀行は取り付けに見舞われ、収拾のつかぬ混乱ぶりである。

このため、すでに二度も蔵相経験のある高橋が、七十すぎの身で蔵相になり、井上にも応援を求めてきたのである。

東京市長や外務大臣のポストなら、畑《はたけ》ちがいということもできるが、日銀総裁とあっては、断る理由がない。高橋には、日銀時代、知遇を得て来てもいる。目をつむって、受ける他なかった。

ただし、井上は高橋に、はっきりといった。

「よろしい、お引き受けしましょう。しかし、非常事態を切り抜ける間のことで、一年したらやめさせてもらいます」

一年と限ったのには、別の意味もあった。井上は、親しいひとに漏らした。

「二度目の総裁だから、長く居てはよくない」いよいよ法王然と君臨できる古巣である。それだけに、井上は気をつかった。

日銀総裁室に、ふたたび井上準之助の姿が見られるようになった。

背広のチョッキのポケットに両手を突っこみ、背を反らせた独特のポーズ。姿勢を正しくせよとの持論を実践しているわけだが、その井上の姿を、鼻もちならぬほど誇り高い、と見る向きもあった。

他でもない。このときの井上の仕事が、特別融通による休業銀行の救済に在り、陳情に来る人々には、救世主的存在に思えたからである。

日本銀行特別融通及損失補償法は、井上が総裁に就任した次の日、議会を通過し、公布された。多数の休業銀行中、日銀の審査をパスしたものに、預金払い出し準備に当てる資金を日本銀行が特別に融通する。その資金が回収不能の場合、五億円までの日銀の損失は政府が補償する——というものである。

単独で再建させるか、合併させた上で救済するか、それとも、そのまま整理するか。各銀行にとっては、まさに死活問題である。陳情哀願するだけでなく、政治家などを使い、さかんに井上に働きかけた。

もし救済が得られなければ、銀行も政治家も、井上をうらむ。救済されるにしても、条件がきびしすぎると、これまた日銀をうらむ。感謝もされるが、それ以上にうらまれることの多い難しい立場であった。

井上には、それは承知の上でのことであった。

すでに高橋蔵相から、

「自分は世間の毀誉褒貶《きよほうへん》を度外視してやるつもりだ。井上君も、この際、同様な気持ちで」

と引導を渡されていた。

ただし、その高橋は四十日あまりで閣外に去っていた。（後任は三土忠造《みつちちゆうぞう》）高橋・井上のコンビは、「理想的布陣」「飛車角揃《そろ》ふ」といわれていたのに、その一翼が欠けた。このため、井上ひとりが、まともに毀誉褒貶を浴びる形となった。

井上は、つとめて日銀の自主性を貫こうとしたため、政界との摩擦も多くなり、「総裁更迭《こうてつ》を」という声が出るようになった。

それでも、六億八千万円の特別融通を行い、一通りの救済と整理を了《お》えたところで、総裁をやめた。ほぼ最初の約束どおり、在任一年一カ月であった。

やめた井上に、また毀誉褒貶が集中した。

ひとつは、特融の総額について。

「五億まで損失補償があるのだから、なぜ、もっと貸さなかったのか」と、うらむ声もあれば、逆に、「大盤振る舞いしすぎた」との非難も強かった。

だが、これに対して、

「井上だからこそ、さまざまな働きかけや圧力に屈せず、ここまで抑えこむことができたのであって、弱腰の総裁なら十億近い額に上っていたはずだ」

という井上擁護論もあった。貸しても叩《たた》かれ、貸さなくても叩かれる。

さらに、「特融資金が法定目的以外に流用されている」との批判も出た。政治家が介入したりしたため、政治的に貸し出され、一部は政治資金などにも利用されたのではないか、というのである。

最後に、井上がやめたこと自体が、非難された。「目先がきくから、さっさと引っこんだ」とか、「回収の責任を放棄し、跡始末をしないで逃げ出した」などと。

井上から見れば、的はずれの非難であった。はじめから井上は任期一年の約束であった。それに、特融の回収期限は十年間であり、まだ回収責任をうんぬんする段階ではなかった。

辞任後の身のふり方を記者団に問われた井上は、

「これからは飄々踉々《ひょうひょうろうろう》さ」

と、明るく笑って答えた。そして、例によって井上らしく、機敏にそれを実行に移した。

まず家族を連れて、長崎・雲仙へ。

郷里が近いのに、大分へは足を向けようとしなかった。

井上はまた、妻子には一度も大分へ行かせなかった。

郷里は井上にとっての郷里であり、すでに終わったものであった。妻子は関係ない。まして、その妻子までが「故郷に錦《にしき》を飾る」という思いの片鱗《へんりん》でも持つようなことがあってはならぬと、戒めた。

雲仙には一週間居て、毎日、ゴルフばかりした。子供たちは退屈し、ゴルフ場脇《わき》の池で泳いだ。馬が水をのみに来るような汚い水であった。

八月はじめ、井上は下関《しものせき》で妻子と別れ、船に乗って、南洋へ出かけた。

旅の動機について、井上は帰朝後の講演でふれている。

「一つの仕事が済んで次の仕事の出来る幕間《まくあい》に南洋まで行って来たのであって、全く遊びが主であった。同伴した井坂君、加納君と私は同学の者で、同じ寄宿舎の同じ部屋で起居を共にし、喧嘩《けんか》もすれば議論もし、楽しみもしたのであるが、六十近くになった今日、一つ南洋を見ようではないかという訳で大いに奮発して一緒に出掛けたのである。旅行が済んだ後で三人とも一生涯に又とこういう愉快なことはなかろう、世間でも余り例のないことであろう、よかったじゃないかという訳で、三人で非常に喜んだのである」

漫然たる楽しみの旅。飄々踉々の第一歩のようだが、勉強とは無縁ではない。

このころ、井上は、日本の貿易相手先、投資先、移民先としての南洋に関心を持ち、数多い文献を集めて、読みふけっていた。

「おれは南洋学者になるのかな」

と、自分で感心するほどであった。

いずれにせよ、井上には屈託のない旅であった。船の中でも、よくしゃべった。

「今日の青年の気持ちは一般の人が考えているようなものではない。例えば夏は暑いのが事実である。それを暑くないと教えるのは教育の仕方が間違っている。暑くとも六千万の人々が衣服を纏《まと》わなければ秩序が紊《みだ》れるから、着物を着ろと教えなければならぬ。一概に共産党が悪いからこれを圧迫するというのではなくて、其の悪の根源を正し、共産党が謂《い》うが如《ごと》き社会と現在の実社会を比較して、適当なるものはこれを現在の社会に採り入れることも考えなければならぬ。其の理論の善い所は勿論《もちろん》これを徐々に現在の組織の中に吸収して行くべきである」*

というような話をして、同行者たちをおどろかせた。

上海《シャンハイ》、香港《ホンコン》、シンガポール、ジャワ、スマトラ……。ゴム園や工場を見たり、要人に会ったり、日本人相手に講演したり、ゴルフや釣りをたのしんだり。快適そのものの一カ月間の「幕間」であった。

（こうした間も、同じ在野の身の浜口は、十年一日の雲くさい地味な生活を続けていた。

野党第一党の総裁の身とはいうものの、落選中や一代議士時代と変わらず、ほとんど毎日、党本部に出かけ、黙々と党務を見る。浪人となるとすぐ外国へ出る井上とちがい、浜口は外遊はもとより、ただの一度も「幕間」らしい「幕間」を味わっていない。「生涯に又とない愉快なこと」や、「世間でも余り例のない」たのしみなど、およそ浜口には無縁であった）

井上は、自分を安売りしない人間であった。

帰国すると、日本郵船社長にとか、またも東京市長にという声がかかったが、いずれも断った。

「自治行政に暗く、自信が持てない」

という先回同様のもっともらしい理由をあげたが、記者の追及に、

「日銀総裁のときは、それでも一晩考えると油然《ゆうぜん》と熱が涌《わ》いたものだが、東京市長では一向に熱が出ないんだ」

と本音を漏らし、新聞に書かれたりした。

勢いにのってしゃべり、一言多い井上は、新聞記者たちには、よい鴨《かも》であった。大蔵大臣時代には、「内閣の弱点」、「内閣のマネキン・ボーイ」などといわれたほどであった。

ただ、井上は井上なりに公私を区別し、御殿場の山荘には、電話も引かなかった。大磯や御殿場では、たとえはるばる訪ねてきても、記者には会わない。声を荒らげて追い返すことも、度々であった。いや、東京でも、記者と口論することがあった。

このため、よくしゃべる割には、揚げ足をとられたり、悪く書かれることが、多かった。

井上は、すでに貴族院議員になっており、形としては、一応は政治活動の場を与えられていた。

だが、井上の志というか、野心は、もちろん、それで満たされるものではなかった。

先の大蔵大臣時代の思い出が、井上には強烈であった。非常事態ということもあって、緊急勅令によって思う存分に腕がふるえた。短期間ながら、あれほど痛快で、自信に溢《あふ》れた時期はない。

「もう一度、あんな風にやってみたいなァ」

と、つい口に出すほどであった。

井上には、政治の世界がおもしろくなっている。さまざまの政治家のタイプに、興味も涌いてきた。黙坐《もくざ》瞑想《めいそう》してゆるぎない浜口や、全国の選挙区の動静を熟知している「選挙の神様」安達謙蔵のような男、法律の生き字引きのような江木翼みたいな男……。そうした男たちに伍《ご》して、しかし、井上でなくてはできない仕事があるはずである。

井上は背を反らせていう。

「おれは他人のやりたがる仕事を、傍《そば》から奪ってやる気はしない。万人共に面倒とし、厄介とし、躊躇《ちゆうちよ》する、しかも国家にとって緊要な仕事で、おれを起用してやらそうというのであれば、そのときこそ、あえて乗り出して行く」

と。

高等浪人の井上に、また財界世話業的な仕事が持ちこまれる。

東京電灯が外債を発行しようとしたとき、モルガン財閥は引き受けを断った。

このとき、たのまれて井上が出て行き、

「自分が個人保証に立つ」

と申し出た。このため、モルガンの態度は変わり、引き受けに応じてくれることになった。

モルガン財閥はじめ海外の金融界には、井上を個人的に識《し》る人物が多く、日本有数の大会社より、井上個人の信用が先行していた。

井上はまた、相変わらず会社間の調停や合併の世話なども、たのまれた。

「財界世話役扱いを受けるのはいいが、報酬もたんまり入るだろうといわれるのには、困ったものだ」

そんな風にいいながら、井上は受けとった謝礼を記者に見せたりした。

渋沢と組んで、東京市と東京ガスの間の紛争調停にものり出した。

ただ井上は、そうした役割だけでは飽き足りない。「第二の渋沢」と呼ばれて満足するのは、あと三十年後でよかった。

井上は、まだまだ青い野心家であった。

「おれの思うとおりにやらしたら、日本の経済を堅実に立て直してやるんだがなァ」

などと、漏らしたりする。財界の世話でなく、日本の経済の世話をしたい。

このころ、井上は部屋に「鉄心肝」と書かれた額をかかげた。心肝を鉄にして生き抜こう、というのである。

こうした心境で居た井上に、金解禁という大事業が任された。

しかも、「尋常一様な財政家ではだめだ。……きみが欲しい」という旧友浜口の訴え。

「一身を君国に捧《ささ》げよう」という浜口の覚悟。

井上としては燃え上がらざるを得ない。

第七章

昭和四年秋、伊勢参宮を終わった浜口と、関西・九州遊説《ゆうぜい》の旅から帰った井上は、ひそかに協議を重ね、その結果、井上が各閣僚を歴訪して根回しし、閣議でも反対論をおさえこんで、ひとつの重大決定を行った。

十月十五日、衝撃的な政府発表が行われる。

発表の本文は、短い。

「十五日の閣議において政府は官吏俸給および在勤俸の削減を左の如《ごと》く決定した。

　俸給

一、年間千二百円を超ゆる高等文官および武官の俸給定額に対し大凡《おおよそ》一割を減ずること

二、判任文官の俸給に付ては月額百円を超ゆるものに限りこれを改訂すること

……」

以下、海外駐在の場合の給与加俸などについても、適当に「整理減額」する、昭和

五年一月一日より施行する、といった簡単な条文であった。
大蔵省当局は、「大凡一割」の減俸率が左のように累進的《るいしんてき》であると説明した。

年俸千二百円	据　置
同　千四百円	六分減
同　千六百円	七分減
同　千八百円	八分減
同　二千円以上	一割減
各省大臣（八千円）	一割二分減
総理大臣（一万二千円）	一割六分減

関連して、首相名の声明書が出された。

経済上の難局に直面し、財政緊縮・消費節約が必要であり、官吏の減俸もやむを得ない。もともと官吏の俸給は、大戦勃発《ぼっぱつ》以来の物価騰貴《とうき》に伴って度々引き上げられたが、大正九年からは逆に物価が下落を続けているにもかかわらず、高く据え置かれたままである。少なくとも高給者については、手直しすべきである——との趣旨を述べ、「固《もと》より官吏の俸給を減額するは政府の好まざる所なり、然《し》かも政府が敢《あへ》てこれを断行せんとするは現下の国情実にやむを得ざるものあればなり、ここにおいて政府自ら実践躬行《きうかう》範を国民に示しもつて経済難局の打開に資する所あらんと欲す、国民も又宜《よろ》しく政府の意の存する所を諒《りやう》とせられ官民相率ゐて整理緊縮を行ひ消費節約に精進してもつて財界の安定国民経済の建直しに努力せられんことを切望す」

と結んだ。

井上蔵相も、談話を発表したが、その談話が、よけい反対の火の手をあおることになった。

物価は大正九年に比べ、三割七分も下落しており、

「一割の減俸はその点から考えてみて、たいした不合理はあるまい」

と、井上は説明。

「かかる政策をとれば一部の不人気を買い、総選挙には打撃を受けるだろうという者もあるが、我々としては経済困難打開の一途に進むのであるから、そんな人気にとらわれる暇がない」

といいきった。選挙をおそれる党内の空気を批判し、左様な近視眼的な政治屋に非《あら》ず、といわんばかりであった。

さらに井上はいう。

「財政緊縮のためならば軍備をこそ制限すべしと説く者もあるが、その点は我々としても決して見逃したわけではなく、ただ海軍においては来るべき軍縮会議の場合を見なければならないし、又陸軍においては目下軍制調査委員会で軍制の改革を研究中であるから、それらが決定すれば必らず相当徹底した軍費の節約が可能となるであろうと思う。とにかく今回のことは情において忍びないが、国家の財政および国民経済の現状をよく考えてみれば、又やむを得ないことと諒解してくれると思う」

いい逃れではない。井上は、浜口、幣原《しではら》らと力を合わせ、かなりの軍縮をやり抜く覚悟であった。

いずれも正論を述べたのだが、それに加えて、このとき井上はいわでもがなの発言をした。

「願わくば民間の銀行会社でも政府の例にならい、比較的高給者の減俸を行うよう官民協力してもらいたいものである」

と。

一言多かった。減俸にはそういう「遠図」もあったとしても、いまの場合、問題は官吏に限るべきであった。戦略的にも、政治的にも、目標をしぼっておくべきだったのに、率直すぎた。蔵相自らそこまで刺戟《しげき》的な発言をする必要はなかった。

マスコミは、減俸問題を国民全体への挑戦と受けとり、大々的な反対のキャンペーンをはった。

たとえば、十月十六日付東京朝日新聞朝刊の第二面は、ほとんど全面にわたって減俸問題を報道。井上のこの談話を三段抜きでとり上げ、

「民間会社銀行も減俸に習へ」

との大見出しをつけた。さらに、井上談話の横には、より大きな活字の見出しで、

「与党内に不満　総選挙の影響を恐る」の記事。

「官吏減俸反対の声　各方面一せいに揚る」

という特集も組まれ、

「思想を悪化せしむる由々しき社会問題　政府の処置は無謀と　枢府《すうふ》方面でも痛烈に反対」

「俸給生活者への弾圧に過ぎず　政友会森幹事長」

「資本家根性の標本　日本大衆党 堺 利彦《さかいとしひこ》氏」

「抱腹絶倒の愚策　武藤山治氏」

等々の見出しで、反対の声ばかり並んだ。右から左までまさに超党派の反対、国をあげて反対の大合唱であった。

学究の福田博士までが、

「私は大反対です。これによつて一般人心はゐ縮し不景気は更に深刻化されるでせう。私は元来浜口君が無鉄砲な政策に出ることを少からず警戒し警告してゐたものですが今までの政策は兎《と》に角《かく》今度の挙に出るに至つてはあ然たるのみです。……」

といった風に切り出していた。

経済面である同紙第四面は、財界の反応を特集。見出しだけあげると、

「続出すべき失業者対策如何《いかん》　大川平三郎氏」

「旧平価解禁には当然　各務鎌吉《かがみけんきち》氏」

「極端な的外れ　官業整理が先決問題　松永安左衛門氏」

「やがては民間も追随　団琢磨《だんたくま》氏」

この中、各務鎌吉の意見が、いちばん井上に同調的であった。（旧平価解禁については、後述する）

各務はいう。

「旧平価解禁をやるには経済界の現状では当然大変動が起るものと私は思ふが政府の

減俸断行はその際の物価低落を予期して政府自らが積極的に出たものであらう消費階級の主な部分を占むる官公吏の減収は当然物価低落を促進する動機となるだらうしその結果物価が下れば減俸もさまで個人に苦痛を与へないこととなるのだから政府は先を見てやつたものといへる」

社会面もトップに、

「不意打ちの大減俸に　俸給生活者の大動揺」の大活字、「がう〳〵と巻き起る下級官吏の悲痛な叫び」と題し、紙面の三分の二近くが、やはり減俸反対の声で埋められた。

「内務官吏——安い家でも捜す外はない」

「警察官吏——内閣諸公には苦労が分らぬ」

「陸軍々人——軍人だとて黙つて居《を》れぬ」

などという見出しが並び、嘆きや怨《うら》みの声が並ぶ。

注目すべきは、それに続く「恨みをいふなら　井上さんに持込め」と題した内閣書記官長鈴木富士弥《ふじや》と記者との一問一答である。その中に、次のようなやりとりがある。

記者「標準は千二百円以上となつてゐますが、この標準は何に基くのですか」

鈴木「それは井上さん（蔵相）に訊《き》いて見なければよくわからないけれど、所得税の免税点が千二百円なので、そんな所から来てゐるのぢやないかと思ふ」

記者「千二百円以上といへば月百円以上だが、百円余りの生活は全くミニマムの生活費とは思ひませんか」

鈴木「さうでせうね」

記者「それを一割も減俸するのは少し乱暴ぢやありませんか、殊《こと》に所得税の千二百円以上をそのまゝ持つてくるといふのは少し無考へぢやないのですか」

鈴木「それは井上さんに聞いてもらひたい」

この答は、読者の目をひくため、一号大きな活字になっている。

これは、痛烈なインタビュー記事であった。やりとりからもわかるように、書記官長の返事が受け身というだけでなく、迫力がない。やる気がないとさえいえる。

減俸は「大凡一割」とはいうものの、前記のように、「千二百円は据置」なのである。「千四百円」クラスで六分減となり、一割減らされるのは、「二千円以上」の所得層である。

書記官長としては、当然、その点の誤解をとくべきなのに、その様子がない。どこか他人事《ひとごと》というか、第三者的ないい方である。

減俸による節約高を訊かれ、鈴木は「合計八百万円位」と答える。

記者に、

「その位の金は社会政策的な増税によって得られませんか」

と突っこまれると、鈴木の返事は、またしても、

「それは井上さんに話す事ですね」

書記官長は、いまの官房長官、内閣の代弁者である。内閣の発表については、責任を以《もつ》て弁明しなければならないのに、「井上さんに聞け」「井上さんに話せ」である。異様であった。

〈減俸は、井上蔵相が勝手にお膳立《ぜんだて》したもので、自分たちには口もはさませなかった〉

といわんばかりである。

内閣が一枚岩でなく、井上が独走している――記者はそうした空気を鋭く感じとって、この記事にしたのであろう。

減俸案をだれが発議したかについては、二説ある。

『昭和大蔵省外史』(上巻)には、

「河田(大蔵)次官の後の語るところによると、減俸案は井上蔵相の発意によるもの

であるが、浜口首相も同調し乗気であったという」

とあり、一方、井上の一周忌における山本達雄の追悼辞では、逆に、

「井上君が私に洩《も》らしました所によると、同案はどうも井上君自身というよりも寧《むし》ろ浜口君の意見に出たものらしく思われたのであります。然《しか》るにも拘《かかわ》らず、井上君は独りその攻撃の衝に当られて、最後まで断乎《だんこ》として突張ったのであります」

とある。

もっとも、発意がどちらであろうと、それはきっかけでしかない。

減俸案は、二人が全く同じようにはげしい情熱を感じた問題であった。この案を決定するとき、二人は互いに尋常一様な財政家でないことを確認し合い、同体になって燃え上ったことであろう。そして、二人が燃えた分だけ、他の閣僚や政府関係者がとり残され、冷えこむ形となった。

三河台の井上の私邸で、大蔵省のひとにぎりの担当官が、極秘のうちに草案を練った。大きな邸《やしき》は、その点、便利であった。

最初は、減俸ではなく、強制貯蓄させようという案もあったが、手続き上、厄介な点があるだけでなく、政府としては支出そのものを減らし、たとえ八百万円でも捻《ねん》

出《しゅつ》する必要に迫られていた。

節約型の実行予算を執行したせいもあって、税収が落ちこんでいる。だが、浜口内閣としては、公債は発行しない建前である。ただし、緊縮一色の中で、義務教育費の増額だけは、公約どおり実現したい。その財源は、当面、政府全体の人件費の中からしぼり出す他《ほか》ないという判断であった。

もちろん、減俸は、そうした当面の財源捻出策という以上に、金解禁のための重要なプログラムである。いかに遊説して回ろうと、緊縮は掛声だけでは実現しない。やはり、政府自ら範を垂れねばならない。すでに各省予算を削減した上、俸給まで減らすというのは、政府として最大の努力を示すものであり、波及効果も大きいはずである。その結果、節約が徹底して、物価は下る。通貨価値が上り、為替相場が平価に接近する……。

金解禁の足音が、近々と聞えて来る感じではないのか。

閣僚たちも、一応は減俸案を支持した。

苦労人の「又さん大臣」小泉逓相《ていしょう》は語った。

「政府はこれをもって当然とは少しも考えていない。誠に気の毒ではあるが、この財政的困難を救うためには犠牲的精神をもって一時忍んでもらいたい。従来余り恵まれていない官吏でなおかくの如く忍ぶのであるから、国家を挙げてこれにならってもらいたい」

安達《あだち》内相は、九州旅行中であったが、熊本で語った。

「旅行中で詳しい事はわからないが、十六日午後宮崎市公会堂における民政党支部大会の席上で官吏減俸案発表の報に接し聴衆に向って発表したところ、非常な喝采《かっさい》を受けた。官吏減俸案に対する喝采は非常なもので、自分ながらその好結果に驚いている。俸給生活者が突然の発表に驚いたかも知れぬが、それは当然の事で、俸給者以外のものは非常に共鳴し、殊に農民はこの事を聞いて大いに喜んでいる。農村が極度に疲弊して居る状態に比べれば、この度の減俸は当然の事で国家の危急存亡の際これ位の減俸はなんでもない。しかも下級官吏には施行せず一千四百円以上の官吏に累進して減俸するのだから至極公平である。一部の反対はやむを得ないからもちろん押切って実行する」*

反対一色の紙面の中で、これは異彩を放つ談話であった。

もっとも、それだけに、別の臆測《おくそく》を生んだ。この減俸案は、「選挙の神様」安達が、農民票獲得のために打った人気とりの大芝居ではないか。もとは安達が井上に耳打ちしてつくらせたのではないか、というのである。

反対の炎は、燃えひろがった。

ふたたび新聞（東京朝日・昭和四・一〇・一七）の見出しを借りると、

「天下の愚案と　内務省での叫び声」

「大臣の訓示も耳に入らぬ鉄道省」

「大佐が中佐に逆戻りする陸海軍」

「痛しかゆし大蔵省　親分を怨む声いろ〳〵」

等々。

次官会議では、

「なぜ、こういうものを闇討《やみうち》的に出したのか」

と、河田大蔵次官がつるし上げられた。

枢密院と貴族院筋からは、政府は軽率であるとし、撤回または改案を求める意見が出た。

いや、身内である民政党自体、こうした重大案件を党に何の相談もしなかった、と憤慨。とくに井上非難の声が高まった。

党としては、もともと井上の蔵相就任に反対であったが、浜口に免じて目をつむった。

ところが、井上のこの独断専行である。都市政党色の濃い民政党としては、総選挙も近いというのに、最悪の悲観材料を抱えこむことになる。しかも井上は平然として、「総選挙にとらわれる暇がない」などと放言している。あの男はいったい何者なのだと、井上不信の空気が強まった。

いちばん強硬で組織的な反対に立ち上ったのは検事など司法官であった。

当時、司法官は行政官にくらべて実質的な給与が低く、待遇改善要求がくり返し行われていた。その要求を容《い》れないどころか、減額しようというのだから、司法官としては立ち上らざるを得ない。

連署した反対決議を、渡辺千冬《ちふゆ》法相につきつけた。

こうした動きを背景に、記者団は浜口と井上を追い、質問を浴びせかけた。

そして、このとき、浜口と井上の談話が、微妙な食いちがいを見せた。

記者団の質問に答える中で、浜口はいった。

「官吏の減俸というようなことは、実に国家非常の場合に断行すべきものであるから、政府においても慎重に考慮した結果官吏の生活を出来るだけ脅《おびや》かさぬようにするため、下級者には全然手も触れぬことにした。政府の決定も大凡《おおよそ》一割ということにしてあるのだから、細目の点はこれから実際に当って参酌し、下級者を虐《しいた》げるようなことは絶対にせぬことにしている。政府から発表したものも実は大蔵省の未定稿で確定案ではない。従ってこれが適用については更に慎重に考究することにしてある。しかし政府としては決して下級官吏をおびやかすようなことはせぬから、この点だけは諒承されたい」

一方、井上の談話は、こうである。

「今回の減俸方針については、減俸率などの詳細な点においては目下当局において研究中でいずれ発表されるであろうが、減俸の最低限度や実施の時期等既に声明書中に公表した大方針については、今後如何《いか》なる反対が起ろうとも、改変又は撤回するようなことは断じてしないつもりだ」

「慎重」を強調する浜口との開きが、日を追って深くなって行く。

減俸発表の翌日も、こうして騒然としたうちに暮れた。

永田町の蔵相官邸では、この日夕刻から、井上蔵相主催の送別宴が開かれた。

送られるのは、財務官の津島寿一《つしまじゆいち》。英米へ金融事情調査に旅立つわけだが、それは表向きの任務であって、実は津島は重大な密命を帯びていた。金解禁断行の準備として、英米の金融機関から総額一億円のクレジットを得ておこうというのである。これも、金解禁への重要なプログラムのひとつであった。

減俸に加えて、この使者の旅立ち。まぎれもなく金解禁への歯車が、大きく動き出した。心にはりが満ちる夜といってもいいのに、宴《うたげ》の空気は冷えていた。

井上が挨拶《あいさつ》の中で、熱をこめて減俸の趣旨を話すと、まばらな拍手が湧《わ》いた。いかにもお座なりな拍手なので、かえって座はしらけた。

幸か不幸か、井上は、その宴に長居できなかった。渡辺法相が突然、来訪したからである。

法相は司法官の決議を伝え、井上に善処を求めた。

司法官に限って、除外するか、減俸率をゆるめるなど、何らかの対案を出さぬ限り、司法機能は麻痺《まひ》すると、法相は真剣である。

だが、井上は終始つっぱねた。会談は一時間半に及び、最後に法相は憤然として席を立ち、総理大臣官邸へ向かった。

しばらくして、今度は総理秘書官の中島弥団次《なかじまやだんじ》が車をとばしてきた。短気で性急なところが御愛嬌《ごあいきょう》でもある豪傑肌の男である。

中島は、車が止まりきらぬうちにドアを開けてとび下り、井上にすぐ総理官邸へ来るようにという。

仕方なく、井上が身仕度をして玄関に出ると、待ち構えていた記者たちに取り囲まれた。

「司法官の除外例を認めますか」

たちまち質問がとぶ。井上は首を横に振り強い声で、

「いや断じて認めない。みな一律だ」

「しかし、ひどく不人気じゃありませんか」

「……どうあろうと、いまさらやめるようなことはしない」

「少しは緩和するということは」

「いま、最初の方針を変えようとは思って居らん」

「いまから総理に会われるのも、減俸問題ですね」

「会って見ないとわからんが、おそらく、そうでしょう」

そういうやりとりを交わしながら、車に乗りこんだ。

井上は、憮然《ぶぜん》とした表情をしていた。

総理官邸で、浜口・井上・渡辺の三人は、夜ふけまで話し合った。

というより、浜口はほとんど話さず、井上と渡辺がやり合った。

同じ議論の蒸し返しであり、最後は物別れとなった。


次の日の行動が、いかにも井上らしかった。

井上は、「静養」という名目で、大磯へ行ってしまった。

洋館の二階で、益雄のことを想《おも》いながら、海を眺め、本を読んだ。

追ってきた記者も居たが、一切、会おうとしはしなかった。

才子らしい逃避だと見る向きもあった。早速、新聞のコラムなどではからかわれた。

「……あるお役人『東京がいやになつたら別荘か、それもよからう、だが俸給を下げられて家賃が払へず追ひ出されさうなおれ達は一体どこへゆけばい、んだい』」（東人西人＊）

どんな風に書かれようと、井上は東京に居るよりはいいと思った。東京に居れば、議論がとび交い、呼んだり呼ばれたり。一言多い井上としては、また余計なことをいうかも知れぬ。失言をおそれるわけではないが、無用に摩擦を大きくする。

井上としては、考えつくしてやったことである。撤回はおろか、修整に応ずる気もなかった。むしろ、世間の反応の方が、おかしい。減俸適用者は、軍人の階級でいうと、大尉《たいい》以上である。軍人社会で大尉は「下級官吏」なのであろうか。それに、そのクラスから六パーセント減額することが、「大減俸」なのであろうか。

どう考えても、井上は自分の考えがまちがっていると思えない。事実、党内でも反対論ばかりではない。地方支部からは、

「反対にまどわされず、難局打開のため、断乎として邁進《まいしん》されたい」

といった電報が、数多く来ていた。井上としては、減俸案を固守し、「鉄心肝」に徹するばかりである。

問題は、浜口である。

収拾できるのは、浜口しか居ない。それには、浜口ひとりがじっくり考えてくれればいい。自分が居れば、むしろ、まわりで雑音を立てることになる。

逃避といわれようと、井上は自分のためにも、浜口のためにも、問題そのもののためにも、一日でも冷却期間を置くのがよい、と思った。

それに、翌十八日には、定例閣議がある。万事はそれからである。先立つ一日を、あたふたと空《むな》しく消耗することはない。

十八日午前十時から開かれた閣議では、冒頭、浜口が、

「減俸案が意外にも国民から多くの誤解を受け、残念である」

と述べ、閣僚たちの発言を求めた。

主管大臣である井上が、口火を切った。

「多少の反対が出ることは承知していたが、これほどのさわぎになろうとは予想せず、まことに遺憾である。しかし、先の閣議でも説明したように、この減俸案は十分慎重に考えつくした上で作成したものであり、金解禁とそのための緊縮節約という一大使命を抱える現内閣としては、官吏の率先垂範をとりやめるわけには行かない。従って、これを撤回するとか、根本的に改めるということは、絶対不可能である。声明に盛った大原則は絶対に変更できない」

井上は、声を励ましていった。

浜口はじめ大臣たちは、井上を見つめる。閣議室の空気は、はりつめた。

ただし、一呼吸置いた上で、井上はつけ加えた。

「国民の批判を無視することはできないので、減俸率の緩和、基準の手直しなどについて、改めて検討を加える用意はある」

井上は、再考の目安として、年俸二千四百円以下について減俸率の緩和をはかる、

このため捻出額総額は八百万円を割る、ことなどを報告した上で、また強い口調でいった。

「以上の趣旨によって速やかに減俸令を具体的に立案し、公表したいと思う」

少しは手加減する代りに、もたもたせずに、一気に強行突破してしまおう、というのである。

ついで、渡辺法相が、井上の意見を聞き流すようにして、司法部内の反対運動について報告。司法官優遇問題をふくめての善処を求めた。

文部大臣は、司法官給与よりもさらに低い給与の教育者たちに不満がたかまっていると報告。

拓務大臣が、朝鮮・台湾など出先機関の官吏たちが、減俸だけでなく在外加俸も削減されるというので動揺し、統治上、由々しい事態に発展しかねないと述べると、海軍大臣もまた航海加俸の削減に対する軍人たちの反撥《はんぱつ》について報告した。

「選挙は近いというのに、非難は深刻である。世論に従って撤回するというのが、なぜ、いけないのか。撤回できなければ、根本的改案を」

と、井上の話など耳に入らなかったかのような意見をつけ加える大臣もあった。

浜口は、黙って聞いていた。

閣議室の中でも、土佐の山間の家に居るかのように、黙坐瞑想《もくざめいそう》している。

この浜口が中央に坐《すわ》っているため、大臣同士の感情的な議論のやり合いになることはなかった。空気は重く落着いて、悲壮な感じだけが強まる。

それに、撤回ないし根本的改案というのでは、あまりにも朝令暮改にすぎる、と抵抗感を持つ大臣も多かった。

このため、話し合いが続くうち、当面は井上蔵相の意見に従い、内容の手直しで行く。その立案については、首相・蔵相に一任するということで、閣議は終った。

浜口は、苦慮していた。

この日の午後には、貴族院の実力者である伊沢多喜男《いざわたきお》が来訪し、貴族院や枢密院《すうみついん》の強硬な反対空気を伝え、浜口に自重をすすめた。

二時から、党本部では政務調査会が開かれていたが、賛成論・修整論・撤回論がはげしくとび交い、形勢としては、減俸反対の声が大勢を占めたが、結論は出なかった。

こうした重要案件を、政府が与党に相談せず立案発表したことに憤激し抗議するという点だけは全員一致し、散会した。

結果を伝えられ、浜口はまた考えこむ。

政府内部に、党と政府の間に、党の中に、ひびが走る。放っておけば、そのひびは、外部からもゆさぶられるため、さらに大きな亀裂《きれつ》となって行きそうである。

それは、浜口ひとりの思いすごしではない。たとえば、同じ高知出身で民政党の重鎮である仙石貢《せんごくみつぐ》満鉄総裁から、党の前途を案じ、減俸案を撤回するよう、忠告を受けていた。

夜には、やはり民政党の長老山本達雄が浜口を訪ね、同じような忠告をした。

いや、同様の趣旨の客と電話が、ひっきりなしであった。とくに浜口が深刻に受けとめたのは、元老西園寺《さいおんじ》公望《きんもち》からの言伝《ことづ》てであった。

「内閣は金解禁という大事を控えている。面目にとらわれ、小事に足をすくわれることのないよう念じている」

金解禁のため減俸が必要なはずであったのに、いまは逆に、減俸撤回こそ金解禁に必要な形勢である。元老には、大所高所からそれがよく見えるようであった。

浜口は考え続ける。

緊縮のため減俸は大いに望ましいが、絶対不可欠な条件というのではない。

これに反し、党の結束、行政の一体化、世論の支持などは、金解禁への欠かせない条件である。党内がみだれ、手足となる官僚機構に背かれ、世論を敵に回しては、金解禁のような大事業は軌道にのせようがなくなる——。

反対運動は、この日も、終日、熾烈《しれつ》であった。

検事は結束し、一部は連帯辞職を唱えている。判事の一部も反対に立ち上り、早速、法律上の疑義が出された。

裁判所構成法第七十三条に「判事ハ刑法ノ宣告又ハ懲戒ノ処分ニ由《よ》ルニ非《あら》サレハ其ノ意ニ反シテ転官転所、停職又ハ減俸セラルルコトナシ」と規定されており、減俸は法律違反だというのである。

海軍省は省議で、航海加俸減額反対を決めた。

大蔵省事務当局からは、俸給令改正作業のため、明年度の予算編成が遅れる旨《むね》の報告が入った。

不穏な動きも見られるというので、警視庁は、首相および蔵相の警護の増員を申し出た。

もちろん、野党政友会の政府攻撃はきびしく、新聞は総裁犬養毅《いぬかいつよし》の車中談を伝えた。

「官吏の減俸など実際政府も下手をやつたものだ、一体役人上りといふものは世事に迂遠《うゑん》なものだが、浜口や井上は今の役人がどの位苦しい生活をしてゐるかを実際知らんのだらう。浜口も貧乏は知つてゐるだらうが世の中がまだこんなに世智辛《せちがら》くなかつた時の役人生活を経験してゐるだけだし、井上と来ては世の中の苦労を知らずにトン〳〵拍子に上つて行つた人間なので俸給を一割位減じたつて大した影響はあるまいといふやうな実に軽率な考へからこんなへまなことをやつてしまつたのだらう、実際政治家としての能力がないやり方ぢやないか*」

といった痛烈な口調である。記者も共鳴したのか、「井上と来ては世の中の苦労を知らず」がゴシックの大活字になっている。

十九日も、早朝から首相官邸へは客が続いた。

浜口は、ほとんど自分からは意見を述べず、客の言葉に耳を傾けた。浜口の気持は、ほぼ、固まってきていた。

浜口がいちばん遺憾なのは、官吏の大多数が反対に出た、ということである。

浜口は、自分の延長上に官吏というものを考えていた。清貧に甘んじ、国のためには身を殺して、黙々と率先垂範する、というような……。

官吏もまた人間であった。経済情勢がきびしくなっているせいもあろうし、また、一度ふくれ上った生活を縮めることは、人間には難しいのであろう。その辺のところまで見抜けなかったのは、自分の不明である。いまは官吏を責めるのではなく、自分の不明を責める他ない――。

午後になると、仙石がまた官邸に足を運び、浜口に減俸案撤回をすすめた。

このときも、浜口はうなずきながら聞くばかりで、ほとんど自分の考えを述べなかった。ただ、

「官吏の反対まで考え及ばなかったことは、慚愧《ざんき》に耐えず、責任をとりたい」

と、漏らした。

これに対して仙石は、時局は重大であり、軽々しく進退を考えることのないよう、強く念を押した。

浜口との会見を終って出てきた仙石は、記者団にとり巻かれ、浜口の考え方を訊《き》かれた。

「いつものように、『うん』とか『なるほど』というだけなので、わしにもよくわからん」

と、仙石は答えた。

事実ではあったが、もちろん、仙石は浜口が減俸撤回を決意したのを感じとっていた。

ただ、浜口の人柄を知る仙石としては、あくまで浜口をそっとしておき、すべて浜口の手によって、浜口の口を通して、収拾させてやりたかった。

仙石を見送ったあと、浜口は、旅行中の大臣に至急帰京するよう、電報を打たせた。在京の大臣にも次々に会うつもりであったが、いちばんの難関は、主管大臣であり盟友でもある井上蔵相をどう説得するかであった。

井上は、この午後も減俸反対の陳情や抗議、それに記者たちに追い回されていた。そこへ、浜口首相からの呼び出しである。午前中の閣議で、意見はすべて述べてある。いまとなって井上を呼ぶのは何を意味するか、井上には見当がついた。

果して、浜口は新しい決意を井上に打ち明けた。そして、あらためて減俸撤回の是非について、井上の意見を求めた。

井上の気持は変わらなかった。撤回はもちろん、大巾《おおはば》改案に応ずる気もない。

だからといって、そのまま喧嘩《けんか》別れとなったのではない。

浜口は盟友を見切り、井上は盟友に裏切られる形であったが、二人の間に、そうした感情のもつれはなかった。

井上には、浜口の苦悩の重さが、わかりすぎるぐらいわかる。それに、二人の相手は、いぜんとして、経済国難であった。いま意見は対立しても、二人同盟して国難打開に向う気持に変わりはない。

内閣をいかにして存立させるか。金解禁へいかにしてこぎつけるか。そのために、減俸撤回がいいかわるいか。

二人は心を熱くして議論し合った。

会談は午後十時まで二時間半に及んだが、物別れに終った。

出てきた井上は、記者団と会見した。

「今夜突然首相に会ったのは、減俸問題に対する各省のその後の形勢を聞きに来たのだ」と、とぼけたあと、相変らず井上らしい楽観論を述べた。

「今まで首相のところへはいって来た情報も大体新聞に報道されている通りで、絶対に反対を表明しているのは司法官だけであり、あとは鉄道省あたりを始めとして緩和の陳情といった程度のものである。政府に好意を有する方面にも減俸の撤回論のあることも事実であるが、今夜浜口首相とも話したことだが、一旦《いったん》政府が声明した大方針についてはいかなる事情があっても変更するようなことはできない。といって我々が全然反対論の意のあるところを無視しているのでないことは、こうやって夜分に首相のところへやってくるのでも見当がつくであろう」*

浜口も苦笑するような、井上自身の考え方だけを強調した。井上も人を食っていた。浜口自身は、どれほど記者団に問いつめられても、何もいわない。

客たちに会ったときも同様で、多少、浜口にたのまれての修飾もあるであろうが、どの客も「浜口は、ウンともスンともいわなかった」という答え方をして、記者たちを失望させた。

井上が調子よくしゃべってくれたのはいいが、井上に都合のよい言い分ばかりで信用できない。

この結果、最後に記者たちが詰め寄るのは、総理秘書官の中島弥団次である。

国士肌の中島は、官吏の反対運動に腹を立てていた。その気持を殺し、反対運動に同情的な記者団の相手をし、沈黙の首相をかばい続けるのが、やりきれなくなった。憂《う》さを晴らすには、酒しかない。この夜も、井上を送り出してから、官邸で一気に酒をあおった。

記者団を相手に一升壜《びん》を空にする。そのうち、浜口なみにおさえてきた「無量の蛮性」が、ついに爆発した。

「おれは、この内閣を守り抜く。金解禁は絶対にやるぞ。おれの心意気を見せてやる！」

いきなりピストルをとり出すと、天井に向けて引鉄《ひきがね》をひいた。

空砲ではあったが、あわてふためく記者たち。

轟音《ごうおん》は八回にわたり、そのあと、中島は奥へ姿を消した。

官邸内は、大さわぎとなった。

鈴木書記官長がかけつけ、記者団はじめ関係筋に謝って回った。

中島は鈴木に伴われ、浜口のところへも詫《わ》びに行った。

さすがに酔いもさめ悄然《しょうぜん》としている中島を、浜口は目をむくようにして、にらみつけた。相変らず、一言も口をきかない。

井上にとって、不本意なことが続いた。

大蔵省主税局筋の見解として、減俸に代る財源は十分用意できるとの談話が、新聞に流された。

〈法人税の延納分の徴税強化などによって、八百万円程度は調達できる。なぜ減俸案決定前に主税局に相談してくれなかったのか〉

というのである。

事務当局も大臣独走に反撥し、足をすくう形であった。

そうかと思うと、突然、

「資本家の懐《ふところ》を温めた一億五千万円の手品　井上蔵相の公債相場つり上げ策」

という四段抜きの記事が、第一面に出た。（東京朝日・十月二十日夕刊）

公債の相場が、この三カ月ほどで三円上昇し「現在の公債を仮りに五十億円とすれば三円上りの一億五千万円」という数字だけ「公債を持っている資本家の懐が太った事になる」というのである。

「八百万円を浮ばせようとしている井上氏が一億五千万円を資本家にもうけさせている事実を知っているか否《いな》かは別としても、月給百円や百二十円の官吏から一割しぼり取ろうとさわいでいる時資本家がこれだけ太っているという事実は皮肉ではある」

などといった調子の文章が続く。

公債が値上りしたのは、浜口内閣として、金解禁の前提として非募債主義をとり、一般会計で発行打ち切り、特別会計では半減という方針をとることにしたためで、このため、相対的に公債の品薄が見込まれれば、値段は上昇に転ずることになる。

それはしかし、財政の緊縮化をはかった結果、たまたま公債を所有しているひとが有利になったまでのこと。「資本家の懐」を太らせるためにつり上げたのではない。

それなら、インフレも構わず公債を増発すれば、「資本家の懐」を冷やしたと賞賛されるであろうか。因果関係をとりちがえている。いや記者はわかっていながら、わざとこういう論法で井上を責めてきたとしか思えない。

井上は、自分が悪役にされて行くのを感じた。

二十日は日曜日ではあったが、浜口はまず仙石を訪ね、また在京の閣僚に会った。

翌二十一日にかけて、さらに閣僚間の動きもあわただしくなった。江木鉄相・小泉逓相《ていしょう》が、浜口の意を受けて井上を訪ね、説得を重ねた。

井上は最後に答えた。

「自分としては、あくまで減俸案を貫きたい。しかし、この内閣には金解禁という重要使命があり、もし撤回しなければ、内閣にとって致命的なことになるといわれるのなら、これ以上、争おうとは思わない。致命的かどうかについては、総理の裁断にお任せする」

減俸推進派であった安達内相は、帰京する車中で語った。

「世の中のことは、実際わからないものだ。今度の減俸案は反対どころか、むしろ輿《よ》論《ろん》の支援を受けるものと信じていた。もちろん下級官吏の俸給を減ずることはいかぬが、比較的高級官吏の減俸はこういう時機であるから辛抱してもらわねばならぬと考え、相談を受けた時にも賛成しておいた。それが意外にも各方面からの反対に遭い、全く驚いてしまった。殊《こと》に無産党がこぞって反対したことは、全く予想外であった」

「総選挙への悪影響はないか」

と訊《き》かれると、安達はいかにも「選挙の神様」らしい答え方をした。

「わが輩の見るところでは、選挙には影響はないと思う。殊にこれを撤回するとすれば、かえって同情が集まるのではあるまいか。それに地方には予想以上に緊縮政策が徹底しているので、今度の失敗は一生懸命に走っていた者が一寸石《ちよつと》につまずいてころんで、額にかすり傷を負うた程度のことで済むものと思っている」*

十月二十二日、閣議のあと、政府は簡単な声明を発表した。

声明書

「十月十五日の閣議に於《お》いて決定したる官吏の俸給在勤加俸等の整理減額の件は世論の趨向《すうこう》に鑑《かんが》み本日の閣議に於《お》いて之《これ》を取止《や》むる事とせり」

野党側は、政府の無定見を攻撃し、責任を追及するとの声を上げたが、世間は浜口ならではの決断と評価した。

いさぎよく非を改めた。面目や威信にとらわれず、大局を誤らなかった――というのである。

とすれば、「選挙の神様」安達がいったように、「同情票が集まる」かどうかは別として、「額のかすり傷」程度ですみそうなことは、たしかであった。

井上が折れたのは、浜口への全面的な信頼のせいである。

命まで浜口に預けた気持で居る以上、入閣や入党したときと同様、浜口の裁断に任せてからりとしたものである。

ただし、減俸を諦《あきら》めたわけではない。

他の閣僚は、これでかたがついたと過去のことにしてしまうか知れぬが、井上にはいぜんとして、近い将来の課題である。

諦めないのは、意地とか面子《メンツ》とかによるのではない。井上が固執するのは、感情面ではなく、効果判断によるもので、むしろ西欧的な合理精神のせいといえる。あるいは、尋常一様ならざる財政家の本領とでもいおうか。

解禁に先立つ減俸は逆効果というので、とりやめたものの、減俸は金解禁という大きな構図の中で、いぜんとして有効かつ必要な布石である。金解禁を十分みごとに仕上げるためには、減俸という補助手段は欠かせない。

そのときこそ、今度はたとえ千波万波に襲われようと、やり抜くつもりである。ただし、いまは、きれいにあきらめた顔をし、おくびにも出さぬことにする——。

第八章

井上蔵相の内心は別として、内閣も諸官庁も、台風一過の感じで動き出した。

井上は、大蔵省を指揮し、昭和五年度の予算編成に取り組む。金解禁に備え、徹底的に緊縮を貫く方針である。

一般会計における公債は、一切発行しない。これは、明治四十年度以来はじめてのことであった。

井上は各省に節約を求め、歳出の規模は十六億八百万円におさえこんだ。

前内閣の作成した昭和四年度の予算は、十七億七千万円余。これを浜口と井上は、実行予算という形で、十六億八千万円台にまで削り落とし、五年度予算は、その実行予算からさらに八千万余削減したわけである。

つまり、前年度（当初）予算にくらべれば、約一割の縮小であった。

予算編成の度に、大巾《おおはば》削減を強いられるのは、陸海軍省予算である。

その上、浜口内閣は、若槻《わかつき》全権以下の代表団をロンドン軍縮会議へ送り出したところである。そこでも、国際平和の推進のためというだけでなく、各国民の負担軽減という見地から、補助艦艇削減問題が協議されようとしている。

「軍部予算は、まるで削られるために在るみたいではないか。国防はどうなってもいい、というのか」

こうした憤懣《ふんまん》を、軍部が持つのも、自然の勢いであった。

浜口・井上を待ち伏せる勢力が、しだいに育って行く。

減俸発表直後、蔵相官邸で寒々とした送別の宴を受けた大蔵省財務官津島寿一《つしまじゆいち》は、井上の密命を帯びて太平洋を渡り、このころ、バンクーバーから鉄道で一路ニューヨークへ向かっていた。

その大陸横断鉄道の車中へ、ニューヨークからの至急電報が届いた。十月二十四日木曜日、ウォール街で株式が暴落した、というのだ。

後に「暗黒の木曜日」といわれる大恐慌《きようこう》のはじまりを告げる出来事で、せっかくの金解禁も、やがてこの嵐にのみこまれてしまうことになるのだが、もちろん、このとき津島はそこまでは予見しなかった。

株の暴落は珍しいことではない。どの程度のことかと気にしながら、津島は長途の旅を終り、ニューヨークに着いた。

ウォール街の動きは、さすがに、あわただしかった。金融界の首脳が、なかなかつかまらない。

ようやく、井上の知友でもあるモルガン商会の支配人ラモントに会えたが、そのラモントが開口一番、

「津島君はニューヨークへ株界の混乱を持ってきてくれた」

と冗談をいうほどで、収拾に追われていた。もっとも、それは一時的な混乱であり、あの大恐慌に発展しようとは、彼等も思って居なかった。それだけに冗談も出たのである。

津島は回想していう。

「四年の夏ごろまでのブームというものは盛んなものであり、秋の株式恐慌の如《ごと》きは、ただ一時エアポケットに入ったのみで機体すなわち経済の実体は健全だと識者、有力者は見ておりました。いわゆる『永久の繁栄』という言葉も出たときでした。……そういったような情勢からいって、まれには警戒的のことをいった人もあるけれども、アメリカの景気に大反動が生じヨーロッパ経済の大きな変動がくるということは予想できなかったのであります*」

当時、日本で金解禁反対を唱えていたのは、高橋亀吉《かめきち》らごく少数であったが、その高橋でさえいう。

「僕らだってそうたいへんだぞというふうには、世界恐慌になるとは考えていなかったんですね。あの形であそこまで行くとは、ウォール街の暴落のときには考えていないんですね*」

当初の混乱が一段落し、株価が小康状態に入ったところで、クレジット交渉が進められた。

日本が金本位制に復帰することに、アメリカとしても協力的であったが、問題は、金解禁以前のレートである百円で五十ドル弱という旧平価で解禁するか、それとも、実勢の為替相場（前年七月で約四十三ドル、この年一月で四十五ドル、十月で四十七ドル）をそのまま新平価として解禁するか、ということである。

フランスなどいくつかの国は、為替相場の落着いたところで、それを新平価にして解禁しており、無理のない移行だとして、アメリカ側も、日本での新平価解禁を予想し、期待していた。

だが、浜口・井上が決めたのは、旧平価での解禁であった。理由は、フランスなどでは、旧平価との間に三割とか五割とかの開きがあったのに対し、日本での開きは、一割前後である。緊縮によって、その程度の物価引き下げ（円の価値の引き上げ）は可能と見た。

新平価なら、その相場のままでの移行であるから、いわば鼻唄《はなうた》まじりで解禁できる。一方、旧平価解禁には、国をあげての努力が必要である。だが、その努力するところがいい、努力によって、体質を改善し、国際競争力を強めよう。（気質によって選んだわけではないが、この選択は、浜口の気質にも合っていた）

新平価解禁では、半病人のまま退院するようなものである。それより、荒療治してでも健康体になって復帰しよう——というのが、旧平価解禁への大きな理由であったが、それとともに、もっと実際的で痛切な理由もあった。

旧平価による解禁の場合は、大蔵省令によって実施できるが、新平価の場合は、貨幣法の改正を必要とする。議会では、金解禁反対を唱える野党の政友会が絶対多数を占めており、法案改正には時間がかかるだけでなく、その見通しも、不確かであった。やはり、旧平価で行く他《ほか》はない——。

最初は首をかしげたアメリカ側も、こうした説明に加え、日本での思いきった緊縮予算の編成ぶりなどを見て、その努力を評価するようになり、米英の金融機関が共同して、一億円のクレジットを与えてくれることになった。

逆にいえば、クレジット設定のためにも、徹底した緊縮予算を組んで見せる必要があったわけである。

一方、また、「暗黒の木曜日」以来、米英の金利が下ったことも、借入を得やすくしていた。このため、当時、この暴落を「天佑《てんゆう》」と呼ぶ声も出たほどであった。

金解禁反対論者の一人、高橋亀吉は、この金利安について、当時の雑誌（『経済情報』昭和四年十一月号）で、批判的に触れている。

「いかにも、米国金利の低下は、浜口内閣の解禁政策を容易にした。しかし、そう云《い》うことは、解禁の我が財界に及ぼす打撃を軽微にする事を必しも意味せぬ。何となれば浜口内閣の解禁策は、組閣早々解禁速行を声明した建前から云って、在外正貨関係、来年一月償還の外債関係、及び国内解禁人気沸騰《ふっとう》に基く経済活動休止等のため最早《もはや》遅延を許さず、遮二無二《しゃにむに》金解禁を断行せざるを得ない切迫した位地にある。故《ゆえ》に、金解禁の我が財界に及ぼす打撃の大小を考慮して、解禁時期をゆっくり選ぶ、と云う余裕を与えられていない。だが、米国の金利高は、此《こ》の遮二無二の金解禁すらも、技術的に不可能ならしめるものだった。我が金融界の変態事態のため、事前に我が金融を引締め、金利を引上げる事が出来ないため、急激な変化を我が金融市場に与え、恐慌を呼ぶの危険鮮少でないからであった。然《しか》るに、いま米国の金利安は、左様な危懼《きく》を一掃した。米国の金利安が解禁を容易ならしめたと云われる所以《ゆえん》だ」

高橋は、これに続けて、金解禁は、外国の物価昂騰《こうとう》つまり金利高のとき行うべきであり、金利低下のとき行えば、同時に物価下落の影響を受け、産業界に打撃を与えることになる——と警告した。

クレジットは、十一月十九日に成立調印、二十一日には、金解禁の大蔵省令が出された。実施は年明けの一月十一日より。

高橋は『大正昭和財界変動史』に記す。

「一部の反対論者は別として、国民の大多数は、これを以《もっ》てわが経済の変態脱却、健全復帰の佳日として、祝盃《しゅくはい》を挙げて謳歌《おうか》し、浜口、井上両氏を英雄にまで祭り上げ、凱旋《がいせん》将軍に対する如く歓呼した。永くわが朝野の大問題であり、経済の大懸案であった金解禁問題は、ここに完結した、と何人《なんぴと》も（反対論者もその時は）考えたのである*」

たしかに、祝盃を挙げるにふさわしい一つの区切りであった。

だが、問題は、これからであった。

不況は、深刻化していた。

求人数は激減し、翌年の大学卒業予定者には、暗く長い冬となった。見込まれる就職率は、東京商大の約八割は例外として、東京帝大で六割から七割。他の大学では三割から五割見当といわれ、学生たちは伝手《つて》をたよって、就職運動にかけ回っていた。

すでに彼等の先輩である知識階級の失業者が、ふえ続けていた。

こうした階層救済のため、東京市社会局では、約九百名に限って市の調査や統計の仕事を手伝わせ、八十銭から一円五十銭の日当を払うことにし、東京市内七カ所の職業紹介所で、少額俸給者登録受付をはじめた。

ところが、たとえば神田の紹介所では、受付開始前に二百人もの行列ができ、用意した五百枚の申込用紙が、たちまち出てしまった。

その一方では、解禁をめぐって、さまざまな思惑が行われた。

解禁近しと見た財界の一部では、差益を得ようと、しきりにドルを売って円に代えた。決済資金のやりくりもあったが、投機的な動きも多かった。

このため、為替相場があまりにも急騰し、経済活動に支障が出そうなので、井上は日銀と正金に命じてドルに買い向わせ、上昇のテンポをゆるめるようにした。

ところが、そのあと、四十九ドル台まで達してしまうと、待ちきれず円売りドル買いがはじまり、為替相場は逆転しそうなので、今度はまたドルに売り向わせた。こうした操作で、政府と日銀が損をした分だけ、財界にも利益を上げる者があったわけである。国をあげての経済立て直しのはずなのに、抜け目なく、それを悪用して私欲を肥やす。それが経済の論理だとは知りながらも、井上には心外であった。

とくに投機筋が、相場操作のため、さまざまなうわさを意図的に流しているふしがあり、井上はその点を、丸山警視総監にも訊《たず》ねた。

「熱で仕事をする」がモットーの丸山は、直ちに、

「学理上、金解禁に反対する者は見解の相違として咎《とが》めないが、財界を攪乱《かくらん》して私利私欲をはかろうと、故意の流言をなし扇動をする者には、最大限の処罰を以て臨む」

という強硬な談話を出し、一部の業者を呼んで、注意を与えたりした。

だが、こうしたことは、学理上の反対者をふくめた反対派を、さらに感情的に反撥《はんぱつ》させることになった。

解禁関係以外でも、気になる事件がいくつか起った。

首相官邸で発砲さわぎを起した中島秘書官は、ピストルは護身用として携帯許可を

得ており、空砲だったというので、説諭にとどまり、処分は不起訴ときまったが、その決定の日、今度は首相官邸前で、短刀を持った男が、浜口首相の車とまちがえて、他の車にとびのり、客を襲った。精神障碍《しようがい》者による犯行ということで処理されたが、不気味な動きではあった。

また、軍縮会議の若槻《わかつき》全権に疑獄の風評が流れ、さわがれたが、

「その事実はなく、法律上責任なし」

との検事総長報告によって決着がつき、全権団はロンドンへ向けて出発した。

しかし別の疑獄事件の進展から、小橋《こばし》文相が勇退することになった。

そして、小橋の辞表提出の日、帰朝中だった佐分利《さぶり》貞男《さだお》駐支公使が、箱根のホテルでピストルによる死を遂げた。

事件は自殺として処理されたが、不審な点が残った。

佐分利は小村寿太郎《じゆたろう》の女婿《じよせい》で、幣原《しではら》の片腕として平和外交を推進し、中国側からも信望の厚かった有能な外交官であり、このため、幣原外交反対派による暗殺という受けとり方をする向きもあった。

金解禁を祝うのとは別に、閣僚たちの胸にひそかに危機感がしのび寄った。

昭和五年一月十一日、予告どおり金輸出解禁が実施された。

この日、浜口は、ふだんの不愛想な顔ではなく、記者団に対しても開放的で、執務室の窓ぎわに坐《すわ》って、写真をとらせたりした。

「今朝はどんな気持ですか」

と訊《き》かれると、

「とにかく、これで船の羅針盤が出来た。しかし、船はまだ港を出たばかり。もちろん一直線に目的地《デスチネーション》に走るのだ。だいたい平穏な航海になるだろうがね」

と、珍しく口数多くしゃべり、

「船長の重荷はまだ下りん。これからだよ」

と、つけ加えた。それも、いつもの怒ったような口調ではなく、半ばはにかみ、半ば自らに景気づけるような、機嫌のよいいい方であった。

井上は、その日、次々に電話をかけて、各界の反応を訊いていたが、

「株もいい。公債も金利も好調子だ。ちっとも心配なことはない」

と、にこにこしていい、

「うれしそうですね」

と、念を押されると、

「いや、世間にはわからなかったろうが、いちばんうれしかったのは、去年の十一月のはじめ、予算をつくり上げた瞬間だよ」

と答えた。それは、プログラムを組んで動かしてきた井上ならではの実感であった。

祝杯を上げるところを写真に、といわれたが、井上は、これは断わった。

「朝っぱらから、そんなふまじめなことはできないよ。その代り、字を書こう」

筆をとった井上は、いつもひとひねりした文句を選ぶのだが、この日はさすがに頭が働かず、浜口以上に平凡な文字を一気に大書した。

いわく、

「金解禁　昭和五年一月十一日」

浜口は、この日、

「我国の財界にとって、大正六年以来の最大懸案であった金輸出解禁の問題も、いよいよ本日を以てその解決を見るに至ったことは、邦家の為《ため》誠に同慶に堪えない所以である」

からはじまる首相談話を発表した。

解禁の経緯と、国民への謝辞を述べたあと、浜口は、

「しかしながら、金解禁問題が解決せられたからとて、官民共に徒《いたずら》に楽観に過ぎて緊張の気分をゆるめるが如きことは、深くこれを戒めなければならぬ。いまや我国財界は解禁によって国際経済の常道に復帰するに至ったのであるが、これを以て完全に経済難局より脱出し得たものと考えることは、もちろん早計である。真に我財界の堅実なる発達を図るためには、今後においても官民一致緊張したる気分を持続し、国際貸借の改善を図り、金本位制の擁護に努むることが最も肝要である」

と強調し、最後は浜口らしく、

「私は堅忍不抜なる我国民性に対して深き信頼を置くが故に、この難事業も必ずや見事なる成果を見ることと信じて疑わぬのである。終に臨んで、私は繰返して昨年七月以来の国民的努力を将来に向って継続せむことを切望する次第である」

と結んだ。井上もまた、同じような趣旨の蔵相談話をこの日発表した。

金解禁実施は、「船はまだ港を出たばかり」に過ぎず、今後とも国民の自覚、そして官民一致の緊張の持続をと、浜口も井上もそろって訴えたわけだが、国民の多くは、ともかく、峠を越したという受けとり方をした。

わるいことに、「ぼくの苦労も今日で解禁」と、井上がいったというような記事ま

で流された。

いかにも語呂《ごろ》のいい文句なので、たちまち世間にひろがった。談話などよりも、こうした文句の方が、はるかになじみやすく、耳に残る。

〈そうか、苦労も解禁なのか〉

と、ほっとした気分。明日にでも好景気が舞い落ちてきそうな錯覚が、ひろまる。

これまでは、解禁準備のための緊縮と、声を大にして訴え続けてきた。このため、〈解禁になってしまえば、不況もゆるむ〉という期待が湧《わ》くのは、人情の自然であった。

だが、緊縮政策は、これからも「堅忍不抜」で推進し、国民もまた「堅忍不抜」でこれに耐えてくれなくてはならない。

景気の回復は、そうしてかなりの時間と努力をかけ、体質を改善したあとのことなのだが、すでに「苦労も解禁」という受けとめ方をしている国民が、この先どこまで辛抱してくれるであろうか。そこまで政府を怨《うら》まずについてきてくれるであろうか。気がかりなことであった。

井上は、このあとも、毎日、次々に電話をかけ、精力的に各界の動きを訊いた。

その中には、反対派の動静を訊く電話もあった。

たとえば、反対派の論客で、かつて井上と親しかった小汀利得《おばまとしえ》について、井上は双方に面識のある記者のところへ、電話をかける。

「どうだね、小汀君は元気かね。株は上ったが、弱ってはいないかね」

などといった調子である。

これに対して、小汀がいい返すと、記者はそれを井上に伝える。

井上はまたむきになって、反論をその記者を通して送る、というわけで、まるで書生っぽのような、しかし、それはそれでやはり政治家と思わせるところがあった。

金解禁の四十日後に行われた総選挙では、民政党は二七三議席を占め、政友会（一七四議席）に大勝した。政友会から「ライオンはライオンでも牝《めす》のライオン」といわれた浜口が、民政党からいわせれば「牙《きば》の抜けた老狼《おおかみ》」の犬養毅《いぬかいつよし》を倒したのであった。

もちろん、この大勝には、金解禁断行時の「ぼくの苦労も今日で解禁」といった気分が、普選によって増大した有権者に色濃く作用していたことは否めない。

だが、「苦労も解禁」的な政策は、まだまだ打ち出せる時期ではなかった。

むしろ逆に、浜口・井上は、さらに財政の緊縮にのり出した。

「行政の経済化」を図る必要があるという口実で、早々に昭和五年度予算の手直しに入った。物件費について、物価下落に比例した分だけ節約させることにし、各省に内示する。相変らず、陸海軍経費の削減が大きかった。

わずか一年足らずの間に、三度も大鉈《なた》をふるわれたのだから、まさに「仏の顔も三度まで」の感じであった。陸海軍省は猛烈に抵抗したが、井上も譲らず、一カ月以上もかかって、ようやく妥協案に達するという始末であった。

この結果、各省合計で八千万円だった実行予算の節約原案は、六千万円に修整され落着した。


海軍とのさらに大きな衝突が、ロンドン軍縮会議をめぐって進行していた。

会議の議題は、補助艦制限だが、日本側の主張は、「無脅威縮小」を旗印に、最小限対米七割の確保に在った。これは、前内閣以来の方針であり、海軍をあげての強い要求であった。

ところが、これに対し、アメリカが出してきたのは、対米六割という縮小案である。

全権団は、はげしいやりとりをくり返し、会議は白熱した。

首席全権の若槻は、酒好きでも有名で、渡英に当っては、こもかぶりなども持参し、「お酒が随員だ」などとからかわれた。このため、「イギリスでは酒のみが評判がわるい」とまじめに心配する向きもあった。

ただし、若槻は酒にのまれる男ではなかった。「コップ酒でべろべろ」などといわれたりするのも、コップなら酒量をはっきりさせることができるからであった。

総理までつとめた若槻だが、全権ときまると、海軍について猛然と勉強した。

このため、ロンドンでは、

「ワカツキは提督出身か」

と、米英側が感心するほど、専門的な議論を堂々とやりぬいた。

若槻の全権就任は、浜口の熱意によるものであった。

若槻は浜口の全力主義的な生き方を買い、党を委《ゆだ》ねたが、その浜口に真剣そのもので詰め寄られ、懇請されて、最後に若槻もまた井上同様、浜口のたのむ使命のためなら、余生をすてることになってもよい、と思った。

若槻は、浜口に身を預けた。浜口は、若槻に使命を委《まか》せた。全権という言葉にふさわしく、すべてを任せ、交渉途中で格別の指示を出すこともなかった。

交渉は難航した。

三月十四日になって、ようやく若槻から、「何分本国政府の御指図を請う」との電報とともに、最終案が届けられた。

それは、浜口には、全権団の苦心のあとがうかがわれる出来栄《ば》えであった。

まず大型巡洋艦で、アメリカ十八万トンに対し、日本十万八千トンは、六割二厘《りん》の比率だが、アメリカの三隻《せき》は条約期間にまだ建造中で就役せず、これをはずすと、対米七割二分になる。

潜水艦については、日本側七万八千トンの要求に対し、米英ともに全廃を主張。はげしいやりとりがあったあげく、日米英同量の五万二千七百トンという数字をかちとった。

一方、駆逐艦、軽巡洋艦などの縮小率は低いので、補助艦全体の保有量では、対米六割九分七厘と、ほぼ七割の線を確保していた。

この案について、財部《たからべ》海軍大臣が全権団に加わっていることであり、海軍省は一応納得したが、海軍軍令部は部長の加藤寛治《かんじ》大将以下あげて反対であった。

用兵を司《つかさど》る軍令部には、それなりの強い理由があった。

機動力を持つ大型巡洋艦は、日米開戦の場合、日本としては一隻でも多く、そしてアメリカには一隻でも少なく持たせたい艦種であり、この比率では不満足である。また、すでに主力艦で劣勢に立つ日本としては、邀撃《ようげき》作戦上、潜水艦が極めて重要であるのに、このトン数は、現保有量よりさらに二万六千トンを減らすことになる。

問題は、比率だけにとどまらない。この案によると、日本での艦艇の建造はごく少数にとどまり、このため、一九三六年ごろには、日本は旧式艦艇ぞろいになるのに反し、アメリカは新型艦多数となる。とくに潜水艦などは、日本は一隻も建造できないため、造艦技術が衰滅し、事実上、潜水艦全廃に追いこまれざるを得ない。

軍令部長加藤寛治は、提案受諾反対の上奏文の中で述べる。*

「米国ノ提案ハ実ニ帝国海軍ノ作戦上ニ重大ナル欠陥ヲ生ズル恐ルベキ内容ヲ包蔵スルモノデ御座リマス」

「畢竟《ひつきやう》米国ノ東洋ニ対スル進攻作戦ヲ容易ナラシメントスルモノデアルト考ヘザルヲ得ナイノデ御座リマス」

このため、この最終案を排し、あくまで最初の日本側要求案を貫くべきである。その案こそが、「米国ノ攻勢作戦ヲ困難ナラシメ延《ひ》イテハ其《そ》ノ戦意ヲ滅却致シ戦ハズシテ平和ヲ維持シ得ルノデアルト申スコトガデキルノデアリマス」

との考え方であった。

加藤はかつてワシントン軍縮会議に、海軍側専門委員として参加し、主力艦の対米比六割削減に強く反対した経験があり、この種の軍縮交渉は、

「二三の大国が私議の結果を他国に強要するが如《ごと》き、或《あるい》は戦勝国、若《も》くは覇者《はしゃ》の為《な》す所の脅威的態度を以《もっ》て他に臨むが如き、或は正義人道の仮面を被《かぶ》りて、国際条約を自国若くは己が党略の犠牲とするが如き*」

ものであるとして、批判的であった。それに加藤は、正直一途《いちず》な熱血漢で、政治的な小細工をきらう武人タイプであった。

それだけに、加藤の反対には馬力と迫力があり、その点では、浜口と共通するところがあった。

ただし、そうした加藤と浜口とでは、話のまとまりようがなく、激突するばかりであった。

加藤と並んで海軍の指導的立場に在る岡田啓介海軍大将などが、必らずしも絶対的反対でなく、浜口の決意を理解した態度を示すのに対し、加藤は終始、

「国防用兵計画の責任者である軍令部長としては責任を持ち得ず、職責上同意できない」

と主張し続けた。そして、思いあまった加藤が、天皇に反対の上奏をしようとすると、天皇側近に体よく妨げられたりし、一層加藤を憤慨させ、

「今の内閣は左傾なり、海軍部内に於《お》ても此問題はつきりせざれば重大事起るべし*」

といった感想を岡田に漏らすほどになった。

歩み寄りの余地はなかった。

物別れをくり返し、日は空《むな》しく過ぎて行く。

ロンドンでは、会議を中断して、日本からの回訓を待っている。

浜口は、最後にいった。

「海軍の事情については、十分詳細に聞いた。この上は、自分の責任で何とか決定する」

ロンドンで、これ以上交渉の余地のないことは明らかであった。それは、若槻の辞任、会議の分裂へと進む。

軍縮は金解禁と並ぶ内閣の重大使命であった。それは、国民負担の軽減・国際協調ということで、金本位制復帰と有機的に結びついている。

この内閣の求めるのは、東洋の強大な君主国というよりも、民主的な平和愛好国と

して国際社会に共存する姿であった。井上の言葉を使えば、対外的にも、内政面でも、「民主的の動きが正しき道を進めば、国は安全にして、国民は幸福を享有《きょうゆう》し得る」という考え方である。

浜口内閣には、理想があり、「遠図」があった。事実、このところ、内政面では、労働組合法・婦人参政権法などの進歩的立法案の作成が進められており、その意味では、「左傾」かも知れぬが、浜口としては、そうした構図を自らの手でこわすわけには行かなかった。

それに、外債の借替交渉が目前に迫って居るなど、妥結を必要とする実際的な理由もいくつかあった。

浜口は最後に受諾をきめ、閣議にかけた。

海軍次官と井上蔵相の発言があり、決定。回訓は直ちにロンドンへ送られた。兵力量の決定は政府の所管事項、という判断からであった。

問題は、さらに大きな火を噴いた。

この浜口の決定は、陸海軍を統率する天皇の大権を犯した、統帥権干犯《とうすいけんかんぱん》だ——というのである。

四月下旬召集された特別議会では、冒頭、政友会の犬養総裁がこの統帥権干犯をとり上げ、国防問題で政府に迫り、浜口首相もまた真向から受けて、やり返した。狼とライオンのはげしい一騎打ちであった。

ついで、前蔵相三土《みつちちゆうぞう》忠造が、不況の深刻化は政府の不用意な金解禁と緊縮節約によるものだとして、財政政策の転換を迫り、一時間にわたって熱弁をふるった。

これに対して、順序としては首相がまず形式的に短かく答え、そのあと主務大臣である井上の答弁になるところだが、そこは浜口・井上の間柄である。

「自分からいうことはない。きみが全部やってくれ」

ということで、浜口抜きで、井上が登壇した。

だが、野党は激昂《げつこう》した。

「きさまの出る幕ではない。引っこめ！」

「総理を出せ！」

と叫び、立ち上って机をたたく。さらに壇上にかけ上って、議長席に詰め寄る。

このため、一旦《いつたん》休憩に入り、再開に当って議長は、

「三土君の質問は主として井上君に向けられたものであり、議長として発言を許したのだから、まず井上君に。次に首相を登壇させる」

と、ことわった。

ふたたび井上は登壇したが、政友会代議士たちは、速記者席をとり囲んで、大声でわめき立てる。

このため井上は、速記者たちの耳に届くように、机の上に腹ばいになるような姿勢で、声をはり上げて答弁を続けた。

そのあと、浜口も答弁に立った。

例によって、やや開きかげんに両手を机につき、荘重な口調だが、しかし、

「率直にいえば、われわれが組閣する前に金解禁は解決していなければならなかったわけである。国民経済上のガンは、これから発していた」

などと逆襲した。

浜口の答弁には、相変らず「断じて」そして「毛頭」という言葉が目立ったが、この議会では、浜口はこれまでになく、

「答弁の限りではない」

という突っぱね方を、ときどきした。

統帥権問題から、天皇や軍部に対して微妙な配慮を必要としたためでもあるが、さすがの浜口も辛抱しかねる質問があり、「牝のライオン」に甘んじては居られない。

これに対し、「藩閥内閣、それも日清戦争前の答え方だ」と、犬養らは腹を立てた。

この議会では、国防問題・経済問題などで、かつてない白熱した政策論争が行われたが、同時にまた大荒れに荒れ、乱闘さわぎも起った。浜口としては「無量の蛮性」をおさえるのに精いっぱいである。

ある問題をめぐって、政友会代議士十数人が、院内大臣室に居る浜口のところへ直《じか》談判《だんぱん》に押し寄せ、これに院外団が加わって大さわぎとなった。

中島秘書官が苦労して説得、ようやく代表四代議士とだけ会うよう話をつけ、秘書官室に入れたが、かんじんの浜口が受けつけない。

「ちょっとだけでも」

というのに耳もかさず、

「党を代表するならともかく、有志代表など会う必要はない」

の一点ばりで、自分の意見だけ伝えさせ、ついに会おうとしなかった。

失業対策という点からは、安達《あだち》内相も質問にさらされた。

「川口に失業者が千人も居る」

と質問された安達は、いかにも「閻魔《えんま》帳の安達」らしく、早速調べさせ、

「千人との話だったが、調査の結果は、四百六十人しか居なかった」

と答え、

「ここは川口の町会じゃないぞ」

と、やじられた。また、

「これは、わたし個人の意見ではありますが」

とことわったところ、

「議会では、個人の意見など聞きたくない」

と、やり返された。

くり返しひっぱり出され、いちばん集中砲火を浴びたのは、井上であった。

野党は、「苦労知らずのお坊ちゃん」いびりに情熱を感じる。

その「お坊ちゃん」は、至難と見られた金解禁をやり遂げたので、いっそう反感をそそる存在でもある。しかも政党政治家でなく、答弁馴《な》れしていないので、いじめやすい。

だが、井上は、見かけはともかく、平然としていた。

「ぼくはずいぶん非難され、また、これからも攻撃されるだろうが、それは覚悟している。ぼくは内閣の安全弁さ。ぼく一人が非難されるぐらい、何とも思わない」

と。

国会は乗り切ったが、行手には、さらに難関が待ち受けていた。

軍令部とのしこりをとかねばならず、また軍の長老たちから成る軍事参議官会議が、天皇の御下問に対して、条約案に反対の奉答を出す心配があった。

浜口は、重い腰を上げて、軍事参議官たちとの接触をはかり、わざわざ東郷元帥邸へも出かけた。浜口は、財部海相の不在中、海軍大臣事務管理を兼ねており、その資格で訪ねることにした。(もっとも浜口は、海軍省へただの一度も出かけていない)

会談後、浜口は記者団に問われたときも、

「就任以来一度も挨拶《あいさつ》に行かなかったが、近く財部海相が帰京し、自分は解任されることになるので、海軍の先輩に対する礼として訪問したまでであって、他に意味はない。わずか十分足らずの会談だから、もちろん軍縮条約案に対して了解を求めたなどというようなことは、絶対にない」

一方、東郷は、

「会見内容については、わたしの口からは何も申し上げられない。一切は御想像にお任せする」

とだけ答えた。

想像するとすれば、当然、条約案の了解工作、そのための挨拶であり、また、軍令部へのとりなしをたのんだということ。それとも、軍令部長の孤立化をはかったのか。

新聞は、東郷と浜口が並んだ写真を、大きく掲載した。

この日、加藤は日記に痛烈に書く。

「五月十六日

浜口首相東郷元帥を番町に訪問し特に同列の写真を御願ひ撮影す。世人浜口の見え透いたる心中を笑ふ」*

と。

にらみ合ったままの浜口と加藤。

そこへ財部海相が帰国し、精力的に事態収拾に動いた。

財部はまず、軍令部の完全な了解がなかったことについて遺憾の意を表し、兵力量の決定については軍令部の同意が必要条件であると認めるということで、話し合いを軌道にのせようとした。

ただ、こうした収拾策には、民政党内部から反撥《はんぱつ》が出た。それでいて軍令部の強硬姿勢は崩れそうにもない。

政友会筋は、内閣崩壊のチャンスと見て、枢密院《すうみついん》などと組み、政府攻撃の論陣をはった。

ただし、海軍としても、いつまでも軍政・軍令が対立し、内部分裂があるように見られてはまずいとの判断が働いた。

東郷・加藤らは、この条約では国防上、重大な欠陥を生ずるという見方をあくまですてないが、岡田らは、〈欠陥はあるが、制限外艦艇や航空兵力の充実、防衛施設の改善などの補充計画によって、欠陥を埋めることも可能〉という歩み寄りの姿勢を見せた。

この結果、奉答文には、「兵力ノ欠陥ヲ生ズ」と明記した上で、一方、補充計画によって、「条約ノ拘束ヨリ生ズル影響ヲ緩和シ国防用兵上略《ほぼ》支障無キヲ得ルモノト認ム」

と併記されることになった。

浜口首相も、奉答文の趣旨を尊重し、補充計画の実現に努力するという意味をこめた敷奏文を書いたが、その文章が微妙であった。

浜口は、敷奏文中に書いた。

「之《これ》ガ実行ニ方《あた》リテハ固《もと》ヨリ各閣僚ト共ニ慎重審議シ財政其ノ他ノ事情ヲ考慮シ緩急按排《あんばい》其ノ宜《よろ》シキヲ制シ更ニ帝国議会ノ協賛ヲ経テ之ガ実現ニ努力シ最善ヲ尽シテ……」

これは、いかにも浜口らしい慎重で正直な文章であった。

この文章の眼目は、「財政其ノ他ノ事情ヲ考慮シ」に在る。つまり、最善を尽くすとはいうものの、それは、財政の許す範囲内でという条件つきなのである。

この文章を書くとき、おそらく浜口の瞼《まぶた》には、だれよりも盟友井上の顔がちらついたにちがいない。

井上に任せておけば、それは決して大盤振舞いにならず、適当な規模に抑えこめる。いや、そのとき井上が抑えこみやすいように、浜口はあえて、「財政其ノ他ノ事情ヲ考慮シ」の文句をはめこんでおいたのである。

これもまた、二人の連繋《れんけい》プレーであった。

軍令部との抗争は、こうして一応のかたがついたが、ツケは残った。このころ陸海軍とやり合って、ようやく実行予算の編成を終った井上のところへ、この新しいツケが回って行く。

いや、浜口・井上とも、ほっとしている間はなかった。

次年度予算の編成にかからねばならぬのだが、不況の浸透によって、税収はかなりの落ちこみが予想されていた。

一方、新規事業は認めぬ方針ながら、失業対策だけは何とかしなくてはならぬし、軍縮による国民負担の軽減という線から、減税も行いたい――と、やりくりの目途さえつかぬ状態であった。

七月末の土曜日、葉山御用邸に伺候した浜口は、そのあと、久しぶりに鎌倉の別荘へ入り静養したが、記者団との懇談の折にも、また浜口らしい率直な告白をした。

「最近、与党では全国的に大遊説《ゆうぜい》をすることにしているが、自分は来年度予算の概算見積りが済まねば、遊説には出られない。そうでなければ、自分としては思い切ったことを国民にいえないからである」

と。

浜口の前には、さらに枢密院が立ちはだかっている。

枢密院は、「少しでも宸襟《しんきん》を悩ますことのないように」という伊藤博文の発想で明治二十一年につくられた天皇の補弼《ほひつ》機関である。

帝国憲法を審議した後、憲法の番人として、憲法や皇室典範に関する事項、条約の批准《ひじゅん》や緊急勅令などの審議に当ってきたが、メンバーは、ほとんど薩《さつ》・長《ちょう》・土《ど》・肥《ひ》四藩の出身者。一部を除けば、前近代的意識の持主が多い上、政治好きも居て、このころでは、補弼の域を越えて、政党政治に介入したり、ブレーキをかけるなどということが、目立った。

当然のことながら、保守的体質を持つ政友会とはよく、民政党に対しては冷たかった。

昭和二年、震災手形処理法案などを拒んで若槻内閣を倒したのも、その流れである。枢密院は、経済にはとくに暗く、この当時も、コール市場と聞いても、石炭のことと思いこむような顧問官も居たほどであった。この枢密院介入のため、内閣も倒れたが、同時に金融恐慌が起り、二億円の政府補償で避けられるはずの危機収拾のために、次の田中内閣の高橋蔵相が五億もの金を出すことになった。

憤慨した民政党では、このあと、枢密院弾劾《だんがい》案を議会に出したほどであった。

だが、枢密院は、この件で、さらに民政党に悪感情を抱いた。

内閣の閣僚も枢密院に加わり、議決権も持っているのだが、浜口内閣が誕生した際、枢密院の有力議員たちは、浜口らにまず、会議の席上で陳謝することを要求。議長が仲に立って、浜口が議長を訪ねて詫《わ》びるということで、ようやく落着した。

しかし、枢密院内には、この浜口の詫び方ではなお不十分だとする向きがかなりあり、さらに前内閣が約束した顧問官二名増員の問題でも、話がこじれていた。

その根底には、民政党側には、枢密院がおよそ近代的な政治体制とは相容《い》れない存在であり、縮小または廃止の方向へ進むべきだという認識がある。

これに対して枢密院は、西園寺などの元老が首相推薦権を持つのを改め、元老もまた顧問官として枢密院の中に組み込むか、枢密院が元老に代って推薦権を持つべきだという枢密院強化論が強くなっていた。縮小論と強化論という根本的な対立である。

もともと枢密院は、軍縮反対の空気が強い。さらに民政党との対立が激化しているところへ、軍縮の審議を願おうというのである。「行路難」が予想された。

七月二十四日、政府は枢密院に正式に条約の諮詢《しじゅん》を奏請した。

枢密院では審査委員会をつくることにしたが、その委員の指名に先立って、下審査のためと称し、重要参考資料として、政府に奉答文の提示を要求した。

これは、筋ちがいの要求であった。奉答文は、天皇に軍事参議院が提出したものであって、政府は関知しない。どうしても必要なら、内覧勅許を得た上で見るべきである。筋を尊重する浜口としてとても受けられない要求であった。

この点は、軍令部も同じ考え方で、帷幄《いあく》事項であり、公表はできぬと、政府に同調した。

「出せ」「出せぬ」と押問答がくり返され、日が経《た》って行く。おくれれば、苦境に立つのは政府である。だが、浜口は、あくまで突っぱねた。

そのうち、枢密院の中にも反省する声が出、ようやく審査委員の人選がはじまった。民政党に理解のある顧問官も少しは居たのだが、その顔ぶれの中からは、だれも委員に指名されなかった。閣僚もまた委員会に加わることを拒まれた。つまりは、枢密院の反民政党的な密室の中だけで、条約を審議しようというのである。

第一回の審査委員会が開かれたのは、八月も十八日になってからのことであった。委員会はくり返し開かれたが、その度に浜口は幣原や財部らと呼び出された。本会議とちがって、審議に参加するのではない。委員である顧問官たちから、事情聴取を受けるためである。

浜口らは、問いつめられ、つめ寄られた。一種のつるし上げであり、喚問劇であった。

「質問にやや行き過ぎのきらいがある」

と、委員長がたまりかねて注意するほどであった。

顧問官側には、書記官長以下が随伴し、十分に記録などとれるのに反し、浜口たちには書記ひとりつかない。答弁の合間に、自分たちであわただしくメモをとらねばならぬ有様であった。

統帥権干犯問題などからはじまり、兵力量の適否などをめぐって、顧問官たちは入れ代り立ち代り似たような質問を浴びせかけてくる。

浜口たちは、辛抱強く答弁をくり返した。

奉答文提出要求が蒸し返されたが、浜口は拒否した。

このころには軍事参議官に転じていた加藤前軍令部長を出席させるよう要求されたが、これも筋ちがいであるとして、浜口は受け入れなかった。誠意を以《もっ》て答弁はするが、筋ちがいの要求には断じて応じない。もちろん妥協などしないし、曖昧《あいまい》に逃げを打つこともしない。

顧問官たちは、補充計画の規模・内容などについても知りたがったが、これも、つっぱねた。

「相当膨大なものと思われるが、どれくらい要る見込みなのか」

「目下検討中だから、明言できません」

「だいたいの数字でいい。それぐらいはわかっているであろう」

「いや、責任ある答弁はできません」

といった調子のやりとりが、延々と続いた。

浜口は、つっぱねるためにつっぱねたのではない。それがいちばん正直な答であるからだ。

補充計画は、次年度予算編成とのかね合いの中で、これから財政当局と海軍側が折衝に入る。十一月ごろにならなければ、責任ある明確な数字は出なかった。浜口の性格では、「だいたいの数字」などというものは、口に出せない。それに、その数字が何等かの言質《げんち》となって、井上の活動の妨げになってはならぬ、との配慮もあった。

マスコミは、枢密院対政府の正面衝突、と書き立てた。

「ある程度の妥協をするように」

「了解工作を進めたら」

などと、成り行きを心配して、各方面から忠告されたが、浜口は聞き入れなかった。

「どんなに反対されても構わない。毛頭、了解運動など、やる気はない」

浜口の中の「無量の蛮性」が、いま静かに爆発をはじめていた。

浜口はまた、「枢密院がどんな措置に出るか知れぬが、政府もそのときは断乎《だんこ》たる手段をとる決心である」ともいった。

ついに、枢密院側は、審査不能、審議休止をいい出した。

これに対し、浜口は、期限付きで審査完了を要求する旨《むね》、応じた。また、そうした枢密院の態度は、批准妨害であり、施政干渉でもあると非難し、最悪の場合は、諮詢を待たないで、浜口が批准の御裁可を上奏する、との決意を示した。

空気は、はりつめた。

倒閣がうわさされ、野党政友会は色めき立った。

ただし、新聞論調も、また政友会以外の諸党派もこうした浜口に同調的であった。民政党内の若手グループは、一気に枢密院廃止に進むべきだ、といきまいた。この際、少くとも、諮詢事項の制限・審議の公明化だけでも実現させるべきである、ともいった。

浜口は、一歩も退かぬ構えである。

かつて、高等官試験の試験官とやり合い、また大蔵省で上司に逆らったはげしい気性が、爆発した。

「もっともっと多数の国民のためになる方法はないかと、右からも左からも、上からも下からも考え抜くのだ」

と、浜口はよくいったが、これは考え抜いたあげくの挑戦であった。曲げてはならぬ闘争であった。

もはや「牝《めす》のライオン」などではない。「雷よりおっかない」といわれた顔そのままに、浜口は敵にとっては恐るべき存在となる。


世間は、息をつめて対決を見守った。

ふいに、枢密院側が折れた。

九月十九日の委員会で、委員長は突然、それまでの経緯をすてて、

「無条件で御批准然《しか》るべし」

との結論を出し、委員会をまとめた。

内閣をつぶしてきた巨大な権威が、このときはじめて浜口に屈した。

第九章

秋は足早にやってきていた。浜口にとっては、人生最後の秋が――。

この夏、浜口は、何とか暇を見つけて、高知へ帰りたいと思った。春の総選挙の際は、一度も帰らず当選したことであり、そのお礼もしたいし、また、兄が亡《な》くなったあとであり、久しぶりに墓参もしたかった。

だが、軍縮問題が尾をひいて、ついにその機会を失ない、ようやく落着したいまは、次年度予算の編成が待っていた。これには、海軍の補充計画という難問がついている。バトン・タッチして、今度は井上の出番だとはいえ、もはや浜口には、帰郷するだけの余裕が、物理的にも、心理的にもなかった。

十月十四日の閣議で、井上蔵相は、

「不景気による未曾有《みぞう》の歳入減が予想される折であり、今度もまた相当な緊縮予算となるはずである。このため、新規の要求は、たとえ千円であろうと二千円であろうと、絶対に承認できないし、また既定経費についても、まず思いきった削減を加える方針である」

と述べたあと、閣僚たちの顔を見回すようにして、つけ加えた。

「各大臣にとって、驚異的な節減案を差し上げることになるが、どうか誠意を以《もっ》て御考慮いただきたい」

浜口の下で、閣内の統一が色濃く保たれているとはいえ、いかにも井上らしい人を食った言い方ではあった。

陸軍が早々とアドバルーンを上げた。

「今度は陸軍の軍縮がうわさされるが、陸軍経費は、この二年間、節約に次ぐ節約で、すでに節減し得る限りは節減している。従って、これ以上の節減は、陸軍の常備兵力量またはその編成にまで手をつける他《ほか》はなくなり、国防を犠牲にすることになる」

と。

陸軍部内でも、対立が起り、軍縮派の宇垣《うがき》陸相は、健康上の理由をあげて辞任を申し出、浜口らがようやく慰留しているような有様であった。

海軍では、財部《たからべ》が退き、安保清種《あぼきよかず》が後任の海相となっていたが、つくられた補充計画の当初案は、六億を越すといわれた。この中、別枠《べつわく》に移せるものは移し、五億二千五百万円を要求する、という線が固まった。

十月二十四日。大蔵省査定案が、閣議で井上蔵相から示された。

海軍の補充計画は別として、歳出額は十四億一千余万円。これに見合う歳入として、いぜんとして公債発行は行わず、また剰余金の計上もない。予算が十四億台に切りつめられたのは、大正十二年以来のこと。また、前年に公債発行をやめたのが、十六年ぶりといわれたが、剰余金の繰入れまでやめたのは、明治二十三年以来のことであった。

各大臣にとっては、井上の予告どおり、まさに「驚異的な節減案」であった。

閣議室では、しばらくは、「フーン」とか「ウーン」とかのため息ばかりが聞えた。井上の説明がすんだあとも、各大臣は顔を見合わせ、

「えらいことになったものですなぁ」

あきれて、すぐには質問も出ない。とにかく各省に持ち帰って、検討することになった。

「無い袖《そで》は振れないものですから」

と、くり返しいう井上の言葉尻《じり》をとらえて、ようやく江木鉄相が冗談をいった。

「いくら袖が無いったって、振り袖でなくてもいいから、せめて筒袖ぐらいは着ても

らいたいものだ。ところが、井上君ときたら、海水着ひとつなんだから、袖をひっぱろうにも、ひっぱるわけに行きゃしない*」

と。

浜口内閣は、浜口の人柄もあり、使命感・危機感が各閣僚にしみこんでいたせいもあって、内閣としては極めてまとまりがよかった。

その各大臣が、悲鳴を上げたほどであるから、それぞれの省にこの予算案が内示されると、どこも大さわぎとなった。そして、いっせいに復活要求の声を上げた。新聞は、各省の不平不満の声で埋め尽くされる。

ただ、そうした中で一、二割どころか、三割も減らされながら、むしろ明るい政治姿勢を示すものとしてとり上げられた項目がある。機密費である。

東京朝日は社会面（昭和五・一〇・二五）のトップに、「又削り取られた暗い政治の費用　記録される浜口内閣の一善政　機密費三割減の英断」という大見出しで、四段抜きの記事をかかげた。

機密費は、前年削減された予算から、さらに三割。このため政友会内閣当時の総額三百六十八万円だったのが、二百二十万円に落ちこんでいる。

機密費は、外務・陸軍・内務などを中心に各省にわたり、内閣でも各大臣が私設秘書官を抱えるのに当てたり、書記官長が政治浪人に金をばらまいたりしていたが、この内閣機密費は政友会内閣当時の半分以下に減らされてしまった。

ただ緊縮のためというだけでなく、そこには浜口の理念がにじんでいた。

当時、世間の政治家への評価は、決して高くはなかった。

浜口の娘が友人の家に遊びに行ったところ、友人の母親が出てきて、

「政治家の子供などとあそんではいけません」

と追い返されたことがあったほどである。

政治のレベルを高めたいというのが、浜口の強い念願であった。政治家は国民の平均的標準ではなく、国民の理想であるべきである。その意味でも、浜口は、「強ク正シク明ルキ政治」を本気で推進するつもりでいた。「正シク明ルキ政治」に機密費が要るわけがない――。

「世間ではニッコリ好意を感じたが、これでギックリと来たのは政界の裏道で機密費を食っている浪人でこの連中の間ではすこぶる評判の悪い予算編成とある」

と、その記事は書きはじめる。

ただし、機密費には機密費の役割もあった。

「天下の浪人たるものもこの寒空をひかえて小遣銭がさびしくなり『浜口内閣はケチ

で駄目だよ』とあって、これからは気前よく政界の裏道の走り使いはしてやらぬといきまいているそうである」

はげしく削れば、潤滑油の切れたような現象をも起しかねなかった。

話にならぬ、という陸軍省。

開いた口がふさがらぬ、と海軍次官。

産業の振興は急務中の急務、と迫る商工省。

農村救済に限り除外例を認めよ、という農林省等々。

各局の言い分も、もっともであった。

緊縮続きで、不景気は深刻になっていた。

多くの企業が規模を縮小し、従業員の一時帰休や整理を行うところも少なくない。

一両年ほど前までは、どこも満室で、入居するのにプレミアムまでついた丸ノ内かいわいのビル街でも、平均して二、三割は空室。この春完成した海上ビル新館は、半分もふさがらない。八割近く空室のままというビルもあった。

当時、最も恵まれていたはずの三井系の大企業でも、給与の二割カット、退職金の半減などの措置をとるところも出てきた。

十月一日行われた国勢調査の際、東京市内で確認された浮浪者数は、一千七百人。大正十四年の浮浪者調査にくらべ、五倍にふくらんでいた。

都会で職にあぶれた人々は、やむなく郷里へ帰ろうとする。だが、汽車に乗る金さえなく、東海道などの主要街道は、妻子を連れて歩いて帰る姿が目立った。

見かねて街道筋で粥《かゆ》の接待をする村もある。

戸塚警察署前の東海道を歩いて郷里に向う人数は、日に三十人。その先、藤沢の遊《ゆ》行寺《ぎょうじ》でも、どんぶり一杯の麦飯を出したが、そのほどこしを受ける人は、一日多いときに六十人。そして、境内で野宿して行くのが、毎夜三十人を数えた。

生糸の暴落などもあって、農村も不況に苦しんでいた。そこへ都会からの帰郷者を抱えこまねばならない。やむを得ず生活費まで借金するようになり、全国農家の借金総額は五十億に上ると推計された。

このため、全国から町村長たちが東京に集まり、農村負担の軽減、農家負債整理などを訴えて集会を開き、陳情デモを練った。

どこへ行っても、失業と生活苦と借金の話。これでは民政党の人気が失われる。

「何のための緊縮か」「緊縮万能を改めよ」と、党内からも反撥《はんぱつ》が出た。

浜口も井上も、こうした波にもまれ、波に耐えた。浜口は『随感録』の中で、「予算夢問答」と題して記している。

「昭和六年度予算編成の最中、余一夕五勺《しゃく》の晩酌に陶然として肱《ひぢ》掛に凭《もた》れて眠る。夢に一客あり、卒然として余が室に来り、憮《ぶ》然《ぜん》として余に告げて曰《いは》く、

不景気の結果、歳入の減少すること一億二千万円、剰余金は皆無、此《こ》の上は歳出節約の外、途《みち》あることとなし。於是乎《ここにおいてか》、大蔵大臣は各省の既定経費に向つて節約を強要すること一億五千万円、陸軍聴かず、海軍肯《うけが》はず、各省亦《また》従はず。予算編成の難きこと実に未曾有のことたり。

子、昨夏組閣以来、金解禁に、議会解散に次いで総選挙に、将又《はたまた》海軍軍縮問題に、諸般の難問題踵《きびす》を接して起り、一難未《いま》だ去らずして一難復《また》来る、寝《い》ねて席に安んぜず、食ふて味を甘しとせず、顔色憔悴《せうすい》形容枯《こ》槁《かう》す。

今復空前の予算編成難に遭ふ。心を労し思を焦《こが》す、余命幾《いくば》くもあらざらんとす、何ぞ速に印綬《いんじゆ》を解いて江渚《かうしよ》の上に漁樵《ぎよせう》し、心広く躰胖《からだゆたか》に、以て夫《そ》の天命を楽しみ、老後を養はんとはせざる」

夢の中の客人に問いかけられたという形だが、もちろん、浜口の心中を、そうした思いがかすめたのであろう。

浜口は疲れていた。出来ることなら、激職を去って、海や野を眺め、のびのびとし

た晩年を過してみたい。

しかし、浜口は、夢の中の客に向かい、自らを励ますようにしていう。

「好意多謝、余昨年七月組閣の大命を拝するや、当時心私《ひそ》かに決する所あり、身神共に君国に捧《ささ》ぐ。苟《いやし》くも上御一人の御信任のあらせ給《たま》はむ限り、総選挙の結果国民の信任の失はれざらん限り、敢《あへ》て駑鈍《どどん》に鞭《むちう》ちて自ら信ずる所を行はんのみ。安《いづく》んぞ子孫と共に一日の余生を楽しむことを願はんや」

それに続けて、浜口はまた、いかにも浜口らしい、まじめな小学生のような解答をつけ加える。

「予算難は即《すなは》ち予算難なりといふと雖《いへど》も、余を以て之を見れば、秀吉、家康が時鳥《ほととぎす》の類のみ。『鳴かざれば鳴かしてみせう時鳥』『鳴かざれば鳴く迄《まで》待たう時鳥』宜《よ》いか解《わか》つたか、努力は一切を解決す。努力の及ばざる所は時が之を解決す。鳴かしてみせようは努力なり。鳴くまで待たうは時なり」

復活要求の燃えさかる中で、一方、井上はまたいかにも井上らしい一言多い発言をした。井上はいった。

「予算をとりたければ、力で来い」

気迫を見せたのだが、各省を刺戟《しげき》した。大臣たちは当惑して、井上に訊《き》く。

「あなたは、ほんとに強いのかい」

まともに訊かれて、井上は苦笑する。

「いや、実は、ぼくは力は弱いんだよ。金と力は無かりけりの方さ」

と相手をまいておいて、しかし、だめ押しのようにつけ加えた。

「しかし、執念深いことは大蛇みたいなもんだ」

井上にしてみれば、その大蛇のような執念深さは、ただ「無い袖は振れぬ」というところから来ているのではない。無い中からも、海軍の補充計画を組まねばならず、多少の減税もしなければならない。それに、今度は、金本位制に戻っての最初の予算編成である。みだりに公債を発行することなく、それにふさわしい健全な予算を何としてでも組み上げたかった。


各省大臣も、苦境に立たされた。

彼等は、浜口内閣の国務大臣として、国全体を見る立場に在るのと同時に、行政長官として、それぞれの省の主張を代弁しなければならない。

その中で、党人派の実力者である安達《あだち》内相などは、内務省内の復活要求をおさえにかかったし、江木鉄相は井上蔵相の補佐役として、各省間の調整に走り回った。それも、一日の中に、首相訪問三度、蔵相訪問四度、陸相代理と会見二度というような忙しさであった。

このため、江木は井上にいった。

「小使役は割が悪い。車屋みたいにぐるぐる歩かされちゃ、ぼくだって、くたびれる。井上君、早く目鼻をつけてくれよ」

これに対して井上は、おとなしく感謝の言葉だけ述べる男ではない。井上は、すかさずいった。

「車屋さんもさぞ御苦労だろうが、こっちはふところが火の車だ」

予算編成に加えて、それに劣らぬ大きな問題は、海軍補充計画の扱いであった。海軍は、「ごく内輪に見積った」として、五億二千五百万円を要求。井上の内示をけわしい目で見守った。

というのも、この秋、井上はじめ大蔵省側が、

「海軍の補充計画についても、各省一般の新規要求と同一の基準で扱い、とくに優先的に認めることはしない」

と、いい出していたからである。

海軍側にとっては、心外な言い分であった。

〈国防上欠陥のあるロンドン条約を、海軍があえて承認したのは、浜口が補充計画に対して「最善ノ努力」を約束したからではないか。それをいまさら――〉

という感じである。

これに対し、大蔵省側は、

〈浜口は、無条件で「最善ノ努力」を約束したのではなく、敷奏文中にも明記したように「財政其《そ》ノ他ノ事情ヲ考慮シ」という条件付きである〉

として、その点を強調する。

その意味では、要求提出に先立って、大蔵省と海軍は対立していた。

ただ海軍側は、大蔵省のこうした言明は、膨大な補充計画を出させないよう、あらかじめ投げた牽制球《けんせいきゆう》である、と受けとった。だからこそ、財政事情をも考慮し、「ごく内輪に見積った」ものとして、必要最少限の額を要求するにとどめた。これだけは、無条件で承認して欲しい、としたのである。

緊張をはらんだ大きな対決。周囲は息をのんで見つめる形になった。

大蔵省当局も、一応、事務的対案はつくるものの、それから先は高度の政治的判断、政治的交渉の領域であるとして、大蔵大臣に一任する、ということで、省議をまとめた。

その意味では、全海軍対井上の対決といってよかった。井上は立案者であるばかりでなく、実行部隊の役割もつとめなければならない。

予算査定案に続いて、補充計画査定案が、井上から小林海軍次官に提示された。五億二千五百万円の要求に対して、査定額は三億二千五百万円。実に四割近い大削減である。

折から天皇を迎えての観艦式が神戸沖で行われており、海軍大臣も軍令部長もそちらに出かけており、予算と補充計画についての折衝は、留守居役の小林次官に任されていた。

まず、大巾《おおはば》削減の予算査定案を見て、「開いた口がふさがらぬ」といった小林だが、この補充計画査定案に、もはや口を開けて呆然《ぼうぜん》としているのではすまず、急いでその夜の夜行列車で神戸へ向かった。そして、翌日、御召艦霧島の帰港を待って、その艦上での異例の海軍首脳会談となった。

結論は、きまっていた。

この大削減に対して、海軍をあげて大反対する、というものである。

〈査定案は、奉答文の趣旨を全く無視するものであり、事態を重大化させる〉
という旨《むね》の強硬な抗議と警告をつけ加えた。

安保海相は、急遽《きゅうきょ》、帰京し、井上や浜口を相手に復活折衝に入った。
井上も浜口も、はじめはほとんど黙って海軍側の言い分を聞くばかり。折衝は、毎日のように、くり返された。

そのうち、今度は、反転して、井上や浜口が財政事情それに他省の協力ぶりなどを執拗《しつよう》に述べ立て、今度は安保が無言で聞くばかり。

ただ、海軍としても、むやみに反対だけするのではなく、十分に時局を認識し、国民負担の軽減につとめたいとして、対案の作成に入った。

そのあげく、第二次要求案として出されたのが、四億一千五百万円。
「これは、政府の立場を考慮し、とくに緊急欠くべからざる要求だけにしぼったものであり、第一次案は撤回するのではなく、財政に今後余裕の生じ次第、充足してもらう」

として、歩み寄りを示したわけである。

原案より約一億譲歩したことであり、穏健派といわれた谷口軍令部長までが、強い調子の談話を発表した。

「海軍としては、第二案が掛値のないぎりぎりのものであると思っている。……これ以上の兵力の縮小は絶対に承諾し難いことである。国防は相対的なものであるから、他の事業のようにいくらでも後年度に繰延べられるものではない。自分としては、必らず海軍の第二案が浜口首相によって承認せられ、かくして問題が円満に解決することを希望する」

と。

だが、井上は、これでも承服しなかった。重ねて財政事情を説明し、なお相当の譲歩を求める。

海軍首脳は、煮え湯をのまされる思いに耐え、緊急欠くべからざる要求の根拠をくり返し列挙する。平行して、予算査定交渉もあり、これとからみ合わせての折衝となった。

一方、陸軍省はじめ各省の予算復活要求もはげしい。最後は首相裁量にというわけで、浜口もまた渦中《かちゆう》の人となった。

首相官邸・蔵相官邸をめぐって、大臣たちの動きは、あわただしさを増した。江木鉄相などは、相変らず「車屋」になって、調停役に走り回る。

このころのことである。

一夕、浜口内閣の閣僚たちが、軍事顧問官の岡田啓介大将と同席して、食事をとったことがあった。

岡田は海軍の実力者であり、軍縮条約のときには内閣に有利な働きかけをしてくれた長老である。今度の補充計画についても、ぜひ力を貸して欲しいところであった。

「どうか、ひとつよろしく」と杯をさすべきところなのに、浜口は杯はおろか、自分からは言葉もかけない。

他の大臣たちも浜口にならって、だれも岡田の前に出て酒をすすめようとはしない。とくに話しかけるわけでもない。

浜口にしてみれば、小細工を排し、交渉は正々堂々とやればいい、というわけだが、それにしても程度問題であった。

十一月九日の深夜になって、補充計画について、ようやく井上と安保海相との間で、歩み寄りが見られた。

海軍側が二次案よりさらに譲って、三億九千四百万円。ただし財務当局は、一九三六年以降、不足兵力量の補充実現のため財源を留保しておく、というものである。

同時に、浜口が「未曾有《みぞう》」のものに感じていた予算編成難の方も、峠を越した。各大臣の努力と、「努力の及ばざる所は時が之を解決す」る形であった。

十一月十一日には、新宿御苑《ぎょえん》で観菊会が催されたが、そのあと、各大臣は首相官邸に参集した。すでに前日の臨時閣議で、予算の最終案が固まっており、この日は総仕上げというか、打ちあげのための閣議となるはずであった。

このため、陛下の食堂には、夕食時になると、ささやかな祝宴を兼ねての日本料理が用意された。

だが、閣議がはじまると、またまた、諦《あきら》め切れぬように各大臣が復活要求を蒸し返した。それも、一万円を割るような項目についてまで復活せよ、というのである。

井上は井上で、「たとえ一万円でも譲れぬ」と、つっぱねる。

閣議はもめ、延々と続いた。この間、熱いお茶が三度運ばれた。一方、食堂では、汁は冷え、刺身は黒ずんだ。

結局、閣議が終ったのは、十一時過ぎであった。

浜口、井上はじめ各大臣は、ほっとした思いで、深夜の食堂に下り、おそすぎる夕食をとった。

第十章

浜口は、久しぶりに肩の荷が下りる思いがした。

金解禁・軍縮という大事業、それに実行予算も加えるなら、わずか一年三カ月の間に四度にわたる予算編成。そのすべてがかたづいて、経済の立て直しなど長期的な課題こそあるものの、さし当っての懸案から組閣以来はじめて解放された形であった。

折から岡山で、天皇統監の下で、陸軍大演習が行われており、首相としてその陪観に出かけねばならない。それはしかし、中国路の秋色の中で、一種の静養にもなるはずであった。

十四日朝、出発を前に浜口は首相官邸で記者会見をした。

「来年度予算編成が終ったので、ようやく一息ついた。何しろ空前の財政困難で思い切った緊縮予算を作ったが、すこぶる編成難であった」

と切り出し、失業救済・労働組合法・行政整理といった今後の問題についての抱負を語った。

夫人の夏子は、この旅行に、いつもになく不安を感じた。いや、不穏な動きを伝えるうわさがあり、事実、十一月四日には短刀を持った男が官邸に忍びこもうとしたところを捕えられた。このため、首相官邸の塀《へい》に鉄条網をめぐらしたばかりでもあった。

玄関で見送るとき、夏子は浜口にいった。

「世間がだいぶ物騒なようでございますから、十分警戒をなさって、お身にまちがいのありませんように」

浜口は軽くうなずきはしたものの、

「政治家だからな。いつ、どういうことがあるか知れん。それに、いくら警戒しても、やられるときにはやられる」

あとは無言で夏子の目を見た。

〈そのときの覚悟はできているはずだ。うろたえることのないように〉

と、いつもながらに念を押す目である。

東京駅に着き、駅長室で一服してから、地下道を通ってホームへ出た。

乗るのは、午前九時発のつばめ号。鉄道省自慢の超特急列車である。

浜口はすでに一月前、観艦式陪観に神戸へ出かけた際、つばめ号を利用している。

そのときは、スピードによる事故が心配だからと、中島秘書官に保険をかけさせられたが、安全であったのはもちろん、きわめて快適な旅でもあった。このため、今度の旅では、すでに記者会見もすませたことであり、車中では新聞など読んで、ゆっくりくつろぐつもりであった。

ホームには、人が溢《あふ》れていた。同じ列車で、新任の駐ソ大使広田弘毅《こうき》が出発しようとしており、幣原《しではら》外相らが見送りに来ていた。

原敬《はらたかし》の東京駅頭での遭難があってから、首相が乗降するときには、ホームには一般客を入れないようにしていたのだが、浜口になってから、とりやめさせた。それが仇《あだ》になった。

浜口の歩いて行く前方の人垣の中から、ピストルで狙《ねら》い撃ちされた。わずか三メートルほどの距離であった。

マグネシウムでも焚《た》くような音がし、浜口は前にくずおれた。

浜口は『随感録』に書く。

「『ピシン』と云《い》ふ音がしたと思うた一刹那《せつな》、余の下腹部に異状の激動を感じた。其《そ》の激動は普通の疼痛《とうつう》と云ふべきものではなく、恰《あたか》も『ステツキ』位の物体を大きな力で下腹部に押込まれた様な感じがした。それと同時に『うむ、殺《や》つたナ』と云ふ頭の閃《ひらめ》きと『殺《や》られるには少し早いナ』と云ふことが忽焉《こつえん》として頭に浮んだ。以上の色々の感じは殆《ほとん》ど同時に起つたので、時間的の遅速《ちそく》は判《わか》らない位であつた」

「殺《や》られるには少し早い」という感じについては、浜口は自ら注釈している。

「之《これ》は決して未練ではない、『予算夢問答』に述べたやうな余の責任がまだ解除されて居ないから『まだ早いな』と云ふ感じが起つたのである。……何《いつ》れ一度は死ぬる命だ。国家の為《ため》に斃《たふ》るれば寧《むし》ろ本懐とする所だ、併《しか》し余の負うたる責任丈けは解除してからでなければ上下に対して申し訳がない。……聊《いささ》か理詰めの様ではあるが、之が『ピシン』と来た時に於《お》ける実際の機用《きよう》であつたのである。いづれ凡夫の余のことであるから『生に対する執着』が暗々裡《り》に働いて居《を》つたかも知れぬが、少くともそんな自覚は秋毫《しうがう》もなかつた」

秘書官や護衛官らが、急いで浜口を抱え上げ、駅長室に運び、ソファに寝かした。

浜口は、二、三度、「ウーン」とうめき声を上げ、歯を食いしばる。手の指は弓なりに反り返り、額には脂汗《あぶらあせ》がふき出る。

近くの鉄道病院から、医師がかけつけた。その医師が思わず、

「総理、たいへんなことに」

とつぶやくと、浜口はうすく目を開けていった。

「男子の本懐です」

苦痛ははげしかったが、意識は明瞭《めいりよう》であった。

「時間は何時だ」

などとも訊《き》いた。

浜口は、ホームからかけつけてきた幣原にも、

「男子の本懐だ」

と漏らし、

「予算閣議もかたづいたあとだから、いい」

といった。

銃弾は左下腹部にとどまり、内出血がひどく、内臓を圧迫する。医師は話を禁じた。

浜口は苦痛をまぎらすように、愛誦《あいしよう》していた「夜深同看千巌雪」の句を口ずさんだ。

周囲の人には、「千巌雪」だけが、聞きとれた。

夫人や、次男の巌根《いわね》、末娘の富士子などがかけつけると、浜口は、

「心配するな」

と、むしろ励ますようにいい、

「雄彦《かつひこ》を呼び戻すようなことはするな。あれも勤めのある身だから」

と、つけ加えた。長男雄彦は日本銀行勤務。たまたま、このときは、かつての井上と同じニューヨーク駐在の身であった。

その雄彦もすでに日本を出るとき、浜口から懇々といわれていた。

「国家のために捧げてある自分は、いつどんな非業《ひごう》の最期《さいご》を遂げるかも知れぬが、それは覚悟の前であるから、自分に万一のことがあっても、決して帰国するまでのことはない」

と。

帝大病院からも、医師団が到着した。強心剤などを打とうとすると、浜口は、

「このまま、そうっとしておいてくれ」

といった。このとき、浜口は、

「次第々々に苦悶《くもん》が増し、容体が唯《ただ》ならぬ様になるに従つて愈々《いよいよ》死を決し、最後の観念をした。最後の観念をすると同時に全く安心をしてしまつた。此の上色々面倒な手数をかける迄《まで》もなく、此処《ここ》――駅長室――で静かに平らかに眠つて其の儘《まま》死なうと考へた」*

という心境になっていた。

開腹手術を急がなければならない。

出血多量であり、動かすことは危険でもあったが、そのままでは、確実に死を待つばかりである。

とりあえず、巌根の血を採って輸血をし、医師団は協議した上で、帝大病院へ運ぶことにした。

十一時二十五分、かぶせた白布の下から蒼白《そうはく》の頬をのぞかせた浜口の体が、寝台自動車に運びこまれた。

東京駅を出るときの脈搏《みゃくはく》七十五。走っている中、危険が増した。神田橋で八十五、昌平橋《しょうへいばし》で九十五。

脈搏百を数えたとき、帝大の門が見えた。

直ちに、一時間半にわたる開腹手術が行われた。

八カ所に及ぶ小腸の傷は縫合したが、弾丸の摘出は見合わせた。

浜口の意識は断続し、

「いま、どの辺をやっていますか」

「弾丸はとれましたか」

などと訊いた。

この日、大蔵省では、全国税務署長会議が開かれ、午後には、井上蔵相が訓示をすることになっていた。

だが、首相遭難の報《しら》せが入ったため、井上は東京駅へ、さらに帝大病院へと回った。

午後には、幣原はじめ在京の大臣が首相官邸に集まり、緊急協議を行なった。

夕刻、井上はふいに税務署長たちの前に現われた。そして、改まった訓示の代りに、浜口の遭難の模様や症状などを詳しく話した。いつもの井上に似合わぬ、興奮気味の口調であった。

聞き手には意外であったが、そこに井上の友情や人間味が思いがけなくのぞいて見え、かえって感銘を与えた。

翌十五日の閣議では、とりあえず宮中席次に従って、幣原を首相代理に定めた。

さし迫った懸案がないだけに、その態勢で浜口の回復を待つ構えである。

十七日、浜口は夏子に、

「辞世になるかも知れぬ」

とことわって、一句を書きとらせた。

「秋の雲　影も残さず　消えて行く」

苦痛がはげしく、いっそそのまま昇天したいとの思いがつのった。

犯人は右翼結社の一員であったが、浜口は犯人については、何ひとつ訊こうとはしなかった。

浜口は、夏子にいった。

「自分はもはや仕方がないが、この先出てくる総理大臣のために、こんなことは決してくり返させてはならない」

後に浜口は『随感録』に書く。

「若《も》し首相としての余の存在が君国の為《ため》有害若しくは不利であるといふ確信があるならば、宜《よろ》しく正々堂々合法的の手段に依《よ》つてその目的を達すべきである。然《しか》るに事こゝに出《い》でずして、国法を犯し公安を紊《みだ》るが如《ごと》き暴挙を敢《あ》へてするは、動機の如何《いかん》に拘《かか》はらず断じて容《ゆる》すべからざる所である」

と。

安達《あだち》内相は、大演習の行幸に供奉《ぐぶ》していて、浜口遭難の報せを聞いた。

第一報は、御野立所近くの電話に鉄道次官からかかってきた。

大塚警保局長が受け、手帳用紙を割いてメモしたのを、安達に渡した。

安達は直ちに天皇の前に出て、報告しかけたところ、

「陛下は予が手にせる大塚メモを御覧にならんとし、御竜顔恐れ多くも予が前額の附近に接近遊ばされる始末であった*」

安達は、天皇からの見舞いの果物籠《かご》をお預かりし、すぐ東京へ引き返し、浜口の病室へ届けた。

その病室へは、やはり宮中から大輪の菊が届けられ、部屋中に匂《にお》った。

浜口を見舞ったあと、安達はすぐまた岡山へ引き返し、浜口からの御礼を言上するため、天皇にお目にかかった。

天皇は、安達の顔を見るなり、

「浜口はどうか」

といわれ、一命をとりとめそうである旨《むね》、申し上げると、天皇はうなずきながら、

「結構であった」

と、数回くり返された。

さらに、安達が手帳を見ながら詳しく症状を御報告しようとすると、天皇はもどかしそうに、その手帳を御自分の手にとられ、読みながら質問を続けられた。

しばらくは重態が続いた。

だが、浜口は、入院の翌日から、一日二回、三回にわたって、巌根に少しずつ口述して、覚書をとらせた。

経済の立て直しなど、為《な》すべき仕事がまだまだ残っている。そうした事項について、総理としての考えを書きとらせたもので、便箋《びんせん》十枚に及んだ。

苦痛に顔を歪《ゆが》めたりしながらの口述であった。

「痛みがひどいので、心の八分はそれにとられる。残りの二分で、ようやくこうして考えるのだ」

そういいながらも、浜口は少し気分がよくなると、すぐ新聞を読みたがった。

家族が気をきかせて、病状に差し障《さわ》りのなさそうな無難な記事ばかり拾って読むと、浜口は大いに不満であった。

結局、新聞の大小の見出しを全部読ませ、その中、気がかりな項目については、全文を読むのと変わらない詳しい説明を求めた。

さらに、少しでも症状のよいときには、浜口は朝夕刊合わせて十種類ほどの新聞をベッドの脇《わき》に置き、時間をかけて、隅から隅まで読んだ。

「それでは体に障ります」

と家族が心配しても、

「自分が新聞を読まないようになったら、それはもうだめなときだ」

と、とり合わなかった。

連日、多勢の見舞客があった。浜口は、他の患者の邪魔にならぬかと気にした。毎日やって来るが、ほとんど浜口の顔を見ることのない見舞客が居た。長年、浜口の俥《くるま》を曳《ひ》き、いまは小さな乾物屋を出している稲毛屋である。

浜口の遭難以来、稲毛屋は、朝夕、鬼子母神に平癒《へいゆ》祈願に出かけ、産みたての鶏卵やチャボの卵を届け、病院に詰めて、こまごまとした使い走りをするなど、店のことは打ちすてて、まるで親の身でも案ずるような毎日であった。

浜口の次は井上が危ない、と見られた。

井上の周辺がそう感じただけではない。朝鮮に住む未知の人から、「未曾有《みぞう》の経済国難に際し現内閣の政策使命の一切は挙げて大蔵大臣閣下の双肩《さうけん》にあり、従つて国家の興廃は実に大臣閣下の熱誠なる御努力に俟《ま》つのみ」といった書き出しからはじまる長文の手紙とともに、防弾チョッキが送られてきた。「夙《つと》に防弾衣御着用の事御進言申上度存《ぞんじをり》居候《さうら》ひしも、世評と閣下の御素志とを慮《おもんぱか》りて大臣閣下へ直接捧呈仕《つかまつ》るの好機なく徒《いたづ》らに遷延中今回浜口閣下の御遭難に会し、最早《もはや》躊躇《ちうちよ》の時にあらずと決意仕り取急ぎ調製致したる次第に御座候」とあり、「早速御着用願上候」と結んでいた。

「ありがたいことだ」

と、井上はいい、叮重《ていちよう》な礼状を認《したた》め、またその手紙は大切に保存したが、防弾チョッキはついに身に着けなかった。スタイリストの井上として、気に入らぬということもあったが、一種運命論的な諦《あきら》めもあった。

「やられるものなら、いっそ、ひと思いにやられたいな」

井上は、少しさびしそうに笑っていった。

十一月下旬、井上は関西へ旅行した。

恒例の製造貨幣試験に立会い、銀行大会などへ出席するためである。

折柄、政府としては、労働者の権利確保のため労働組合法の立案にかかっており、すでに労働側は協力しているのに、資本家側は総反対で、話し合いに代表さえ出そうとしない。こうした資本家を説得して、討議の場へ引き出すことも、「財界に顔のきく」井上の仕事であった。

それに、井上としては、さまざまな会合の場を利用し、金本位制堅持を訴えておく必要があった。政友会筋を中心に、金輸出再禁止論が出はじめていたからである。金本位制度をやめ、金保有量に関係なく通貨を増発させることで、インフレ的な刺戟《しげき》を与えよう、というのである。

この関西旅行では、さすがに身辺警護は厳重であった。

だが、井上は屈託がなかった。

造幣局視察の折には、民政党代議士が随行したが、井上は、その代議士を顎《あご》で指しながら、造幣局長にいった。

「今日は、金をつかう機械を連れて、金をこしらえる機械を見に来たよ」

と。

第五十九議会が迫っていた。

遭難直後、浜口は見舞いにきた江木鉄相に、

「みんな済んだあとだから」

と、いった。予算編成を最後に、大きな懸案がほとんどかたづいたことを意味していた。

だが、浜口入院後、別の問題が内閣の内部に生れてきた。

遭難直後、在京の閣僚で、いち早く、幣原を首相代理に推した。宮中席次が一番上という理由からであった。三度も内閣書記官長をつとめ官制に明るい江木鉄相が中心になって決めたのだが、党内から不満が出た。

幣原は、衆議院に議席を持たないだけでなく、民政党の党籍もない。そうした男が、たとえ「代理」とはいえ、民政党内閣の首班の地位につくのはおかしい——というのである。

不満は、その決定のとき留守していた安達の周辺で、とくに強かった。

安達は、幣原に欠けた条件をすべて備えているだけでなく、その政治歴や党への貢献などから、当然、首相代理になっていい。現に浜口は、「副総理格」ということで、安達を入閣させたはずだ、——というのである。

帰京した安達をめぐって、人の動きはあわただしくなった。霞《かすみ》ヶ関《せき》の内相官邸には、面会客がつめかけ、会うまでに一時間も二時間も待たされる、という有様であった。

一枚岩にひびが走った。浜口の下で、あれほど結集していた内閣に、対立が芽生える。その対立をこれ以上大きくしないためには、浜口が一日も早く首相として復帰する他はない。

それに、この内閣は、民政党内閣というより、何より浜口内閣であった。浜口の謹直な人柄、そしてその統率の下で大きな懸案を次々に解決してきた内閣である。浜口内閣だから世間はついてきているのであって、民政党の誰かが首相の代りをつとめればすむ、というものではなかった。やはり、浜口は総理の座を離れてはならない。

浜口の身に万一のことがあったり、病に耐えられず引退でもすれば、元老の意向にもよるが、政権が政友会に移る公算が大きい。そのときには、たちまち金本位制が崩され、財政膨張へとなだれこんでしまい、この一両年の努力がすべて無駄になってしまうであろう。

金解禁の総仕上げを行ない、緊縮を徹底させて、国際競争力のついた体質になるまで、やはり、浜口内閣として、がんばり抜きたかった。

一時的に首相代理を置く形はとりながらも、浜口自身が何としても健康になることが必要であった。それは、浜口自身のためだけではなく、民政党のためであり、また、国のためであった。内閣を信頼してここまで辛抱してきた国民の努力を、水泡に帰するようなことがあってはならない。

生きのびることがあっては(?)

生きのびることをふくめて、浜口はまだまだ自分がふんばらねばならぬ、と思った。

その思いをこめて、浜口は病床で一句詠《よ》んだ。

「なすことの　未《いま》だ終らず　春を待つ」

暮近くになると、浜口は少しずつ元気をとり戻した。

浜口は、死の淵《ふち》から蘇《よみがえ》り、第二の人生がはじまるのを感じた。

「あと十四、五年は生きられそうに思う」

と、側近に語ったりする。

その第二の人生を、のんびり過すつもりはない。浜口はますます思いつめる。彼の好きな言葉である「純一無雑」になろうとする。

「余は心中に祈念する、昭和五年十一月十四日朝東京駅頭に於《お》ける一発の銃声と共に六十一歳の浜口雄幸《おさち》は死んだのである。之《これ》と同時に第二の浜口雄幸なる新たなる生命が生れたのである、此《こ》の新生命は其の続く限り其の儘《まま》之を君国の為に捧げたいのである、固より朝にあると野にあるとを問はない。是《こ》れ即《すなは》ち広大無辺なる天恩に報じ奉《たてまつ》る所以《ゆゑん》であり、多数国民の真心こめたる同情に報ゆる所以であつて、其の以外に余は何等余念はないのである」（『随感録』）

天皇は浜口の身を案じられ、ほとんど毎日のように宮中から牛乳やスープを届けられた。

見舞いの手紙は、毎日、全国から数多く届く。

ある代議士が、霞ヶ浦でとれたという大きな鯉《こい》を見舞いに持ちこんだ。生き血をのむなりして精をつけてくれ、というのだが、浜口はそれを大学構内の池に放させた。自分の命を救う代りに、鯉の命を救い、学生時代見馴《みな》れた池で生き抜いてもらおうと思う。

鯉を犠牲にしなくても、すでに病室の中を歩けるようになっていた。

「ひとつ演説の稽古《けいこ》でもしてみるか」

と、照れくさそうにいいながら、テーブルに両手を突き、

「諸君！」

と、低い声でいってみる。中島秘書官をうれしそうに見て、

「どうじゃ、やれそうじゃな」

体は少し痩《や》せ、白いひげが目立ってのびていた。

「いたづらに　わがひげ生えて　春近し」

大晦日《おおみそか》には、各新聞の正月紙面用の写真撮影が病室で行われた。

金屏風《きんびょうぶ》が持ちこまれ、紅梅の鉢が置かれる。

「ベッドが撮《うつ》りはしないか」

などと、浜口は気をつかった。

浜口自身は、羽織袴《はおりはかま》姿で椅子《いす》に坐《すわ》った。その後に、妻と二人の医師が並ぶ。

「第二の浜口の産婆《さんば》であり、看護婦さんなのだから」

と、とくに浜口がたのんで、医師に加わってもらった。

「回春　浜口雄幸」

という短冊《たんざく》を添えた。

その夜、浜口は、「除夜の鐘を聞きたい」と、一眠りしたあと、起こしてもらい、形だけ年越しそばをとり、上野寛永寺《かんえいじ》などから聞える鐘の音に耳を傾けた。

それが最後の除夜になるとも知らず、あと十五年の人生へ向けて、新生の年を迎える思いを、しみじみと味わった。

正月二日の朝には、浜口は病床で仰向けになったまま、書初《かきぞ》めの筆をとった。
「子供たちにも一枚ずつやるのじゃ」
と、例年より多い色紙を書いた。
「痩《や》せ馬に　山又山や　春がすみ」
とは、前年の正月につくった句であったが、いっそう痩せた身に、その思いはつのるばかりであった。

一月十一日の日曜日は、金解禁から一周年に当るため、実業家や官僚などを集め、井上が主催して記念のゴルフ会が行われた。

当の井上は、もともと健康本位のゴルフであるため、ミス・ショット続出でスコアは百二十一。三十八人中三十八位に終った。

夜の宴席では、成績順に坐る約束だったため、井上が廊下に近い末席に神妙に坐ることになった。

一月二十二日、浜口は退院し、和服でステッキを持ち、両脇を支えられるようにして、官邸へ入った。妻の夏子が、看病疲れと風邪のため、寝台自動車を使った。

この同日、前年十二月二十四日に召集されたまま休会に入っていた第五十九議会が再開された。

冒頭、いきなり、政友会の鳩山一郎《はとやまいちろう》から、幣原の首相代理を認めない、という緊急動議が出された。

政党の総裁が国民に公約した政治を、総理になって実行する責任を持つ——というのが、憲政の常道であるのに、非党員の官僚が首相代りでは、公約もなければ、責任や能力もない。政党政治に逆行するものだとして、「浜口首相なき浜口内閣を認める事はできない」と、いい切った。

この動議は、数によって否決されたものの、波乱を思わせる幕開けであった。

攻撃の的は、幣原首相代理だけではない。五十九議会の争点となるのは、不況・失業・生活苦をどうするかという経済問題である。浜口不在のため、井上ひとりが集中砲火を浴びる成り行きであった。井上も、それを承知している。

議会再開を前に、井上は東京朝日の記者の質問に答えて、

「休会明けの議会では、ぼくが矢面に立たされるだろうよ。ハハハ……」

と笑い、

「この一年間に一番苦心されたのはどういう点でした」

と訊《き》かれると、

「そりゃ第一は各閣僚を説いて緊縮政策に合流してもらう事だった。それから第二は、例のロンドン条約が枢府《すうふ》にかかっている時、政変が来るだろうとうわさを立てられ、財界が動揺した時だった」

そこでやめておけばよいのに、井上はまた一言多くしゃべった。

「いったい財政の安否は、内閣の運命よりも大事だよ。ぼくはそう信じている」

正論ではあるが、内閣の運命こそすべてと思っている政治家たちの気持を逆《さか》なでした。

だが、井上は頓着《とんじゃく》しない。「尋常一様でない財政家」として、とにかく、これまで来た道を行きつくすまで、と思っている。

「ぼくは随分非難もされ、またこれからも攻撃されるだろうが、それは覚悟している。ぼくは内閣の安全弁さ。ぼく一人が非難されるぐらい何とも思わない」

その言葉どおり、議会で井上は攻撃の矢面に立たされた。

一月二十三日、井上はまず衆議院本会議で財政演説を行ない、これに対し政友会きっての財政通である三土《みつち》忠造《ちゆうぞう》前蔵相が論戦を挑んだ。

予算編成に関する細かな質疑は別として、主な論争点は、景気動向をどう見るか、不景気の原因をどう考えるか、というところに在った。

井上の見方を要約すると、次のようになる。

〈不景気は、金解禁の結果というより、世界恐慌《きょうこう》によるものであり、その恐慌はだれにも予測できなかった。世界の物価が低落する中で、もし日本が金解禁と緊縮により物価を引き下げていなかったら、国際収支は破滅的な赤字になっていたであろう。不景気の中で合理化に努力した企業は、生産費の切り下げのおかげで、すでに安定した立ち直りを見せている。中小企業の救済や整理促進のため特別な措置をとる他は、従来の政策路線を堅持して、何の支障もない〉

これに対し三土は、

〈不景気は、政府が金解禁の時期と方法を誤ったために起きたものであり、経済は一向に立ち直りを見せず、むしろ悪化する一方である〉

との見方であった。財政通ががっぷり四つに組んで経済問題を論じ合う、堂々たる論戦といえた。

『昭和大蔵省外史』は「この日の議会風景は実に印象的であった」として、木戸幸一日記のこの日の記述、*

「一月二十三日（金）晴

午後、衆議院本会議を傍聴した。三土忠造氏と井上大蔵大臣の財政経済の論戦は流石《さすが》に面白く聴いた」

を引用しながら、そのやりとりを描写し、「事実この日の論戦は、記録に値するものであった」と特記している。

井上の演説に対し、野党席からはしきりにやじがとんだだけでなく、数人の政友会代議士は議壇をとり巻いて怒号し続け、議長による制止、さらに懲罰問題にまで発展したが、井上は終始感情をおさえ、やじも怒号も一切耳に入らぬかのように、淡々としゃべり続けた。

質疑に入ってからは、両者のやりとりもはげしくなった。

たとえば、三土が、

「金が無いからどうにも仕事をしないというなら、大蔵大臣はだれにでもできる」

ときめつければ、井上はすかさず、

「公債を発行する、借金はする、剰余金はつかってしまうというような大蔵大臣なら、お安いことだ」

と斬《き》り返すなど、周囲を沸かせる応酬となった。

議会の様子を伝える新聞を、浜口は毎日、丹念に読み、ときには憤慨して身をふるわせたりしていたが、野党の攻勢は、やがてその浜口を議会へ狩り出すことになった。首相代理問題がくすぶったあげく、やはり首相が登院しない限り、予算などについて正常な審議ができないとする空気が強くなり、このころ、少しばかり体調のよくなっていた浜口も、責任を感じて登院の意向を示した。

それも、いかにも浜口らしく、会期終了前にちょっと儀礼的に顔を出すというのでは気が済まず、浜口にいわせれば「意義のある時期」つまり、少くとも予算の審議期間内に登院する、というのである。

予算審議の期限は、三月上旬である。

このため、幣原首相代理は、二月十九日、本会議で約束した。

「首相は現在は遺憾ながら登院できませんが、意外な変化のない限り、三月上旬中に登院できると存じます」

これより先、すでに浜口は登院準備をはじめていた。室内を歩くことからはじめ、次に廊下へ出、さらに廊下から庭へ足をのばす。あるときは背広姿で。寒さのきびしい日には、二重回しにマスクをつけて。さらに、階段の上り下りも、やってみる。まるで歩きはじめの幼児同然、手すりを伝いながら、ときどき、よろめいたり、ふらついたり。

見ていて痛々しいほどであったが、それが神聖な義務ででもあるかのように、浜口はかたい表情で黙々と練習を続けた。

だが、皮肉にも、登院を約束して三日ほどしてから、浜口の症状が悪化しはじめた。はげしい腹痛がはじまり、便秘が続く。下剤をかけたところ、今度は下痢になった。下剤の量が過ぎたかと思われたが、そうではなく、それから後は、便秘と下痢に交互に襲われる。

食欲はすっかりなくなり、わずかな果汁と水しか、のどを通らぬようになった。十五貫にまで回復していた体が、みるみる憔悴《しょうすい》しはじめる。

左側肋骨《ろっこつ》の下部に、かたいしこりができた。

後に判《わか》ったのだが、放線菌が脾臓《ひぞう》付近で異常増殖して硬結をつくり、これが胃の底部を圧迫し、腸を狭窄《きょうさく》していたのであった。

もともと不眠症気味だった浜口は、痛みのため、さらに眠れなくなる。

数種類の睡眠薬を使っても効かなくなり、毎日、三、四時間まどろむばかり。自力では床の上に起き上れぬほど、衰弱してしまった。

古い友人が見舞に来て、浜口を励ます気持から、

「もっと弱っていると思ったら、案外、元気そうじゃないか」

というと、浜口は弱々しく首を横に振り、

「顔だけ見ると、そう見えるかも知れんが、首から下はまるで骸骨《がいこつ》だよ」＊

と、打ち明けた。

別れぎわ、友人は、ふとんの下の浜口の手をにぎり、その手が大げさにいうなら、針金のように細く冷たいのに愕然《がくぜん》とする。

日が経《た》ち、無情にも、登院の期限が迫ってきた。

閣僚や党幹部が入れ代り官邸を訪れ、浜口の衰弱ぶりにおどろく。そして相談の末、浜口に登院を見合わせるようすすめた。

登院の約束には、「意外な変化のない限り」との前提があり、この容態の悪化は意外な変化に他ならない、と浜口に説いた。

だが、浜口は、「断乎《だんこ》、登院する」といって、きかない。

「議会で約束したことは、国民に約束したことだ。出るといって出ないのでは、国民をあざむく。宰相たるものが嘘《うそ》をつくというのでは、国民はいったい何を信頼すれば

いいのか。事情はどうあろうと、自分はいいわけなどしないで、約束どおり登院する」

家族はもちろん、医師たちも登院には絶対反対であった。「命を保障できません」といった。

すると、浜口は怒気を帯びて、

「命にかかわるなら、約束を破っていいというのか。自分は死んでもいい。議政壇上で死ぬとしても、責任を全うしたい。自分が決心して安心立命を得ようとするのを、妨げないでくれ！」

悲劇的な形での「無量の蛮性」の爆発である。

浜口がそこまで思いつめたのでは、もはや、だれにもとめようがなかった。

三月九日、浜口は久しぶりに正装した姿を、官邸玄関に見せた。

背筋をのばしてはいるが、頬はそげ落ち、顔面は蒼白《そうはく》で、立っているのがふしぎなほどであった。

医師と秘書官とで両脇《わき》をはさんで車に乗せ、宮中へ。

皇居では、浜口のために、とくに侍従用の出入口から参内を許された。

天皇からは毎日のようにお見舞を頂いている。浜口は御礼を言上し、さらに大宮御所に回って、帰った。

官邸では、記者団が待ち受けていた。

側近は、急いで浜口を奥へ連れこもうとしたが、浜口は廊下の途中で立ち止まり、低い声で、

「みなさんにたいへん御心配をかけて済みませんでした。いよいよ健康を回復しましたので、明日からの議会に出ることになりました。何分とも、よろしくおねがいいたします」

といって、頭を下げた。

病人同然なのだが、そういわれてみると、記者たちとしてはつい、

「御回復おめでとうございます」

と、いわざるを得ない。

浜口はつぶやくように、

「ありがとう」

と、二度三度いったあと、力をふりしぼり、

「今日参殿して歩いてみて、確信を得ました。もう大丈夫です」

記者たちには、もう言葉がなかった。

拍手が湧《わ》き、ひろがった。ついに、一人が、「万歳！」と叫ぶ。

官邸の廊下に、記者たちの時ならぬ「万歳」の声がこだました。

だが、奥へ入ると、浜口はそのまま病床に倒れこみ、翌朝まで起き上れなかった。

翌日は約束の登院日であるが、消耗はひどく、夏子夫人は登院に反対である。

浜口は末娘の富士子に助けられて、病床から起き上った。

浜口は、富士子にたのんだ。

「おまえから先生におねがいして、痛みどめと強心剤の注射を打ってもらってくれ」

浜口は、午後一時半登院。休憩室で遭難後はじめての閣議を持った。

午後二時五分、衆議院本会議場に入る。

体内に弾丸の入ったままの宰相を迎え、議員たちは総立ちで、はげしい拍手を送った。

浜口は、大臣席に着いてからも、けんめいに背をのばし、ついで、演壇に立って、挨拶《あいさつ》した。

「諸君、私不慮の遭難のため時局多事の折柄数カ月の間、国務を離るるのやむなきに至りました。今日まで諸君と相見《あいまみ》えてともに国事を議することの能《あた》わなかったことは、私のすこぶる遺憾とするところであります。以来健康も次第に回復をいたし、昨日をもって幣原首相臨時代理の任を解かれ、同時に私自ら総理大臣の職務に当ることとなったのであります。ここに御報告かたがた特に一言申し上げる次第であります」

続いて政友会の犬養《いぬかい》総裁が、政敵の立場を離れ、心のこもったいたわりの言葉を述べた。

「私は総理大臣に対して一言の御慰労を申しあげたい。昨年不慮の御遭難以来長い間病牀《びょうしょう》にあられて御無聊《ぶりょう》の有様は実に御同情に耐えません。ひそかに痛心いたしておりましたが、幸いに健康を回復せられて今日ここに御出席なされて、自ら国事に当られるということに接しまして、私ども実に欣快《きんかい》の意を呈し謹しんで御慰労申し上げます。健康をこの上御回復せられんことを祈ります」

ふたたび拍手の嵐の中を、浜口は退場した。

それだけのことであったが、やはり浜口の身にはこたえた。

帰る途中、浜口は、

「今日はいちばん気持がさわやかだ」

といったあと、苦痛に顔を歪《ゆが》めてつぶやいた。

「あのとき、いっそ一思いにやられた方がよかった」

官邸に着き、椅子《いす》に坐《すわ》ると、浜口はがくんと首を前にのめらせ、家族があわてて床につかせた。

それでも浜口は、次の日も断乎登院する、という。

早春なので、まだまだ厚着の季節。おかげで、浜口の「骸骨のような体」をかくしてはいるが、しかし、それだけに衣服が体に重い。せめて靴だけは軽くしようと、その夜は女たちが徹夜して、黒い布で靴をつくった。

三月十一日。

浜口は登院し、貴族院本会議での挨拶。

口調は前日よりはっきりしてきたものの、見るからに痛々しく、浜口の姿が消えると、議場のあちこちで、ため息が漏れた。

このあと、浜口は引続いて衆議院予算総会に出席。予算案の通過に対する感謝と、今後の審議への協力を求める挨拶をした。

ついで、政友会の島田俊雄《としお》代議士が質問に立った。

島田は、

「浜口首相が全快されて出席されたことを、よろこぶものであるが」

と、ことわったあと、首相代理の法理的根拠について、軍縮問題について、不景気問題について等々、多くの質問を列挙して、

「これらについては、ぜひ首相の言明を承りたいが、お見受けするところ健康はまだ十分でないようである。首相は果して議会の質問応答に堪え得るかどうか」

と浜口の顔を見、

「かかる健康状態で議会に臨まれることは、野党としては甚《はなは》だ迷惑至極である」

と、いい切った。

浜口は、立ち上れない。政友会席からは、

「首相、答弁せよ！」

という声がとんだ。だが、出席したことが「迷惑至極」ときめつけられて、何という答弁をすればよいものか。

島田が見かねたように、重ねて発言を求めていった。

「私は挨拶を述べたのであって、強いて答弁を求めたものではないから、とくと考慮されたい」

こうして浜口は、一時間後、予算総会から解放された。

浜口が「全快」どころか、衰弱しきった病軀《びょうく》であることは、だれの目にも明らかであった。

そうした浜口を登院させるのは、あまりにも残酷であり、人道問題だという声が、強まった。浜口自身も、「迷惑至極」とまできめつけられたことが、身にこたえた。

閣僚と与党幹部、それに医師団も加わって協議し、とりあえず翌十二日は、貴族院本会議は休みであり、衆議院でも浜口の答弁を必要とする問題がないという理由で、浜口を休養させることにした。

すると新聞には、

「僅《わず》か二日で、早くも休養」

と書き立てられた。

浜口は、また登院する。

とくに十八日には、鳩山一郎、大口喜六といった論客から、首相代理問題について、財政問題について、きびしい質問にさらされた。

浜口は、仮死状態の人のように、ほとんど身動きもせず聞いている。そのあと、鼻をかんだハンケチをズボンのポケットから垂らしながら、よろけるようにして、演壇に向かう。

新聞は伝える。*

「答弁は一回は一回毎《ごと》にかすれて力なく『聞えないぞ』など野次がとぶ。しかし壇上の首相はかすれ声をはげまして右手を肩の高さまであげ例のゼスチュアで答える。首相の必死の奮闘に引かえ、各大臣は案外暇だが、財政問題の時にはさすがに井上蔵相だけは心配気で口をすぼめて文鳥の口ばしの様にとがらせながら浜口さんを見守っている」

財政問題については、井上が手早くメモを書いて、浜口に渡したこともあった。

井上は、はらはらして、この盟友を見守った。

この日おそく帰宅した井上は、大きなため息をつき、家人にいった。

「あんな気の毒なことをするもんじゃない」

と。

浜口は再三再四答弁に立った。

拍手で迎えた日とはちがい、野党席からは、はげしい野次がとぶ。

声こそかすれて弱々しいが、浜口は質問には真向から答えた。東京朝日は、後に

「議会を顧みて」の特集の中で書く。

「鳩山君、大口君の質問に対する浜口首相の答弁は『病み疲れてもさすがは浜口』と思わしめた*」

と。

浜口が本会議場に入ったのが、午後二時四十七分。議長が休憩を宣したのが、五時二十五分。二時間四十分近い苦行であった。

浜口は、本会議場に近い首相休憩室に入った。事務局室のひとつを、臨時に用立てたものである。

夏子夫人が詰めた魔法壜《びん》のお茶は、それまでにすっかりのみ干していた。

議事進行についての各派交渉会が開かれた。

野党各派が、なお首相への質疑続行を求めるのに対し、民政党側は、

〈質問内容は、いずれもこれまで首相代理や各閣僚が繰り返し答弁したことばかりであり、この上、首相を引き出すのは、首相を疲労困憊《こんぱい》させ、再起不能に陥らしめようとの政略に他ならない。首相自身にはなお出席の気持はあるが、そうした意図に乗ぜられるわけには行かない〉

と、つっぱねた。

このため、各派交渉会は一向にまとまらない。浜口は二時間半も休憩室で待機したあげく、閣僚や党幹部に説得され、官邸へ引き揚げた。

本会議は、九時三十五分再開された。

だが、政友会系議員が議長席や演壇をとり巻き、怒号とともに、

「浜口を出せ！」

の声がとび、ほとんど議事に入ることもできず、散会となった。

官邸にたどりついた浜口は、あえぐようにいった。

「今日は気力だけで行ってきた。それにしても、われながら、よくも帰って来れたものだ」

と。

第十一章

第五十九議会は、三月二十七日で終了した。

政府提出法案七十二件は、すべて衆議院を通過したが、その中、進歩的法案と見られた労働組合法案・小作法案については審議未了、婦人公民権法案は否決という形で、いずれも貴族院において葬《ほうむ》られた。

貴族院が、かねて民政党に対して冷淡で、とくに革新的な動きに対して警戒的であった、というだけではない。これら諸法案を準備した内務省と安達《あだち》内相らの積極派に対し、江木《えぎ》や宇垣《うがき》らの閣僚が消極的であり、この政府部内の対立が貴族院への働きかけを弱めたためとの見方もあり、一枚岩に走ったひびが、なお深くなった感じであった。

とはいっても、もはや、浜口が乗り出すことは不可能であった。

症状が急速に悪化した浜口は、四月四日夜、帝大病院に再入院、深夜の一時から二度目の開腹手術を行ない、結腸の一部を切り、人工肛門《こうもん》をつくった。

だが、それでも容態は好転せず、九日夜十一時さらに三度目の開腹手術を行ない、銃創の化膿《かのう》からはじまった硬結を切開した。

衰弱した身を切り刻まれる形である。

「紅葉より　桜に続く　あらしかな」

このころの浜口の句である。

閣僚間には、

〈議会を乗り切ったことであり、なお浜口に望みを託し、一種の静観主義で内閣の延命をはかろう〉

という声も多かったが、このとき、浜口辞任を強く主張したのが、他ならぬ井上であった。

『木戸幸一日記』によれば、井上の主張の根拠はこうである。*

「内閣に中心なくしては難事業たる整理問題を実行するは不可能」

「財界方面より見て此上政局の不安を継続することの不可」

正論であると同時に、いかにも実際家らしいクールな判断でもあった。

それに、井上は、この時点において、元老筋が浜口内閣の財政や外交路線の持続を望んでおり、大命がふたたび民政党に降下するのは確実、という感触を得ていた。さらにいうなら、大命再降下は、井上財政への信頼あってのことである。余人が代ることのできぬ尋常一様でない財政家として、なお手腕をふるうよう期待されている、との強い自信が井上にはあった。

浜口を無理にひきずり下すのではない。それは、むしろ、盟友のために最善の道を用意してやることである。いま浜口にいちばん望ましいのは、静養専一の生活である。これ以上、苦痛を味わわせてはならず、心おきなく治療できるよう、一日も早く国事から解放してやるべきである。

その一方で、井上が浜口と組んで進めてきた金解禁・緊縮路線の総仕上げをする。それが浜口への何よりの見舞いとなるはずである――。

後任総裁決定までには、一波瀾《はらん》あった。

党内には、総裁は現役の衆議院議員であるべきだとし、少壮派を中心にして安達を擁立しようとする動きがあり、一方、江木、幣原《しではら》らは、若槻《わかつき》または山本といった長老を推した。これに対し若槻は、

「以前の経験から、首相には最も不適任だということを、自分はだれよりもよく知っ

ているから、絶対にお断りする」

と公言したため、安達派は勢いを得たのだが、党内には、安達による内閣改造や総選挙を心配する空気も濃く、若槻への未練が絶てない。

結局、江木と安達が、若槻に総裁就任を依頼する。若槻は断るだろうから、その上で、安達が総裁に就任すれば納得が行く、というわけで、二人で若槻を訪問したところ、意外にも若槻が引き受けてしまい、安達派の夢は砕かれた。安達が江木の策にのせられたのではないか、というのが、当時の新聞の見方だが、『安達謙蔵《あだちけんぞう》自叙伝』では、安達自身は若槻の推戴《すいたい》を本気で考えていたとし、

「若槻は予に対し多少気兼ねの模様であったが、江木が頻《しきり》に予に対して、若槻を勧誘して呉《く》れよ、君熱心に勧告すれば若槻は必ず決心すべし、と主張するのである。そこで予は江木を同伴して若槻の私邸を訪《おとな》い、出馬を慫慂《しょうよう》して遂《つい》に承諾せしめ、直ちに手続を完了して之《これ》を発表した」*

と述べている。

いずれにせよ、若槻は不出馬声明を取り消した。この翻意の事情についての若槻自身の説明は、こうである。

浜口に電報で呼ばれて、若槻が病院へ行くと、浜口は起き上って話そうとする。そ

れをとめて、仰向けになったままの浜口から若槻は話を聞いた。

浜口は若槻に後継総裁になって欲しい旨、「一句々々、息をついで」話し、「切々たる熱意をこめて」たのむ。

若槻が、「とても自分には出来ん」と断ると、

「浜口は、蒲団《ふとん》の中から手を出して、親指と人差指で丸を作って、『これだろう』と言った。つまり金がなくて、戦《いく》さが出来ん、総裁が勤まらんというのだろうという意味を二本の指で現わしたのである。党員はかねがね私を、金の出来ない総裁だと言っていたし、浜口もそれをよく知っていた。事実私は金の出来ない総裁であった。金を作ろうと思えば、出来ないことはないと思うが、私は、それを敢《あえ》てしないことを、むしろ窃《ひそ》かに誇りとしていたのだ。恐らくは浜口も、私の断る理由を予期していたのだろう。彼は重ねて『それなら、何とでも出来るものだよ』と言った。そういう彼は、物を言うのもいかにも苦しげな様子で、私は長く話すに忍びなかった。それで私は『何とか君の安心するように取計ろうから、あまり心配せんで養生したまえ』と言って病院を出た」*

重病人の浜口の熱意に負けた形である。

若槻はその足で山本達雄を訪ねて、総裁就任をたのんだが、断わられた。

困惑して家へ帰ってみると、

「門前に新聞社の自動車が十何台も並んでいる。応接間には、新聞記者が多勢詰めかけて、わあわあいっている。そこへ江木翼《えぎたすく》と安達謙蔵が訪ねて来て、どうしても私に引受けろという。山本は出ず、外に誰といって見当はつかない。浜口には安心せよと云《い》った。どうにも仕様がない。とうとうそれでは引受けようということになり」

というのである。

こうしたごたごたに各閣僚とも、さまざまな形で巻きこまれたが、井上は若槻は推しはしたものの超然としていた。

首相にだれがなるにせよ、蔵相は井上以外にない、との自信がある。それに、馴《な》れない政界の動きにかかわりたくはない。

井上がむしろ気にしたのは、総裁就任に当っての若槻の談話の一節である。

「党の政策が全然一変するという事はないわけだが、二年前に決定した政策を今日においてもそのままに行おうとは考えない。二年前に政策を決める時には、たれも今日のような状態の起るということは予期していなかった。この新しく起った事情に応ずるような政治を行うことが、もっとも必要である。政治は流れに応じて行うのが大切であって、二年前に定めた政策をそのまま今日行ったのでは、国民は迷惑することになる」

多くの閣僚が留任する形で、四月十四日、第二次若槻内閣は発足したが、閣議後の首相声明の中でも、若槻は、

「政治は活物《いきもの》であります。……情勢に順応して適切に施設して行かなければならぬと考えています」

と述べた。すでに、世間には、新内閣によって景気振興的な方向への経済政策の転換が行われるとの観測が流れていた。それをさらに裏書きするような首相声明ととれる。

他の閣僚はともかく、井上としては、その職責からも、またその気性からも、黙っては居《お》れない。若槻に負けじと、その日、早速、記者団に語った。

「首相の声明中に政治は活物であるから大勢に順応するという言葉があるが、もしこの言葉を政策転換とか景気回復策とかに解釈するならば、それは誤りであり、首相の真意ではないと思う。この世界的不景気に対して日本だけが人為策を施して見たところで、決して予期した効果が得られないばかりでなく、むしろ将来に悪結果を残すこととなる。……日本および海外の財界の現状は、この際、つけ景気などをすべき時で

は絶対にないと思う。とにかく日本の経済界としては、順調な推移を続けているのであるから、海外の事情さえ好転すれば、それに適応するだけの準備は我国においてだいたいできていると思う」

若槻の発言を補足するという形をとりながらも、若槻の言葉尻《じり》をとらえ、これまでどおりの路線の継続と、強気の見通しをうたったのである。

一種の牽制球《けんせいきゆう》ではあったが、しかし、ただ言葉の上のことだけではない。井上にしてみれば、「考えられるすべての問題を考えた末に決意した」金解禁であり、緊縮政策である。いまや、浜口と同様、いや浜口の分も含めて、「断乎《だんこ》として」やり抜くつもりであり、「毛頭」譲る気はなかった。

その証拠に、井上は、甘い新政策を期待している世間に向かって、新内閣の発足早々、経済政策の第一弾として、在来の緊縮路線をさらに徹底させる方策を、あえてぶつけることにした。

そして、それが新聞に漏れると、世間は驚愕《きようがく》した。官吏一割減俸案を実施する、というのである。新政策どころか、官吏たちには、すでに雲散霧消したと思っていた悪夢の再来であった。

五月二日夜十時すぎ、三河台の井上の私邸で、大音響とともに爆発が起り、冠木門《かぶきもん》脇《わき》の物置が爆破された。

これとは別に、五月六日には、抜き身の短刀が、井上の邸《やしき》に送られてきた。

爆破事件の犯人は、半月後、逮捕された。井上が生活苦の責任者であると思い、ダイナマイトを仕掛けたというのだが、さらに、この犯人と共謀の嫌疑で、一人の陸軍中尉《ちゆうい》が浮かび上り、取調べを受けた。

だが、この中尉は、取調べ後、割腹自殺を遂げてしまい、背後関係もつかめぬままに、不気味な幕切れとなった。

爆弾事件当夜は、たまたま週末のことでもあり、井上は御殿場に居て、この報《しら》せを聞いた。

井上はつぶやいた。

「狙《ねら》われるのは、覚悟していた。国民ににがい薬をのませるのだから、反感を買うわけだ。チェコスロバキヤでも、金解禁で大蔵大臣が殺《や》られた」

そして、このころから井上は、色紙をたのまれると、まるで自分に言い聞かせるかのように、明の志士夏桂州の詩を書いた。

「臨危守節心無改

忍死捐生志不移
（危うきに臨みて節を守り
心改むる無し
死を忍び生を捐《す》て
志移さず）」
ただ、井上は、これとは別の文句を書くこともあった。
「柔則存
剛則折」
柔軟であれば、存《なが》らえることができる。だが強硬路線を突っ走れば、突然の挫折《ざせつ》、おそらく死が来る——。その意味では、井上は、先行き自分の身がどうなるか、予感していた。それを承知の上で、しかもなお節を守り、剛を通そうとする。
悪夢—減俸案—の再来に対して、世間は騒然とした。前回に劣らぬはげしい反対運動が起る。新聞は、減俸反対の動きを伝える記事で、ふたたび埋め尽くされる。
紙面（東京朝日）の大見出しの中から、いくつか拾い上げて、その推移を追うと、
「官吏の減俸反対運動深刻化

本省側に誠意なくば
最後の手段は怠業
裁判官側益々《ますます》強硬」（五月二十日）
「聯合《れんがふ》教員会も起《た》つ
首相にねぢ込む」（五月二十一日）
「逓信省《ていしんしやう》も呼応
反対決議文を提出」
「『僕等』が『おれ達』に
鉄道省の闘争《とうさう》気分
鉄相らうばいの色」

減俸の試案として、前回案を多少緩和し手直ししたとはいうものの、官吏が率先垂範するという精神から、「下級上級を通じてやる」べきだとして、月給五十円以上から適用と、その範囲をひろげたため、該当者数の多い鉄道省が、反対運動の中心となった。そして、

「減俸反対運動白熱化す
鉄道省の運動激化

行く所まで行く」
「全地方局から電報
二千通を突破す」
「減俸中止の意見書
けふ提出に決定す
廿万《にじふまん》職員代表の名で鉄相に」
「全裁判官結束堅く
法理論で反対へ直進」
「現業員押かけて
鉄相と膝詰《ひざづめ》談判」（五月二十三日）
これに対して、政府与党側の反応はどうか。
「怖気《おぢけ》づいた与党
政府に反省を促す」（五月二十日）
「騒然たる物情に
政府たじろぐ」
「若槻首相

事態を憂慮」（五月二十一日）

一方、枢密院《すうみついん》、貴族院などは、「またしても——」というににがにがしい思い。ついでに、好ましからざる民政党内閣の崩壊を期待する姿勢である。

「愚劣な案に

現内閣の運命を知る

枢府の反対論」（五月二十三日）

江木鉄道大臣をはじめとする閣僚たちの動きはあわただしくなり、井上を訪ね、あるいは井上を首相官邸などに呼び、昼も夜も協議が続く。

だが、井上は一歩も退《ひ》かぬ構えである。

党内からも、閣内からも、井上は攻撃の的になる。もっとも、安達内相などは、「減俸断行を鞭撻《べんたつ》する手紙が、全国から、毎日机に山積みになるほど来ている」と、減俸支持を変えない。

井上は、どこへ行っても、人に囲まれた。

質問され、詰め寄られる。三河台の私邸にも、陳情と称する集団が押しかけた。

「警視庁緊張

徹夜物々しい活動」（五月二十三日）

という空気である。

警備当局は、浜口遭難の二の舞を恐れた。このため、井上、江木、安達の三大臣に限って、とくに護衛を増やすことにし、外出のときには、助手台に一人、オートバイで二人、連絡係として一人と、都合四人の護衛がつくことになった。このため、「護衛だけは一応総理大臣なみの待遇」と、からかわれた。

井上は強硬である。

前回は、金解禁直前というタイミングの悪さから、あえて引っこめた。だが、今回は譲るべき理由がない。

反対論には一切、耳をふさぎ、六月一日より実施のプログラムを組む。

それまでは、騒ぐ者は騒げ、といった構えであった。

若槻は、財政は井上に一任し、浜口内閣の路線を踏襲することにしている。その井上に、そこまで踏んばられては、若槻としても、肚《はら》をくくらざるを得ない。

新聞は、各省減俸案への反応を伝える。

「外務省—軟弱ならぬ厳重抗議」

「大蔵省—お膝下から反対ののろし」

「内務省―裏面の不平深刻」
「商工省―経済政策として非常な拙策」
…………

そして、
「反減俸運動決河の勢ひ
地方代表続々上京
鉄道省空前の騒ぎ
局課長も総辞職の決意」（五月二十四日）
「減俸は極めて不合理
財源獲得の途他にあり
会計検査院で指摘す」
と、前回同様、官庁の中から、井上の足をすくう動きも出てきた。
「国有鉄道今や
未曾有《みぞう》の危機到《いた》る」（五月二十五日）
「鉄相と局課長の
会見遂に決裂す

全省職員辞表提出」

「各省も呼応す」

これに対して、若槻首相は、二十五日朝、井上らに会ったあと、

「今回の減俸案は、現内閣が国家の大局から見て最善なりとの確信の下に遂行を期している政策であるから、断乎《だんこ》として強行する」

との声明を発表した。その一方では、台風の目である鉄道省で、江木がさらに交渉を続けたあげく、

〈一、賞与など諸手当は減額しない
二、退職賜金《しきん》の永久制を確認する（職務の特殊性ということもあって、鉄道官吏の退職金は他省にくらべて優遇されており、このため大蔵省では、毎年年度限りとして予算に退職賜金を計上していたが、今後は永久に予算に計上しようというもの）
三、自然減員以外の人員整理はしない〉
との条件で軟化させ、大臣一任をとりつけた。

反対運動の中心勢力が、こうして、おさえこまれた。

これによって、逓信省などは、「してやられた」と硬化する。人情大臣の名もある

「又さん」こと小泉逓相も苦境に立たされ、

「よろしい。我輩《わがはい》にも考えがある。こんなに踏みつけるような態度に出られた以上、今後は我輩も諸君の味方だ」

といきまき、若槻を訪ねて詰め寄った。

こうしたこともあって、最終案決定のための二十六日の閣議はもめ、七時間にも及んだが、最後は、〈月給百円以上、最低率三分〉などと若干手直しした上で、減俸案を決定。若槻は、

「減俸は実に今日の一般国民生活の苦悩に対し、官吏も又その犠牲を分担して難局の打開に努力するのやむなき事情であることを認めたからであります……」

からはじまる政府声明書を発表した。

減俸は、こうして勅令として二十八日公布され、六月一日より実施された。

「怒つても泣いても
遂《つひ》に来た減俸！」（五月二十八日）

「『泣く子と——
井上さんには』と

あきらめた逓信省」
『仕事の方も
一割減らすさ』
ヤケ気味の鉄道省」(六月二日)

このころ、浜口は、病院で小康を得ていた。

病床で、浜口は毎日、丹念に新聞を読んだ。高知の新聞までとり寄せ、ときどきは、妻の夏子と故郷の話をした。他に読むのは、軽くていいというので、漢詩の本ぐらい。

新聞は、昔から、浜口の愛読書ともいえたし、新聞の役割を高く評価してもいた。

普通選挙が話題になったころ、時期尚早論を唱えるひとが居ると、浜口はこわい顔をしていった。

「大衆をばかにしてはいかん。彼等はみんな新聞をよく読んで勉強している。しっかりした考えを持っているんだよ」

家族、とりわけ息子たちには、早くから新聞を精読するようにしつけた。

長男の雄彦《かつひこ》がまだ学生のころ、

「お早うございます」

というが早いか、

「昨日の円相場はどうなったか、知ってるか」

などと、まるで試験官のような質問をしたりした。

その雄彦が、ニューヨーク駐在を終り、日本銀行本店へ戻ってきた。勤務が終ったあと、毎日のように病院へ見舞いに来る。

浜口は、雄彦から、ニューヨークの話、アメリカの話を、あれこれと、飽きもせず聞き続けた。ついに一度も海外に出ることのなかった浜口は、雄彦の話の中で、洋行の夢を見ようとしているかのようであった。

「男はむやみに笑顔を見せるべきではない」という考えの浜口は、息子たちに対してきびしく、また口数も少なくて、とっつきにくい感じの父親であったのだが、病室ではじめて別の顔を見せた。

その点では、娘たち、とくに末娘の富士子に対しては、屈託なく心を開いた父親であった。

富士子がまだ五、六歳のころ、浜口がまじめな顔で、

「フーちゃん、お寺の鐘食べようよ」

と声をかける。

とまどっていると、浜口は笑って、

「ごわん、ごわん……。ごはんだよ」

と、からかったりした。

浜口は絵が好きで、首相になってからも、文展などへ富士子を連れて出かけた。午《うま》歳《どし》生れということもあって、とりわけ黒い馬の絵が好きである。

あるとき、馬の足の動きを変わった風に描いている絵があった。

首相官邸に帰ってから、その足の描き方について、父娘《おやこ》で議論し、ついには、宰相浜口は馬のまねをし、四つんばいになって床の上をはい回り、

「なるほど、こういうのか。ああ、おもしろい」

と、大笑いしたこともあった。

女子大で講演したのも、娘の縁からであったが、浜口は、

「女子の教育は大切だ。おかげで、お母さんは政治がわかってくれるし、それに、母の膝の上で育てる三年が人間をつくる、というからね」

と、富士子にいった。

妻の夏子は夏子で、

「えっ」

「すべて、お父さんのいうとおりにしてきて、まちがいなかった」

と、よく娘たちにいった。

夏子は、気丈なところがあり、このころは、浜口が面会謝絶のため、見舞客の応対を一手に引き受ける形であった。そうしたこともあって、浜口は、

「傍《そば》に居てくれよ、ネ」

と、富士子に甘えた。それは、三十九歳のとき生れた末娘との残り少ない人生の時間を惜しむかのようでもあった。


減俸を決行した井上は、今度は、省の統廃合を中心とする行政整理に取り組んだ。

これも、政府が率先垂範して効率化をはかり、緊縮の総仕上げをしようとするものだが、一方では、井上には、西欧的な自由経済社会へ少しでも日本を近づけよう、というかねての思いも働いていた。民主的な社会では、安上りの政府《チープ・ガバメント》が理想である。

このころ東京朝日では、政財界や学界の大物を集め、「行財政整理座談会」なる大型企画を連載していたが、その中で、美濃部達吉《みのべたつきち》が、やはり、同じような考え方から、

「内閣は五人ぐらいの合議体にするのがよく、たとえば文部省などは廃止するか、内務省の一局にすべきである」

などと強調したのを受けて、井上はいう。

「政府が余り余計な事に手を出して干渉し過ぎた弊害が、日本の政府の遣《や》り方には可なり認められるだろうと思うのであります。……イギリス流のごく簡単な政治がよいと思う。文部大臣がここに居《お》られるので、文部省を内務省の一局とするような事が善いか悪いか述べられませんけれども（笑声）……美濃部さんの仰《おつ》しゃる事が参考になる事が多いと、私は思います」

と。

めざすは、「イギリス流のごく簡単な政治」――その意味では、井上はすでに専門家《テクノクラート》の域を越え、政治家《ステイツマン》への道を歩きはじめていた。

政治家《ステイツマン》には政治家《ステイツマン》にふさわしい断乎たる意志と、節を守ってたじろがない勇気が要る。このところ、すっかり肚《はら》がすわってきた井上。その念頭には、尊敬してきたリンカーンやウィルソンのことが、ちらついていたのかも知れない。

農林・商工の両省を合併して、産業省とする。拓務省を廃止して、内閣の一局とする――というのが、行政整理の眼目であった。

国務大臣の数も、二人減る。これをきっかけに、枢密顧問官の定員削減へ進もう、というねらいもあった。枢密院を改廃縮小することもまた、西欧社会へ近づく道である。

行政整理は、減俸のときと同様、若槻首相の下、井上・安達・江木の三大臣が中心になって、推進しようとした。

予想どおり、はげしい反対が起った。

農村対策を重視しなければならぬときに、農林省の廃止とは何事か。原始産業である農林業と都市産業である商工業とでは、利害が相反することが多い。それに両省合併の場合、所管事項が膨大なものになり、収拾がつかなくなる——。などというのである。

該当する各省とその大臣からの反対だけでなく、これに同調する閣僚も多く、与党内からの反撥《はんぱつ》も、はげしかった。

このため、四閣僚の間にも動揺が起ったが、井上はひとり、どんな障害が起ろうと断じて実行すると、強硬であった。

暑い夏がやってきた。

病床の浜口にも、元気な井上にも、ともに人生の最後となる夏が。

井上は、いかにも西欧的な合理主義者らしく、この夏も、忙しい中から週末には必ず休みをとって、御殿場《ごてんば》の別荘へ出かけた。

長尾峠の麓《ふもと》に在るその別荘は、深い檜《ひのき》林の中に沈んでいる。井上はそこに、好きな黄楊《つげ》の木をさらに植え足した。

そうした木立の上に、箱根連山や富士山が大きく迫って見える。空気は澄み、夏には緑一色の世界であった。

井上は、

「一路苔痕自寂黙
静如太古絶緑塵
蟲声鳥語暗驚客
遶屋皆山翠色鮮」

と詩に詠み、皆山堂と名づけた。

黒ずんだ太い柱でできた庄屋の建物は、堂と呼ぶにふさわしかった。

いぜんとして、適当な古い御堂《みどう》が見つからぬまま、丘のひとつに仏堂をすえる計画は実現できないで居り、井上は気にしていた。

そういえば井上は、珍しく、

「この夏には、一家そろって帰郷し、墓参をしたいな」

といって、側近たちをおどろかせた。

遭難前の浜口と似ている。ただ、そうはいっても井上もまた、大分に帰るだけの休暇をとる余裕はなかった。

山荘での一日は、コーヒーとパン、それにピーナツといった朝食からはじまる。

このころの井上の好物は、アジのタタキ。それに、トマト入りの味噌汁《みそしる》。この奇妙な味噌汁には、訪ねてくる客たちは、たいてい、

「参りました」

と、頭を下げた。

もっとも井上は、新聞記者はじめ仕事がらみの客は、謝絶することにしていた。

一人だけ、木戸御免で堂々とやってくる客があった。近くに住む退職者の老人で、井上のザル碁の碁敵である。

子供の客も多かった。ときには、十人余りの子供客が泊ったりした。

井上も加わって、ダイヤモンド・ゲームをしたり、マージャンを英語でやったりした。

読書をしたり、色紙を書いたりもするが、御殿場での時間の多くは、もちろん戸外で費やされた。ステッキをふるって、林間を散歩する。寿美子、比奈子といった娘たちや息子の四郎、五郎を相手に、テニスをたのしむ。クラブを持ち出して、ゴルフの練習をする。井上のドライバーの飛距離は、五郎の九番アイアンで届くというゴルフであった。

そうかと思うと、浴衣《ゆかた》の尻《しり》をはさんで、木を伐《き》ったり、箒《ほうき》で掃いたり、鶏をひねったり。にぎやかで軽快な山荘の生活であった。

その中で、しかし、井上のいちばんの気に入りは、庭にデッキ・チェアを持ち出し、ぼんやり周囲の山々を眺めている時間であった。

夕方、富士が紫色にかげり、やがて山頂近い山小屋に星にまがうような灯が入るのを、じっと眺めている。

ときには、子供たちを回《まわ》りに集め、

「富士山は八面玲瓏《れいろう》というが、その意味を知っているか」

などと、訊《たず》ねたりした。

秘書の清水が泊ったとき、夜ふけに井上に起された。

「おいおい、この月を見ないで寝てはいかん。出て来いよ」

外へ出ると、折から、月明に富士が浮き出ていた。さすがに、山の夜気は冷たい。

井上は、妻の千代子と並んで、椅子《いす》に腰を下し、毛布をかぶって、富士を見ている。月光に縁どられた富士を、井上夫妻は長い時間、そうして心を奪われたように見つめていて、その法悦を若い秘書にも味わわせてやりたくなったのであった。夫妻の姿そのものが、清水には胸にしみ入る月光のようであった。

井上は、御殿場が気に入り、そこで人知れず果てたいと考えるようになり、知人にそっと漏らした。

「おれは御殿場の家に家内と二人で引込んで、静かな余生を送りたい。出入りの商人が煩《わずら》わしいから、門のところへ籠《かご》をつるしておき、米とか大根とか牛蒡《ごぼう》とか、要るものを書いておいて入れさせる。しばらく米も味噌も注文がないから、どうしたかと思って行って見ると死んでいた、というような往生をして見たい」*

月に思いを託したのは、浜口も同じであった。

「二年《ふたとせ》の　病も癒《い》えて　今日の月」

中秋の名月をうたったのだが、ただし、これは春つくった。

この秋には、きっと全快して、さえ渡る月光を全身に浴びて見たい――そうした祈りをこめて、浜口は早々と、この句を詠《よ》んだのであったが……。

再手術、再々手術と、この春を浜口は暗い思いで過した。

「還暦や　なほ幾年の　春を見ん」

病床にはりつけられたまま、リンゲル、鎮痛薬、催眠薬と、絶え間なく注射を打ち、ついには注射針のあとばかりで、打つところもなくなる有様であった。

「この春は　たゞ鐘の音を　聞くばかり」

やがて催眠薬の量を減らされたため、静まり返った深夜の大学病院の一室で、浜口はひとり目ざめたまま、痛みに耐えていた。好きな詩の一節を、声には出さず口ずさんだりして、心おだやかにと自らにいい聞かせながら。

「春の夜や　心静かに　更《ふ》けて行く」

毎日、新聞だけは読んでもらい、ついに減俸が断行されたことも知った。

だが、浜口は、それについて格別、意見をいうこともなかった。いまはひととき政治を離れ、静養専一につとめるのが、国への御奉公だ、と考えている。

体調のよいときには、色紙を書くこともあったが、そのときには、

「清風万里」

と、浜口の心境そのままの句を書いた。

レントゲン照射が効いたのか、六月に入ると、浜口の症状は、いくらか好転した。六月二十八日、浜口は退院し、二年ぶりに久世山の私邸に戻った。

容態はまだまだ楽観を許さなかったが、あまりに長すぎる病院生活は、かえって気分を滅入《めい》らせる。しばらくは自宅を病院代りにし、通院してレントゲン照射を続けさせる——との医師団の処方によるものであった。

病室に当てた浜口の部屋からは、ガラス障子越しに、広い空がよく見えた。名月の夜にふっと思いを馳《は》せたのも、そのためであった。

だが、八月二日には、浜口は悪寒《おかん》と痙攣《けいれん》に襲われ、四十度の高熱を見た。同じ症状が断続したため、ふたたび、みるみる衰弱しはじめた。

十日ほどして、一応、熱は下ったが、食欲は全くなくなった。同時に、言語もはっきりしなくなり、辛うじて、末娘の富士子が聞き分けられる程度となった。

わずかに元気が戻ったとき、浜口は子供たちにと、五枚の色紙を書いた。

「蜩《ひぐらし》の　姿は見えず　夕栄《ば》えす」

姿の見えぬ小さな蜩を自分にたとえ、夕栄えという大きな宇宙と対比させたもので、浜口は、

「これが自分の絶筆だ」

と、いい添えた。

二十日朝、浜口は子供たちを呼び、死後のことなどについて話した。

話し終ったあと、時計を見て、

「五十分間、雄弁をふるったわけか。……大丈夫、別に疲れはしない」*

といった。

さらに二十五日の昼には、夏子と娘だけを集めて、自分の人生をふり返り、残された者の生き方について、絶え絶えに話した。

「どこがいちばんお苦しいですか」

夏子が訊《き》くと、浜口は、

「こうなると、もう全身だ」

と答えた。

「今日あたりはもうだめだ」

ともいったが、その夜は、夜空が美しいのを見て、

「月落烏啼霜満天」

の詩を、かすれた声で口ずさんだ。

八月二十六日朝、浜口は富士子に、

「英国の協力内閣は出来たか」

と訊いた。

当時、ヨーロッパでは、ドイツからはじまった経済恐慌《きょうこう》がひろがり、金融の中心ロンドンでは大量の金貨が引きあげられたため、イギリスの金本位制度の存続が危まれていた。

折からそのイギリスで政変があり、新内閣の構成いかんでは、イギリスが金解禁をとりやめるかも知れぬと観測され、浜口は死の床でも、そのことを案じていたのであった。

たまたま枕頭《ちんとう》に他にだれも居ないとき、

「御気分は」

と富士子が訊くと、浜口は、

「おかぁさーん、といいたい気持だ」

と答えた。

その「おかぁさーん」が、夏子のことか、生母や義母、それとも母親一般を指したのか、もはや問いようもなかった。

十一時半、はげしい発作が起り、浜口は危篤《きとく》に陥った。

「みんなの顔がまだ見えるぞ」

というのが、最後の言葉であった。

死の報《しら》せに、最初にかけつけたのは、首相の若槻であった。

若槻は、どうしてよいかわからぬという風に、玄関ホールをうろうろするばかりであった。

閣僚や党幹部たちが、次々にとびこんできた。

その中でただ一人、玄関に入ると同時に、大声を上げて泣き出した閣僚が居た。井上準之助である。

見えっぱりでスタイリストと見られた井上のその姿は、ひとびとの目には、あまりにも異様であった。たとえ肉親を失っても、井上なら見せない姿に思えた。

あっけにとられて静まり返った邸《やしき》の中に、しばらくは、井上の号泣だけが聞えた。

八月二十九日、秋風の立つ土曜日。

浜口の葬儀は、民政党党葬の形で、日比谷公園で営まれた。

久世山から日比谷までの沿道には、別れを惜しむ人垣が続き、それに応《こた》えるため霊《れい》柩車《きゅうしゃ》はスピードを十キロ以下に落さねばならなかった。

午前十一時半、儀仗兵《ぎじょうへい》大隊のラッパの吹奏とともにはじまった葬儀には、政府や党関係者はもちろん、軍縮問題ではいわば政敵の形に在った加藤寛治《かんじ》大将や倉富枢密院《くらとみすうみついん》議長をふくむ二千人が参列した。

天皇・皇后・皇太后・宮家御総代・王公家《くげ》御総代のそれぞれ代拝もあり、党葬というより、国民葬であった。

事実、式の終ったあと、午後一時、一般の告別に移ると、待ちかねていた数万の民衆が霊前に殺到し、老人子供の悲鳴が上り、配置されていた警備陣だけでは足らず、急いで丸ノ内署や警視庁から増派される有様で、二時間経《た》っても、なお告別の列が延々と続くため、やむを得ずそこで打ち切って、葬列は青山墓地に向かった。

い
る。

第十二章

盟友の死に、井上は茫然《ぼうぜん》としている間もなかった。行政整理が大詰めにかかってい

反対運動ははげしくなる一方であり、このため若槻《わかつき》首相は、省統廃合問題はひとまず棚上げして、閣内一致して予算編成に当るべきだとの考えになったが、井上だけは頑として若槻の解決策を受けつけない。

逆に、統廃合問題の見通しがつかぬ限り、本格的な予算編成作業にとりかかれぬと、いいはった。

またしても、江木《えぎ》鉄相が調整役というか、板ばさみになったが、江木は六月に開腹手術をしており、健康の衰えから、辞職した。

その際、江木は、「行政整理は必要やむべからざるものである」と強調し、井上に対して、最後の支援を送った。

それに辞職そのものが、ひとつの支援行動であった。鉄相の後任には、拓務大臣が

移り、拓務大臣のポストは首相兼任として、拓務省廃止へ一歩近づけたからである。

金本位維持のために、井上がこうして国内でけんめいに緊縮路線を仕上げにかかっていたのに、その体制をはげしく突き崩す事件が、立て続けに海外で起った。

まず九月十八日、満洲《まんしゅう》事変が勃発《ぼっぱつ》。

関東軍は、政府や軍中央の不拡大方針を無視、約束した停止線を次々に越え、とめどもない進軍をはじめた。これは成行しだいでは、軍事支出の増大、財政膨張という形で、これまでの緊縮の苦労を一挙に空《むな》しくしかねない。

「軍の統帥権《とうすいけん》を何とかしなくてはならぬ」

と、井上はよく側近に漏らしていたが、もちろん一政党内閣の手に負えることではない。

金本位制度により通貨増発に歯止めをかけることで、せめて財政的に軍の動きを封じこめようとしてきたのだが、非常事態とあっては、いよいよ軍部の反撥《はんぱつ》、抵抗が増すばかりであろう。

一方、中国全土で反日運動が激化。日本商品の不買運動《ボイコット》がさかんになり、体質改善によって輸出の増大をはかろうとする出足を、くじかれることになった。

さらに事変勃発三日後の九月二十一日。今度は、イギリスが金流出防止を理由に、金輸出再禁止にふみきり、金本位制から離脱した。スウェーデン、デンマーク、ノルウェー、カナダなどが、次々にこれに続く。

このため、日本の経済界も先行不安から大混乱に陥り、各株式市場は立会停止に追いこまれた。

これは、かねて金輸出再禁止を唱えてきた政友会やインフレ論者たちを、さらに、ふるい立たせた。閣内からも、安達《あだち》内相などが、再禁止論を唱え、若槻首相に迫った。

だが、井上は、金本位制堅持の主張を変えない。

〈イギリスは財政経済の運営を誤り、対外信用を失墜、このため、一挙に多額の正貨の引出しに見舞われた。これに対し、日本の財政経済は基礎が健全であり、前途に不安もなく、再禁止を期待するのは見当ちがいである〉

との趣旨の談話を井上は発表し、同時に、その線に沿った金融政策を次々に実施した。

まず殺到するドル需要に対して、正金銀行をして、無制限に売り向わせた。

ドル需要の中には、理由のあるものもあった。たとえば、英貨債などに投資していた向きは、在英資金が凍結されたため、代りにドルを必要とした。

だが、ドル買いの大半は、思惑による投資と見られた。

井上の声明を聞き流し、金再禁止必至と見、そのときには当然、円が暴落することであり、いまのうちにドルに代えておく。それも、貿易上の決済資金の用意のためというより、差益かせぎのために大量に買っておこう、というものである。国家を裏切って、井上にいわせるなら、「国家の犠牲においで」荒稼《あらかせ》ぎしようという動きである。

こうした思惑筋は、政府はドルを売り惜しむと見たのに、井上は逆に、いくらでも売り応じさせた。

〈買うなら買ってみろ。どんどん売ってやる。おれは金本位制を守り抜き、おまえたちの思惑ちがいであることを、痛いほど思い知らせてやる〉

と、いわんばかりである。いかにも井上らしく、ドルを売ると同時に喧嘩《けんか》も売った形であった。

十月五日には、井上は、今度は日銀をして、公定歩合を二厘《りん》引き上げさせた。思惑筋がドル買いのため円資金を借りるのを、金利の引き上げによって妨げよう、というのである。（十一月四日には、さらにまた二厘引き上げた）

予算編成期を迎え、井上は忙しかった。

難航していた省の統廃合は、拓務省の廃止ということで、ようやく決着の見通しがつき、これを受けての予算編成である。

予算は、ふつう、まず閣議において大綱を定め、これにもとづいて各省がそれぞれ概算要求を提出、大蔵省との間で折衝をくり返した上で編成するのだが、この年は、行政整理問題などもあったため、閣議において大綱を煮つめるということもせず、また各省からの概算要求も出させず、意見聴取さえせず、大蔵省で作成したものを、一方的に各省に押しつける、という形をとった。

井上にいわせれば、「非常事態であるから、非常編成を行なう」というのである。

各省および各大臣は、またしても煮え湯をのまされる恰好《かっこう》である。

昭和七年度の歳出総額は、十三億三千余万円。すでにかなりの節約予算であった前年度から、また一億二千万円削減している。前内閣の昭和四年度予算に比べれば、二割以上もの節約になっていた。

十月一日、予算案は各省に内示された。

「各省の新規要求事項は、原則として一切之《これ》を認めず、若《も》し已《や》むを得ず新規要求を為《な》す場合には自省の節約額を一層増加して、財源を自ら調達し、予算総額は大蔵省案の範囲に止《とど》められたし」

との文書をつけて。

「またしても、井上さんは――」

各省唖然《あぜん》とし、机をたたく元気もない。

内務省では、治水事業費・港湾修築費などを半減され、本省で一千人、地方で六百名の人員整理が見こまれるというので、大さわぎとなり、安達内相が苦境に立たされた。

また海軍省では、既定経費の性質を持ちながらも、毎年、形式的に新規要求扱いされてきた項目が多かったが、これが全部認められず、またしても国防計画を狂わすものだと、井上への憎悪《ぞうお》にさらに油が注がれた。

だが、井上は例の、

「とれるものなら、力ずくでもとってみろ」

との構えで、大蔵省事務当局を鞭撻《べんたつ》して動じない。

井上がこうして浜口以来の緊縮・金解禁路線をわき目もふらずに走り続けようとしているのに、内閣そのものがゆるぎ出した。

震源地は内相の安達である。安達が、民政党単独内閣に限界を感じ、連立内閣構想へと動き出したのである。

かつて安達は、政務は浜口、党務は安達と分担し合い、長い雌伏時代の民政党を支えてきた。そして、浜口内閣へは、「副総理格で」と乞《こ》われて入閣した。だが、浜口遭難に際しては、幣原《しではら》が首相代理に就任。さらに、浜口引退では次期総理の呼び声が高かったのに、固辞していたはずの若槻の再出馬によって、ふたたびチャンスをつぶされた。そして、その若槻内閣は、若槻はじめ幣原、井上といった「陣笠《じんがさ》の苦労などまるで知らない官僚上り」によって動いている。安達はともかく、安達派としては忍耐の限界に来ていた。

いや、それよりも、事の発端は、満洲事変・イギリスの金輸出再禁止によって若槻首相が自信を失い、動揺したことに在る、というのが、安達の見方である。

安達は記す。

「(若槻は)予に対して一度ならず二度ならず数回に亙《わた》って辞意を漏らし、其《そ》の甚《はなは》だしきに至っては露骨に予に対して、どうか跡釜《あとがま》を引き受けて呉《く》れよなどとも訴えたくらいであった」

これに対し安達は、辞職の決心があるくらいなら、挙国一致内閣を提唱してはどうかとすすめる。安達の『自叙伝』によると、

「若槻は俄然《がぜん》、大いに賛意を表し、今日の政局に処しては、それより他《ほか》に良策なかるべし」

といった、という。軍が政府の命令に従わないのは、一党一派の内閣だからという考え方があるためで、もし各党連合の内閣なら、国民全体の意志を代表すると受けとって、政府の命令も聞くようになるだろう――などということが、両者共通の連立内閣への期待の由来であった。

だが、若槻がその構想を話すと、井上も、幣原も、真向から反対した。

外交も、財政も、連立内閣ではこれまで通りの政策を継続できる、という保証がない。

まして、安達がすでに金再禁止を唱えていることであり、井上としては、とてもこの構想に耳を傾ける気にはなれなかった。

「絶対にだめです。考える余地は全然ありません」

井上は、若槻に対しても、安達の説得に対しても、全く同じ返事をくり返すばかりであった。

政友会が金輸出再禁止声明を出した。井上は、

「実にけしからんことで、なってない」

と、腹を立てた。

「銀行を開くものが、これから銀行を開きますが、開いたらすぐに支払い停止をしますと広告するようなものだ。再禁止をするのならば、する時まで黙っていて、ピシャッとするのが本当である」*

との意見。

政友会式のやり方では、ドル買い成金をふやすばかりだ、というわけである。

井上は、金本位制を宗教家のように不動のものと崇《あが》めているのでもなければ、頑固一徹に不変の政策にしようとしているのでもない。現段階の日本にとって最善のものという財政家としての判断からである。

従って、段階しだいでは、金本位をすてる日のあることを、これまた財政家として否定しはしない。

だが、そのときには、それにふさわしい効率的なやり方をするべきであり、それは、とても政友会内閣あるいは政友会との連立内閣の手には負えまい、と見た。

いずれにせよ、井上は、財政家として、連立内閣構想に応じる気はない。

それに、井上はすでに政治家《ステイツマン》でもあった。政治屋ではなく、理念を持った大政治家を志す男である。目ざすのは、西欧的で自由で民主的な社会。ロンドンで学び、ニューヨークで肌に感じ、さらに万巻の書物を通して勉強してきた社会を、日本の風土の中に定着させたい。

その「遠図」実現のためには、枢密院《すうみついん》も、統帥権を持つ軍隊も、放漫な政府も、すべて清算の対象になる。

そうした理念の中で考えると、金本位制は軍の膨張に歯止めをかける役を果し、その政策を遂行してきた浜口・若槻内閣は、いまの日本で軍を抑止できる最強の内閣といえるのではなかろうか。

井上は、内大臣秘書官長の木戸幸一に話した。

「昨今唱へられる所謂《いはゆる》挙国一致内閣或《あるい》は政民聯《れんりつ》立内閣は何《いづ》れも軍部を掣肘《せいちう》し統制せむとする強力なるものには非《あら》ずして、寧《むし》ろ軍部に媚《こ》びむとするものなれば国家の前途を思ふては到底賛することを得ず、此《この》上軍部をして国際関係を無視して其《そ》の計画を進むるが如《ごと》きことあるに於《おい》ては国家は滅亡に瀕《ひん》すべし、現政府は微力なりと雖《いへど》も兎《と》も角《かく》も今日あらゆる手段により軍部の活動を制御しつつある次第なり、従つて軍部には誠に不評判なるも止《や》むを得ざるところにして、此《これ》以上の強力なる内閣の実現は目下の処《とこ》想《ろ》像し得ざるなり」*

こうした井上であるから、安達からどれほど連立内閣への協力を求められようと、毛頭応じる気はなかった。

若槻は、井上を「自分の最も信頼すべき閣僚である」といっていたが、その井上と、そして幣原に断乎《だんこ》として反対されたため、考え直した。

「この両大臣の反対を押し切ることは、私の能《よ》くするところでない」

として、連立内閣構想をあきらめ、政友会などへの働きかけをやめるよう、安達に話す。

若槻の回顧によると、これに対して安達は、

「人間というものは、初一念が正しい。それから以後の意見は、何か混って来て、みな邪念である。だから連合内閣を作ろうという、最初の意見が正論である。これを中止しようというのは、不純の論である。ぜひ初一念を貫徹せられたい」**

と、くいさがるが、若槻は、「これはよく考えた末に、中止に決したのだから、今さら変更できない。よって連合内閣の話は、一切打切って貰《もら》いたい」。

若槻としては、運動をやめるだけでなく、その話もしないようにといったのだが、

安達にしてみれば裏切られた上に口どめまでされてたまるか、という感じである。

安達の連合内閣論が新聞に出た。

若槻が安達を呼び、詰問《きつもん》する意味で臨時閣議を開くが、安達は出席しない。

「出ないなら辞表を提出せよ」

といったが、

「総辞職ならともかく、自分ひとりの辞職には応じられない」

と、安達は突っぱねた。

今度は、井上が安達の説得に動いたが、安達は「初一念」を強める一方である。

世間は政変必至と見、投機筋は息をつめて、荒稼ぎの成る日を待ち受けている。

井上はあくまで金本位堅持を説き、恒例の銀行大会のため関西へ出かけたときも、そのことを強調した上で、いかにも井上らしい見得を切った。

「わたしは来年も迷惑だろうが、必らずやってくる。財界多難の際、政局に不安を来すことは国家の利益でないから、わたしは内閣の続く限り断じて大蔵大臣をやめません」

井上は、いぜんとして、財政家としての自信に溢《あふ》れていた。

事実、二回の公定歩合の引き上げによって、買方は金利の支払いなどでかなり苦しくなり、大量の思惑買の反動が来た形で、十二月に入ると、ニューヨーク市場では、解け合い（売り戻し）がさかんになり、国内でも、解け合いの申し込みがふえてきた。

井上は、追い打ちをかけた。

正金銀行が売ったドルは年内物であり、その解け合いは十二月十五日までの申し込み分に限ると、十二月九日発表した。

内閣が倒れて思惑筋がもうけるか、それとも、その前に思惑筋が追いつめられるか。秒読みといってよい切迫した戦いとなった。

井上にしてみれば、勝利は目前という形であったが、いぜんとして安達は強硬であり、十二月十一日、ついに閣内不統一から、内閣は総辞職に追いこまれた。（当時の内閣制度では、総理は閣僚を解任できず、内閣は一致して補弼《ほひつ》の任に当ることになっていた）

このとき、若槻や井上は、組閣の大命が若槻に再降下する、と期待していた。その期待には、根拠があった。元老西園寺《さいおんじ》が若槻内閣の路線をいぜんとして支持していたからである。

西園寺秘書の原田は記す。

「若槻内閣の外交に対していかに非難が多くとも、やはり原則としては幣原のやり方がよい、また財政は不景気で困る、消極的で浮ばれない、という声がいかに国民の間に多くあっても、大体において井上の方針がとにかくいいのではないか、という感じが公爵《こうしゃく》にあったらしい。で、しばしば自分に、

『若槻がこのましっかりやらんかな』

と言われるので、自分は『今日若槻、幣原という名前を聞いたばかりで、世間はいい気持はしない。とにかくこの際は空気を一変しなければいけないように思う』と御返事申上げたこともあるけれども、公爵はあくまで財政上の点——金解禁後の日本の財政を堅実に立て直すためには、やはり井上のやり方よりほかはないという風に考えて、寧ろ財政の立て直しを根幹とした見方であったように思われる。であるから、あの際にも、安達内務大臣の辞職のみを勅許され、あとは悉く《ことごと》却下されて、あのまま若槻内閣の続く方が更によかったのではなかったかと思われたらしい*」

と。

従って、若槻内閣としては、仮に総辞職しても、これを幸いに、安達だけをはずし、主要閣僚は留任して、第三次若槻内閣として動き出せばよい。つまり、実質的な内閣改造を行える、という見込みであった。

だが、西園寺は、そこまで井上らを買っていたにもかかわらず、最後には、後継内閣首班に政友会の犬養毅《いぬかいつよし》を選んだ。

政党政治の建前からすれば、野党第一党の党首を代りに選ぶ、というのが常道だからである。もし、これに反して、若槻や井上らが望む安達抜きの第三次若槻内閣を発足させれば、軍部や少壮派官僚群、政友会、あるいは一部世論を刺戟《しげき》し、その憤懣《ふんまん》が宮中および元老である自分へ向けられることを心配した。元老西園寺の限界であった。

満洲事変で沸き立つ空気の中では、幣原外交は弱腰と叩《たた》かれ、井上財政は農村不況の元兇《げんきよう》扱いで、人心は倦《う》み疲れている。ひとまず人心の転換をという配慮も、西園寺には在った。いずれにせよ、西園寺としては、珍しく迷い、悩み抜いたあげくの選択であった。

後継首班の奏請は、いつも西園寺ひとりが迷わずその責任において進めてきたのに、今度、西園寺は秘書の原田にも、

「貴下はどう考えられるか*」

と、再々訊ねた。原田は記す。

「大正十五年初めて公爵におつきして以来、自分は五度の政変にぶつかっているが、

『一体どうだろうか』という風に――それも一度ならず、たびたび念を押して訊《たず》ねられたことは未《いま》だかつて前例のなかったことである。公爵としても、現下の外交の経緯からいって幣原外務大臣が辞め、この財政の危機を控えて井上大蔵大臣を引下らせる、というようなことは、頗《すこぶ》る遺憾に思われたのであろう、独言のように、

『幣原も井上も大分くたびれたろうから、この際休んで、再び力を養って出る方が、或は御奉公ができゃしないか』

と言っておられた」

と。

第十三章

新内閣は、外相は犬養《いぬかい》が兼任、蔵相は高橋是清《これきよ》、陸相荒木《あらき》貞夫《さだお》などといった顔ぶれで、政友会単独内閣として発足した。

安達《あだち》の挙国一致内閣論は全く無視され、その意味では、安達はまたも悲運のひととなった。

新内閣はまた、発足と同時に、金輸出再禁止を行なった。

浜口や井上の二年半にわたる苦労は、こうして水の泡《あわ》になり、一方、ドル買いたちは狂喜した。

さすがの井上も、口惜《くや》しくて、その夜はほとんど一睡もできず、明け方を迎えた。

この前後の動きについて、馬場《ばば》恒吾《つねご》の論評がある。

「今から二、三十年後の日本人は今回の若槻《わかつき》から犬養に行った政変を何んと見るであろう。すべての雑音が消え、利害の感情から離れるときただ一つの記憶が残る。それはこの政変によって金輸出再禁止が行われ、財閥が何千万円かもうけたと云《い》うことである。けだし日本が永久に金本位制を失うこともこれから始まるであろう。

……ドルを買って置いて、さてそのもうけを握るためには金再禁止を行わしめなければならぬ。しかるに民政党内閣は断じてそれを行わぬ。政府をして金再禁止を行わしめる為《ため》には政変を起す必要があった。政変の結果として出現した政友会内閣は、就任式の当日金再禁止を行った。その日ある財閥の重役は自分のビルヂングの給仕・小使にまで祝賀のチップを出した。売られた円、買われたドル、売られた内閣、買われた内閣、それは売られた日本、買われたアメリカである。

……金再禁止になると、東京のある二軒のデパートは店員に徹夜さして、正札を値上さした。機敏に物価は上る。月給や賃金は遅々として上らない。生活苦は加わる。そして皆んなが苦しむのなら我慢が出来るが、一方には財閥は少くとも六千万円はもうける。国の犠牲に於《お》いて、民衆の犠牲においてである。だから今度の政変は考えれば考える程、胸が悪くなる。

……この表面の政変の奥に、目を光らしている財閥があったことをば、西園寺公《さいおんじ》は見なかったか、忘れたか、関《かかわ》らなかった。

今まで西園寺公を崇拝し切っていた政治家は、その頃いったことがある。西園寺公が今度たれを推薦するかは、元老としての最後の試金石だ。日本を売る財閥を成功さすようなことをするならば、元老というものはあってもなくても同じことだと。財閥が祝盃《しゆくはい》を挙げている今日、私はこの政治家に向って、西園寺をどう思うと、そう聞いてみる勇気がなくなった」(東京朝日・昭和七・一・四)
西園寺の苦悩については、すでに紹介したとおりである。

「銀座のカフェーを不景気にするような施政方針は取らないこと請合い*」

と新聞で評された犬養毅《つよし》の内閣。金輸出再禁止もしたため、世間はインフレ時代到来と受けとった。

円相場は二割あまりの暴落。小麦・木材・硫安《りゆうあん》はじめ輸入品の値段は、いっせいに高騰《こうとう》しはじめた。衣料品などの値上りを見越して買漁《かいあさ》り客が殺到したため、東京のデパートの暮の売上は前年比四割増。貴金属宝石類はすでに値上げしていたにもかかわらず、売上は急増し、とくにダイヤモンドは前年比十割増の売れ行きとなった。

井上は、その年の暮から正月にかけて、例年どおり、妻子とともに大磯で過したが、井上はそこからさらに妻の千代子だけ連れて伊豆へ足をのばし、三日間を過した。

千代子は几帳面《きちようめん》な性格で、また竹を割ったようなところもあった。

一度こんなことがあった。

あるとき、カビでもついた風に見まがう和菓子を来客に出したところ、井上は一目見て、

「こんなカビの生えてるものが食えるか。持って行きなさい」

と、怒った。千代子は落着いて答えた。

「これはこういうお菓子です。カビなど生えていませんから、持って行きません」

そういうと、菓子をそのまま残し、一礼して引きさがった。正しいことは正しいとする。その意味では、似た者夫婦でもあった。

千代子は、子供たちのボタンがはずれたりしていると、きびしく叱《しか》ったし、手拭《てぬぐ》いやふきん類は、「洗面用」「入浴用」などと、一々用途を書いて区別した。

衣類などもすべて種類別に区分けし、箱に納めたものには、その箱に何が入っているか書き出しておく。客用のものは別にまとめて納め、さらに、

「いつでも、さっと入院できるように」

と、病気のときの衣類もそろえて置いた。

浜口の遭難、入院のことなどが、千代子の頭の隅にはあったのであろう。悲しい用意であった。その用意がむだになって欲しかったのに、それは、もっと悲しい形で役

立たずに終ることになった。

一月五日からの「東京朝日」紙上で、井上は三回にわたって、「金の再禁止につい
て」論じた。
英国が金本位停止に追いこまれた事情にくらべ、わが国には再禁止すべき根拠が薄
弱であり、
「今日金禁止をなす事はドル買思惑を実行した一部資本家あるいは三、四の大銀行に
ばく大なる利益を提供する以外何ものもないのである。しかして貨幣制度の根本を破
壊された一般国民は不安と動揺の渦中《かちゅう》に投じられるのみである」
と述べ、ドル買筋をよろこばせた党略的な決定を悲しみ、さらに前途について、
「金の輸出再禁止のみで深刻な不景気が回復するはずはないから、一般に当然想像し
得るのは、次に来るべき通貨ぼうちょう政策であらねばならぬ。果して然《しか》りとすれば、
政府は我国の前途を一体どうしようとする考えであるか疑惑なきを得ない。ドイツの
如《ごと》き没落の悲運を国民に強制しようとするのであろうか。ドイツが今日如何《いか》に過去の
通貨ぼうちょうに悩まされつつあるか、今少しこの点を反省して見る必要があろう」
と迫った。

井上の主張は続き、

「貨幣価値の下落と物価騰貴とは更に政府のインフレーションをじゃっ起するという具合に、巡る因果の小車の如く次ぎ次ぎその度合いを深め、あるいは最後に財界に重大なる大変動をもたらさないとも限らない。一定の俸給生活者、一定の労働賃銀によって生活して居る人々が今後如何なる不安と困難の地位に立つか計り知るべからざるものがあるであろう」

と慨嘆した。

そして、これ以後の日本経済は、まさに井上の予言どおり、果てしないインフレへところげこんで行った。

一月八日、井上は貴族院本会議で、高橋蔵相を相手に緊急質問に立ち、持論を展開して、再禁止の非を質《ただ》したが、国会はこの日の中《うち》に解散となった。

民政党では、井上を筆頭総務に推すとともに、二月二十日の総選挙に向けて、選挙委員長の役を託した。

井上としては、当然、衆議院議員に出るべきところで、神奈川県地区でその用意までしたのであるが、他に選挙委員長の適任者なしということで、自分は立候補を見合わせ、あえて裏方に回ったのであった。

政党政治には、金がかかった。だれかが泥をかぶって、これに当らねばならない。そして、その役を果すことで、政治家としての力を持つことも、日本での政治力学の現実であった。

強面《こわもて》した浜口とちがい、若槻が党および内閣での統制力が弱かったのは、若槻自ら認めたように、資金調達力が弱かったのが一因であった。

過去において井上は、その職責上、度々、企業や銀行の救済・整理に当ってきたし、それにからんで、さまざまな攻撃も受けた。

それは、だれが担当してもある程度、避けられぬ非難でもあったが、一方では、井上に財界世話役としての一面があり、資金パイプをにぎっているようにも見られた。たとえば、台銀の処理問題をめぐって、井上を批判する声もあった。（ただ、世間が思うほど、井上に私財があるわけではなかった。井上が死ぬと、負債が残されていはしないかと、家族はまず心配したし、一年後には三河台の邸《やしき》を、ついで御殿場《ごてんば》の別荘をと、次々に手放して行くことになった）

もっとも、いまの井上には、格別の神通力があるわけではなかった。二年半にわたる締めつけで、産業界はすっかり井上に背を向けていた。古巣といってよい金融界も、財閥系大銀行のほとんどがドル買いに走って、井上を裏切った。いまや彼等が歓迎するのは「膨張主義」の政治家であって、「尋常一様ならざる財政家」出身の政治家ではなかった。

だからといって、井上はその役を投げ出すわけには行かない。

すでに浜口が逝《ゆ》き、江木は病み、安達は去って、井上が大黒柱であった。金解禁や財政緊縮をやり遂げた実績が、井上の党内での地位を高めただけでなく、井上が党の表看板にもなっていた。二年半前には、「心臓部へ持ってきた借りもの」といわれ、浜口に因果をふくめられてやむなく入党した新参者なのに、いまは、党の心臓そのものになっていた。

だが、その党も、安達派に去られて弱体化し、なお動揺が続いている。軍部をはじめとする周囲の圧力の中で、この党を率いて戦うのは、決して容易なことではなかった。

盟友の浜口なら、「天山雪後海風寒　横笛偏吹行路難……」と、口ずさむところである。

一月二十四日、井上は若槻とともに、選挙戦の第一声を放った。

会場の荒川遊園地余興館には、近在の農民たちもつめかけて、超満員。入れない聴衆のため、広場のスピーカーも使われたが、井上の顔を見たいと、梯子《はしご》を持ち出して、高い窓からのぞきこむ人々もあった。

井上は、金本位制からの脱落を嘆いて叫んだ。

「建設はいかに難しく、破壊がいかに容易であることか！」

はげしい拍手に包まれ、上々のスタートであった。

世間はすでに井上を民政党の実質的な党首と受けとっており、不況政策を強行したにもかかわらず、実行力を買われて、人気が湧《わ》いていた。

一方、元老の西園寺も、いぜんとして、井上に未練を感じていた。

「この内閣、どうも長くないな。……この内閣が倒れたら、井上もいいだろうが、宇《う》垣《がき》と民政党の協力でやらせたらどうか」

と、このころ秘書の原田につぶやく。原田が、

「井上さんはいいと思うけれども、陸軍でどうでしょうか」

と、軍部の受けのよくないことを心配すると、西園寺は、

「それは大したことはないと思う」

といってから、

「井上もまだまだと言っている内に、いよいよという時に駄目になっても困るけれども、ちょっとでも締め直しを宇垣にやらせようと思う」*

宇垣内閣は一時のつなぎ。本命は井上内閣、といわんばかりであった。それまで何とかして井上の政治的生命を保《も》たせたい、との懸念《けねん》のこもった言い方でもあった。

こうした人気と信頼を得ている井上は、反対勢力にとっては、不気味で好ましからざる存在であった。近い将来、必らず軍縮や緊縮をひっさげて再登場してくることでもあろう。野に在るからといって、見逃すわけには行かない。

政敵たちは、ことごとに井上をはげしく批判したし、ある結社は新聞半頁《ページ》大の広告で、「井上前蔵相を膺懲《ようちょう》せよ」と訴えた。

不穏な気配があった。

大磯の井上の別荘が、同じ大磯で刺客の手に倒れた安田善次郎の家と家相が似ている、と忠告に来たひともあった。

いつもの井上なら、頭からとり合わないのに、このときは、うん、うんと、まじめな顔つきで、最後まで聞いた。

選挙戦では、井上は、名古屋まで足をのばした。

遊説《ゆうぜい》途中、郊外の和合に在るゴルフ場の脇《わき》を通ったとき、井上は、

「暇になったら、ここへ三日ほどゴルフに来たいな」

と、これも珍しくしんみりとつぶやいた。

二月九日は、凍るような寒さの日であった。

井上が書いた『金再禁止と我財界の前途』と題した小冊子が、その朝、出来てきた。政変直後のあわただしさの中で、井上は苦労して時間をひねり出して原稿をつくり、旬日前には、ふとんをかぶって校正刷に手を入れたものである。

活字の匂《にお》うその小冊子を、井上は満足そうに何度も手にとった。

その日も井上は、若槻を訪ねての打ち合せをはじめとして、一日を選挙関係の仕事で過した。夜は夜で、浜口と縁のある立候補者のため応援演説に出かけることになっていた。

だが、早目に夕食を終えて待っているのに、予定の時刻を過ぎても、迎えの車が来ない。

井上はいらいらして、

「こんなにおそけりゃ、もう行かんぞ」

と、どなった。性急なところのある井上だが、それほど怒ったのを、家人たちは見たことがなかった。

おくれて来た車を急がせ、井上は会場である本郷駒本小学校へ着いた。そして、車から下りて、数歩歩いたとき、一人の男が群衆の中からとび出し、拳銃《けんじゆう》を三発撃ちこんだ。

井上の家に入った第一報は、どういうわけか、「撃たれて足をやられました」というものであった。

だが、用意ずみの入院用の衣料をとり出す間もなく、死の報《しら》せが来た。即死同然であった。

「いっそひと思いにやられたい」と井上はいってはいたものの、

〈余の存在が君国の為《ため》有害若しくは不利であるといふ確信があるならば、宜《よろ》しく正々堂々合法的の手段に依《よ》つてその目的を達すべきである。然《しか》るに事こゝに出《い》でずして、国法を犯し公安を紊《みだ》るが如き暴挙を敢《あ》へてするは、動機の如何《いかん》に拘《かか》はらず断じて容《ゆる》すべからざる所である〉

との遭難直後の浜口の述懐は、いまは声なき井上の感慨でもあったであろう。

いずれにせよ、若者を連れて講演やゴルフなどしながら、ゆっくり全国を旅することも、御殿場でひっそりと老夫婦だけで暮す夢も、空《むな》しくなった。

収容された先の帝大病院から、

「只今《ただいま》からお帰りになります」

との電話があり、午後十時半、粉雪の舞いはじめた道を、井上は寝台自動車で三河台の邸へ戻った。担架に横たわり、紫地のふとんをかけ、顔に白布をかぶせた姿で。

白布の下から、櫛《くし》のよく通った銀色の髪がのぞいて見え、その髪に粉雪がまといついた。

家人や子供たちが、並んで出迎えた。風邪で熱を出し、奥の二階で寝ている五郎を除いて。

その日も井上は、外出先から帰ると、すぐ五郎のところへ来て、

「どうだ、具合は」

と訊《き》き、ふとんをかけ直しなどした。

千代子のいいつけで、五郎には、この夜、井上の死は一切報されなかった。がらん

とした大きな屋敷であるため、五郎は家の中が少しさわがしいなと思うだけで、高熱でうとうとし続け、熱の下った次の日になって、父の死を教えられた。

弔問客が次々とつめかけた。

半年と経《た》たぬ中に、浜口邸の悲しみの再現である。あのとき男泣きに号泣した井上をめぐって、いまは泣声がひろがる。

この日、アメリカから一本のゴルフのクラブが届いた。当時出はじめたばかりのスチール製シャフトのドライバーで、アメリカ在留の井上の知人が送ってくれたものであった。

一向にゴルフがうまくならず、またその気もなかったが、「道具さえよくなれば」と、井上はたのしみにしていたのに。（葬儀の日、花々に埋められた井上の棺《ひつぎ》には、白楽天詩集など五冊とともに、ついに手に触れることもなかったそのクラブも納められた）

暗い夜、粉雪は霙《みぞれ》に変わり、さらにまた雪に戻った。

その凍《い》てつく街に、ひとしきり、号外の鈴の音が走った。

弔電が、国の内外から届いた。

最初にアメリカから来たモルガン商会総支配人ラモントからの弔電には、

「日本はいまや、もっとも忠実なる一人のパブリック・サーバントを失った」

と、あった。

内外の新聞も、いっせいに、井上の死を報じた。その中、たとえば、ヘラルド・トリビュン紙の見出しは、こうである。

「イノウエ、日本近代化のチャンピオン、演説会場で暗殺さる」

青山墓地東三条。

木立の中に、死後も呼び合うように、盟友二人の墓は、仲良く並んで立っている。

位階勲等などを麗々しく記した周辺の墓碑たちとちがい、二人の墓碑には、「浜口雄幸《おさち》之墓」「井上準之助之墓」と、ただ俗名だけが書かれている。

よく似た墓である。

主要参考資料

浜口雄《はまぐちお》幸《さち》「随感録」　三省堂
北田《きただ》悌子《ていこ》「父浜口雄幸」　日比谷書房
尼子止《あまことどむ》「平民宰相浜口雄幸」　宝文館
鍵山誠之《かぎやませいの》祐《すけ》編「浜口雄幸氏大辯論《べんろん》集」　実業之日本社
「雄幸雄辯」　青山書院
関根実「浜口雄幸伝」　同刊行会
「民政」付録「浜口前総裁追悼号」　民政社
藤村健次「浜口雄幸」　日吉堂本店
牛島縓三郎編「益雄君の思出」　非売品
「井上準之助論叢」　同編纂会
青木得三「井上準之助伝」　同編纂会
清水浩「清渓おち穂」　同編纂会
中村隆英「昭和恐慌《きょうこう》と経済政策」　日経新書
原田熊雄「西園寺《さいおんじ》公と政局」（第一巻・第二巻）　岩波書店
「木戸幸一日記」（上巻）　東京大学出版会
若槻礼次《わかつきれいじ》郎《ろう》「古風庵回顧録」　読売新聞社
安達謙蔵《あだちけんぞう》「安達謙蔵自叙伝」　新樹社

一万《いちま》田《だ》尚登《ひさと》「人間と経済」　河出書房
深井英五「回顧七十年」　岩波書店
深井英五「人間と思想」　日本評論社
伊藤隆「昭和初期政治史研究」　東京大学出版会
高橋亀吉「大正昭和財界変動史」（中巻・下巻）　東洋経済新報社
吉野俊彦「歴代日本銀行総裁論」　ダイヤモンド社
安藤良雄編著「昭和経済史への証言」（上）　毎日新聞社
有竹修二「昭和大蔵省外史」（上巻）　同刊行会
坂井景南「英傑加藤寛治《かんじ》」　ノーベル書房
石橋湛山《いしばしたんざん》「金解禁の影響と対策」　東洋経済新報社
池田成彬「故人今人」　世界の日本社
近松秋江《ちかまつしゅうこう》「戯曲井上準之助」（『浮生』所収）　河出書房
幣原《しではら》平和財団「幣原喜重郎」　同財団
松本清張「昭和史発掘（三）」　文藝春秋
池田成彬「財界回顧」　世界の日本社
常盤嘉治「小笠原三九郎伝」　東洋書館
丸山鶴吉「七十年ところどころ」　同刊行会
山田吉郎「財政新講談」　千倉書房
小島直記「異端の言説・石橋湛山」（上・下）　新潮社
内橋克人「恐慌」　東洋経済新報社
橋口収「饒舌《じょうぜつ》と寡《か》黙《もく》」　サイマル出版会

参照個所

序章
五二頁《ページ》＊　「浜口前総裁追悼号」　一一二頁

第二章
八九頁＊　「井上準之助伝」　七頁
九四頁＊　〃　三〜五頁
九七頁＊　〃　二一頁
九八頁＊　「清渓おち穂」　一六頁

第三章
一一一頁＊　「浜口前総裁追悼号」　五二頁
一一三頁＊　「父浜口雄幸」　三五頁
一二〇頁＊　「平民宰相浜口雄幸」　二五四頁
一二八頁＊　「井上準之助伝」　六一頁
一二九頁＊　「歴代日本銀行総裁論」　一二一頁
一三三頁＊　「清渓おち穂」　一八六〜一八七頁

第四章
一五五頁＊　「歴代日本銀行総裁論」　一一二頁
一五六頁＊　〃　一二〇頁

第五章

二〇六頁＊　「回顧七十年」　二〇四頁
二一六頁＊　「井上準之助伝」　二一五頁
二一九頁＊　「井上準之助伝」　二二一〜二二二頁
二二三頁＊　「清渓おち穂」　一八二頁
二二四頁＊　〃　七七頁
二三二頁＊　〃　九一頁
二三九頁＊　「随感録」　五一頁
二四〇頁＊　〃　五二頁
二四二頁＊　〃　三四頁
二四二頁＊＊　〃　三五頁

第六章

二五八頁＊　「清渓おち穂」　一五三頁
二六七頁＊　「井上準之助伝」　四四三〜四四四頁

第七章

二八四頁＊　「東京朝日新聞」　昭和四年十月十八日
二九〇頁＊　〃　〃
二九七頁＊　〃　昭和四年十月十九日
三〇一頁＊　〃　昭和四年十月二十日
三〇五頁＊　〃　昭和四年十月二十二日

第八章

三一〇頁＊「昭和経済史への証言」（上）　六六頁
三一一頁＊　〃　九八頁
三一四頁＊「大正昭和財界変動史」（中）　九五二～九五三頁
三一六頁＊「英傑加藤寛治」　二〇一～二〇二頁
三一七頁＊「昭和初期政治史研究」　一三六頁
三一八頁＊　〃　一六六頁
三三五頁＊「英傑加藤寛治」　一六五頁

第九章
三四九頁＊「東京朝日新聞」昭和五年十月二十五日

第十章
三六九頁＊「随感録」　一五六頁
三七三頁＊「安達謙蔵自叙伝」　二四〇頁
三八四頁＊「東京朝日新聞」昭和六年一月十日
三八六頁＊「昭和大蔵省外史」（上）　三五一～三五二頁
三九〇頁＊「浜口前総裁追悼号」　四六頁
三九八頁＊「東京朝日新聞」昭和六年三月十九日
三九九頁＊　〃　昭和六年三月二十八日

第十一章
四〇二頁＊「木戸幸一日記」（上）　七〇頁
四〇四頁＊「安達謙蔵自叙伝」　二五七頁
四〇五頁＊「古風庵回顧録」　三七〇～三七一頁

四二七頁＊ 「清渓おち穂」 一〇九頁
四三〇頁＊ 「父浜口雄幸」 二九五頁

第十二章
四四二頁＊ 「西園寺公と政局」(二) 一七六頁
四四四頁＊ 「木戸幸一日記」(上) 一一四頁
四四四頁＊＊ 「古風庵回顧録」 三八四～三八五頁
四四七頁＊ 「西園寺公と政局」(二) 一六八頁
四四八頁＊ 〃 一五八頁

第十三章
四五二頁＊ 「東京朝日新聞」昭和六年十二月十三日
四五九頁＊ 「西園寺公と政局」(二) 一八二頁

解説

赤松大麓

『男子の本懐』は、城山文学の頂点を示す名作である。昭和三十二年度の文学界新人賞『輸出』、三十三年度下期の直木賞『総会屋錦城《きんじょう》』の両受賞作で文壇に登場した城山氏は、以来四半世紀の間、着実な足どりで創作活動を続けてきた。氏が開拓した経済小説は、わが国の高度経済成長と共にますます脚光をあび、氏は数多い読者を持つ人気作家となった。だが、決して濫作《らんさく》に陥ることなく、一作一作に全力を傾け、常に作家の良心に恥じぬ小説を発表したのは、見事な創作態度といえよう。この間の諸作品は、全十四巻の全集（新潮社刊）に収録されており、粒揃《つぶぞろ》いで全体のレベルの高い点が注目されるが、その第一巻に収められ最初に配本されたのが『男子の本懐』であった。

『男子の本懐』は昭和五十四年の春から秋にかけて「週刊朝日」に連載され、連載中から非常に世評が高かった。私も一週間を待ちかねて、店頭で購入するや真先に読みふけったことを思い出す。単行本にせず、いきなり全集に収録して世に問うたのは珍しいが、島崎藤村が「中央公論」に連載した彼の最高傑作『夜明け前』を、やはり全集として刊行した先例がある。こうした出版方式は、作者によほど自信がある場合だけ可能なわけで、城山氏の『男子の本懐』に対する愛着と自負の程を示すものに他《ほか》ならない。

城山氏の多彩な作品のうち、近代日本の政治、経済史に足跡を残した人びとの人間像を描く一連の小説は、重要な系譜をなしている。『辛酸』(田中正造)、『雄気堂々』(渋沢栄一)、『落日燃ゆ』(広田弘毅《こうき》)などの長編は、現代文学に新しい分野を切り開いた労作であった。これらの作品系列につながる『男子の本懐』は、金輸出解禁に生命を賭《か》けた浜口雄幸《おさち》と井上準之助を主人公としており、経済小説から出発し財政、金融問題に明るい城山氏にとって、とりわけ相応《ふさわ》しい対象といえよう。つまり、この小説は城山氏ならではの会心の題材を扱ったもので、氏の内的必然から書かれるべくして書かれたのである。

浜口、井上の名コンビによって、昭和五年一月に実施された金解禁は、長年の懸案である金本位制復帰を実現した壮挙だった。由来、金本位制は火の利用と並ぶ人類の英知、と評されている。第一次世界大戦の非常事態下で、やむなく金本位制を中止していた世界の主要国が、大戦の終結と共にこの措置を解除したのは、当然の成り行きだった。しかるにわが国は、世界の大勢に立ち遅れて解禁の機を失し、その結果、円の為替相場が動揺し、慢性的な通貨不安に悩まされた。

当然、金解禁は歴代内閣の最重要課題となったが、いずれの内閣も正面から問題に取り組もうとせず、懸案を先送りした。それというのも、解禁に踏み切るにはそれに先立って金準備をふやし、強力な緊縮財政により、国内物価を引き下げねばならぬ。しかも、金解禁は即効薬ではない。実施後も国際競争力がつくまで、不景気に耐えねばならないのだ。軍事費削減を拒否する軍部、行政改革に反発する官界、不況を嫌う財界などの強い抵抗が予想された。だが、国際競争力をつけ財政基盤を固めるため、どんな苦難が待ち受けようと不退転の決意で断行するのが、政治家の使命ではないか。浜口と井上が一身を捨ててこの難関に挑んだところに、彼らの真面目《しんめんもく》を見ることができよう。

『男子の本懐』は序章および十三章から成り、作者の見事な構成力が遺憾なく発揮されている。巻頭はドラマチックな政変から書き起こされ、「おらが総理」と呼ばれた田中義一《ぎいち》の政友会内閣が総辞職し、野党第一党の民政党総裁浜口に大命が降下する。組閣工作が始まり蔵相に井上が起用される導入部で、早くも本編の主題が明らかになり、読者は金解禁前夜の緊迫した昭和初期の雰囲気《ふんいき》に誘いこまれてしまう。浜口内閣の最大の課題は金解禁と軍縮にあり、組閣の焦点は蔵相の人選にしぼられていた。民政党には町田忠治《ちゅうじ》、若槻《わかつき》礼次郎ら五指に余る大物財政通がいて、党人起用は長く野党に甘んじてきた党内の一致した声だった。ところが浜口は、敢《あえ》て政友会寄りと見られていた日本銀行出身の貴族院議員井上に、白羽の矢をたてる。井上をおいて金解禁を断行しうる蔵相はいない――この不動の信念に基づき、浜口は誠心誠意、井上の説得に当たったった。その切々たる言葉に、井上は運命を共にすることを決意し、かくて浜口内閣は嵐が待ち受ける荒海へ船出したのだ。

親任式の夜、浜口は「すでに決死だから、途中、何事か起こって中道で斃《たお》れるようなことがあっても、もとより男子として本懐である」と妻子に告げる。同じころ、井上も妻の千代子に「自分にもしものことがあったとき、後に残ったおまえが、まごつくようでは、みっともない」と土地、預金など財産目録を書き出し、関係書類を手渡す。二人には、すでに悲劇への予兆があったのだろう。それと知りつつ、彼らは自身の宿命に殉じたのだった。本書の題名が、この夜の浜口の言葉に由来していることは、いうまでもない。東京駅頭で凶弾を撃ちこまれた時、浜口はこの言葉を繰り返しているし、暗殺され即死同然で一語も発し得なかった井上にしても、同じ思いが去来していたに相違ない。無二の友情に結ばれ、命に代えて政治信条を貫いた浜口、井上の伝記小説として、これほど相応《ふさわ》しい題名はないと思われる。

互いに敬愛し相許し合った二人だが、その性格、言動は、むしろ対照的だった。城山氏は「浜口の静、井上の動」と評している。けだし適評であろう。二人の生い立ちから官界、金融界における活躍までの軌跡を、氏は第一章以降、克明にたどり、交互に描き出していく。豊富な資料、綿密な取材、的確な表現力が、二人の人間像に血の通った存在感を与えている。両者の共通点は、東京から遠い高知、大分に生れ育ち、社会に出てから左遷《させん》の苦悩を嫌というほど経験したことだった。「艱難汝《かんなんなんじ》を玉にす」の格言どおり、二人は苦境に耐え、後年の飛躍に備えた。浜口は大蔵省入省以来、地方回り、外局勤務の連続で、専売局では塩田整理のような地味で困難な仕事に没頭した。

井上は日銀入行以来、鋭い判断力とスピーディな行動力で頭角を現わし、陽の当たる道を歩み続け三十八歳の若さで営業局長に昇進する。だが、華々しい言動は波乱を好まぬ松尾総裁の反発を買い、二年後、海外代理店監督役に降格され、ニューヨークに飛ばされた。失意の時にもくじけず、わが身を鞭打《むちう》って努力する二人の姿が、生き生きと描き出されている。いかなる抵抗や介入も物ともせず、金解禁の初一念を貫徹した底力は、左遷時代に培われたといってよい。

二人の運命的な出会いは、大正三年、大隈《おおくま》内閣が誕生し、若槻蔵相のもと、浜口が次官に起用されたことから実現した。当時は国際的な風圧が強く、そんな状況下で正しい経済運営を図るには、浜口次官は正金銀行頭取の井上と頻繁《ひんぱん》に協議する必要があった。彼らはこの出会いで、互いの真価を発見したのだ。浜口が組閣に際し、最重要人事の蔵相に迷わず井上を選んだ遠因は、最初の出会いにすでに芽生えていたのかもしれない。

井上蔵相の緊張財政は、まさに徹底していた。政、官界や軍部は激しく反発するが、金解禁の目標を達成するため、彼は浜口の全面的支援を受けながら果敢に戦う。息づまるような攻防の果てに、遂《つい》に金解禁が実現するまでの経過が、当時の時代背景、社会の動揺などと併せて再現されている。このあたりの緊迫感あふれる記述は、本篇の白眉《はくび》といってよい。二人の断固たる政治手法は、時に非人間的な印象を与えかねないほどだ。しかし、彼らの友情と信義が象徴しているように、二人は豊かな人間性を備えた人物だった。

「ライオン宰相」の異名をとり、無口で取りつき難い浜口が、末娘の富士子を溺愛《できあい》し、折にふれ下手な俳句をひねったりする。こうした側面に微笑を誘われぬ者はあるまい。

スタイリストで決して取り乱さぬ井上が、浜口逝去《せいきょ》の報に枕頭《ちんとう》に駈《か》けつけ、見栄《みえ》も外聞もなく号泣する場面には、誰しも深く胸打たれるだろう。その井上も、ほぼ半年後に盟友と同じく暗殺者に撃たれ、帰らぬ人となった。

この長編の最後で城山氏は、死後も呼び合うように並んで立っている青山墓地の二人の墓について書き、こう結んでいる。「位階勲等など麗々しく記した周辺の墓碑たちとちがい、二人の墓碑には、『浜口雄幸之墓』『井上準之助之墓』と、ただ俗名だけが書かれている。よく似た墓である。」一見、淡々としてさり気ない。しかし、氏の二人の主人公に対する哀惜と思慕、現代政治への批判を内に秘めた、まことに素晴しい結びの文章ではないか。

歴史には「もし」という仮定法を適用することができない。けれども、本書を読み終えた時、読者は「もし、浜口、井上が凶弾に斃れなかったならば……」という思いを禁じ得ないだろう。彼らの死後、軍部の横暴と圧力によって政党が実権を失い、わが国が転落の一途をたどったことを思えば、二人の死がいかに近代日本の命運に深刻な影響をもたらしたかを、今更のように痛感する。

ひるがえって今日の政界の実情を見ると、浜口、井上のような信念の政治家は姿を消し、場当たり的で保身のため困難な課題を回避する逃げの姿勢だけが目につく。金権政治の構図が表面化し、浜口らの推進した私利私欲のない潔癖な政治は、背後に追いやられた。こうした状況下に、『男子の本懐』が執筆されたことは、非常に意義があったといわねばならない。金解禁に殉じた浜口、井上の友情と苦闘を鮮かに描いたこの名作は、半世紀前の歴史の教訓によって現代政治を告発した、批判の書にもなっているのである。

（昭和五十八年九月、毎日新聞論説委員長）

この作品は昭和五十五年一月新潮社より刊行された。

男《だん》子《し》の本《ほん》懐《かい》

新潮文庫 し-7-15

昭和五十八年十一月二十五日 発行
平成十七年十月三十日 四十二刷改版
令和五年八月二十日 六十一刷

著者 城《しろ》山《やま》三《さぶ》郎《ろう》
発行者 佐藤隆信
発行所 株式会社 新潮社
郵便番号 一六二―八七一一
東京都新宿区矢来町七一
電話 編集部(〇三)三二六六―五四四〇
読者係(〇三)三二六六―五一一一
https://www.shinchosha.co.jp

価格はカバーに表示してあります。

乱丁・落丁本は、ご面倒ですが小社読者係宛ご送付ください。送料小社負担にてお取替えいたします。

印刷・錦明印刷株式会社　製本・錦明印刷株式会社

ISBN978-4-10-113315-7 C0193